Was braucht ein Mensch, wenn er zwischen Hoffen und Bangen, voller Sorge im Krankenhaus liegt? Tut ihm der Zuspruch eines Freundes gut? Zuallererst! Einen, der mit einem Zukunftspläne schmiedet und andauernd mit einer neuen Idee das Grübeln vertreibt? Unbedingt. Braucht er Lebensweisheiten, Sprüche, kluge Gedanken? Sicher. Und Geschichten über Kranke, die es geschafft haben, die Krankheit zu überwinden, mit der Krankheit zu leben? Auch. Und Witze? Arztwitze, Schwangerenwitze, Sensenmannwitze, Krankenhauswitze, schonungslos, pietätfrei und schmerzhaft komisch? Jede Menge. Und all das soll in diesem einen Buch drin sein?

Ja!

Jürgen von der Lippe
Gaby Sonnenberg

DER KRANKENTRÖSTER

btb

JÜRGEN VON DER LIPPE, Jahrgang 1948, ist seit Jahrzehnten als erfolgreicher Comedian und Moderator auf Bühnen und im Fernsehen unterwegs. Er lebt in Berlin und ist u. a. Träger des Bambi, des Grimme-Preises und der Goldenen Kamera.

GABY SONNENBERG, geboren 1973 in Kassel, arbeitete mit Jürgen von der Lippe bei »Geld oder Liebe«. Sie lebt mit ihrem Mann und drei Kindern in München.

Lieber Jürgen,

ich denke noch viel an Dich und an die schöne »Geld oder Liebe«-Zeit und wollte Dich einfach mal ganz herzlich grüßen. Ich liege nun seit Juni mit akuter Leukämie im Krankenhaus und wollte mich unbedingt bei einigen Menschen von ganzem Herzen bedanken, die mir in meinem Leben so viel ermöglicht und eine schöne Zeit beschert haben. Und dazu gehörst vor allem Du!

Ich war damals sehr gerührt, als Du mir den Job angeboten hattest. Und mein Kind durfte ich auch noch in Deiner Garderobe stillen, und dann wolltest Du sogar die Sendung »Lippes Ex« mit mir moderieren und standst mir am Anfang immer zur Seite, um mir zu helfen, eine gute Arbeit abzuliefern.

Zudem warst Du mir, lieber Jürgen, immer ein großes und wichtiges Vorbild.

Also schicke ich Dir ganz liebe Grüße.
Deine Gaby

@ @ @

Liebe Gaby,

vielen Dank für Deine Mail. Es gehört viel Herz und Mut dazu, so etwas zu schreiben, aber so kenne ich Dich: Du bist eine ganz starke Frau, und ich hoffe und wünsche Dir und natürlich Deiner Familie, dass Du stärker bist als diese Krankheit. Wir haben uns kennengelernt, als Du mich noch für Deine Schülerzeitung interviewt hast, oder? Jedenfalls warst Du ein sausüßer Teenie. Als Kandidatin hast Du dann, glaube ich, Bühnenfechten gemacht, und dann habe ich Dich als Spieleautorin zu »Geld oder Liebe« geholt. Das heißt, wir haben erst eine etwas über zwanzig Jahre lange gemeinsame Geschichte. Warum ich das schreibe? Monika Cleves, die Du ja ebenfalls als Spieleautorin kennst, kenne ich jetzt vierzig Jahre (war auch ein süßer Teenie), und wir haben seit »Geld oder Liebe« drei erfolgreiche Bücher zusammen geschrieben. Das heißt, wir beide haben eigentlich noch eine Menge zu erledigen, also rappel dich auf, und schick schon mal ein paar Ideen!

Ich drücke Dich ganz fest und wünsche Dir alle Kraft der Welt. Dein Jürgen

@ @ @

Lieber Jürgen,

danke für Deine lieben, aufbauenden Worte. Ich versuche sehr stark und positiv zu sein, und dabei unterstützen mich Menschen, wie Du einer bist, die eine positive und kraftspendende Wirkung haben.

Und da komme ich doch auch schon auf eine Buchidee. Denn als es mich erwischt hatte und Micha mir ein Buch schenken wollte, das mich aufbaut, fand er keines. Es gibt viele traurig geschriebene Krebsgeschichten, die Ängste und Depressionen sogar noch verstärken, aber ich glaube, es gibt kein Buch, das einem bei einer schweren Erkrankung Kraft, Hoffnung, Lachen schenkt. Einen aufbaut und Mut gibt. Also ein »Hilfe ich bin krank! – Macht nix, wir sind ja da!«-Buch.

Micha sammelte dann bei Freunden und Kollegen Lieblingswitze und kleine Geschichten und schickte mir jeden Tag einen mit aufbauenden Worten. Nach einer schlimmen Nacht hatte ich mich dann immer auf diese gefreut und ging bestärkt in den Tag.

Positive Gedanken sind in einer schlimmen Lebenssituation sicherlich das Wichtigste, um gesund zu werden. Ich erinnere mich noch an die achtzigjährige Frau, die im-

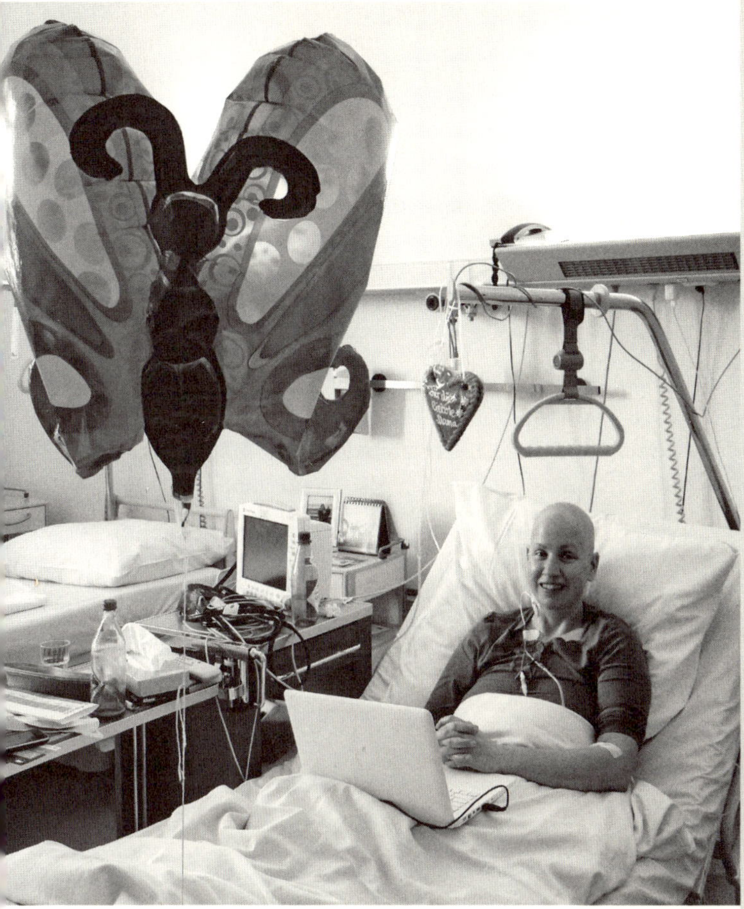

mer laut jammernd und weinend neben mir lag und zum ersten Mal laut lachte, als mir Peter lustig gestikulierend seinen Lieblingswitz vom Papagei und der Stewardess erzählte.

Es wäre doch schön, wenn es ein Buch geben würde, wie man es für seinen besten Freund/seine beste Freundin schreiben würde, die an Krebs erkrankt ist oder im Familienkreis mit Krebs zu tun hat und die man aufbauen möchte. Mit wichtigen Informationen, lustigen Geschichten und jeder Menge Humor.

In dem Buch könnten Themen vorkommen wie:

1. Die besten Genesungswünsche

2. Die schlimmsten Genesungswünsche

3. Was man zu einem Krebskranken lieber nicht sagen sollte

Beispiel:
»Schatz, während du im Krankenhaus liegst, könnte doch die zwanzigjährige Tatjana aus Russland uns im Haushalt helfen. Du weißt schon, die mit den großen Brüsten!«

4. Interessante Informationen, aber immer mit humorvollen Bemerkungen

Zum Beispiel alles, was man während der Neutropenie beachten muss, begleitende Therapien wie »Sport und Krebs«, Übernachtungsmöglichkeiten für Angehörige, die nicht in derselben Stadt leben, Nebenwirkungen der Chemo und was hilft, Beantragung eines Schwerbehindertenausweises, damit man Kündigungsschutz genießt, und und und.

5. Woran erkennt man einen wahren Freund?

Beispiel:
Wenn – während Sie künstlich beatmet werden – Ihre Freundin nur über Schwierigkeiten mit ihrem Partner, über Schuheinkäufe und Figurprobleme spricht, sollten Sie über diese Freundschaft nachdenken.

6. Woran erkenne ich einen guten Arzt und, noch viel wichtiger, woran erkenne ich einen schlechten Arzt?

Beispiel: Wenn Ihr Arzt bei einer Halskatheterverlegung darauf hingewiesen wird, dass er das Skalpell falsch herum hält, sollten Sie ins Grübeln kommen!

7. Sternstunden eines Krebskranken

Zum Beispiel bei der Familientherapie. Fragt die Psychoonkologin den Familienvater: »Und wie tanken Sie auf?« Daraufhin antwortet die große Tochter: »Bei Aral!«

8. Aufmunternde Bilder wie z. B. das eines Kleinkindes, das die Hand zur Faust ballt, und worunter der Spruch geschrieben steht: »FACE IT – DON'T FACEBOOK IT!«

9. Ganz wichtig! Lieblingswitze und Geschichten

10. Passende Literatur für die Zeit im Krankenhaus

11. Sehen Sie die Vorteile Ihrer Krankheit. Vom Marihuanarezept bis: »Jetzt kann ich meinem Chef endlich mal die Meinung sagen!«

So, das wäre erst mal die Idee, die ich jetzt einfach mal so niedergeschrieben habe, wie sie in meinem Kopf herumspukt. Man könnte es auch generell auf Krankheiten und nicht nur auf Krebs beziehen. Man könnte auch noch lustige philosophische Betrachtungen über den Sinn des Lebens und das Leben danach mit einflechten und und und ...

So, Jürgen. Jetzt bin ich aber erst einmal gespannt, was Du von dieser Idee hältst.

Ich schicke Dir ganz liebe neutropene Grüße, denn ich bin gerade neutropen.

Deine Gaby

PS: Ich bin ganz stolz, dass ich nun diesen Begriff kenne. ☺

@ @ @

Liebe Gaby!

Das ist toll! Ich schreib jetzt erst mal auf, was mir spontan einfiel: Arbeitstitel »Der kleine Krankentröster« von Gaby und Jürgen, sollte für alle Patienten gelten, man kann dann natürlich jede Menge Spezifisches reintun. Und da wäre es gut, wenn Du mir mal ein paar konkrete Textbeispiele mailen kannst, die Du toll fandst, und auch dazu sagst, warum. Denn ich würde natürlich immer was Schwarzhumoriges schreiben und finde Dein Beispiel mit den Brüsten von Tatjana aus Russland wunderbar. Ich glaube auch nicht, dass man Fiktionales mit ernsthafter Ratgeberliteratur vermischen sollte. Als Erstes schicke ich Dir jetzt mal meinen Ordner mit den Lieblingswitzen. Das ist natürlich zum großen Teil richtig harte Kost, aber da suchst Du einfach mal aus, was Du schön findest und was gar nicht geht. O.k.?

Viel Spaß damit hoffentlich und bis bald!
Dein Buchpartner Jürgen

PS: Weiß jetzt auch, was »neutropen« ist, kannte vorher nur »Neopren«.

@ @ @

Hi Gaby,

den habe ich gerade frisch reinbekommen.

> Sterbehilfe für Männer
> Gestern Abend haben meine Frau und ich über einiges diskutiert.
> Da kamen wir auch auf Sterbehilfe zu sprechen. Zu dem sensiblen Thema, Wahl zwischen Leben und Tod, habe ich ihr gesagt: »Wenn's mal so weit kommen sollte – lass mich nicht in einem solchen Zustand! Ich will nicht leben – nur von Maschinen abhängig und von Flüssigkeiten aus einer Flasche. Wenn ich in diesem Zustand bin, dann schalte bitte die Maschinen ab, die mich am Leben erhalten.«
> Da ist sie aufgestanden, hat den Fernseher und den Computer ausgemacht und mein Bier weggeschüttet!

Liebe Grüße
Jürgen

@ @ @

Hallo Jürgen,

freu mich riesig! Bin ganz aufgeregt und motiviert und habe hier im Krankenhauszimmer schon zweimal laut gelacht. Über den Witz, der gerade frisch reingekommen ist, und über die Bemerkung: »Kannte vorher nur Neopren!« Jetzt lese ich gleich mal Deine Sammlung der Lieblingswitze und schreibe mal ein paar lustige Sachen auf, die ich hier wirklich erlebt habe. ☺

Ganz liebe Grüße
Gaby

@ @ @

Jürgens Lieblingswitze

Warum finden Männer Frauen in Lack, Leder und Gummi so erregend?
Sie riechen wie ein neues Auto.

+

Ein Herzspezialist wird beerdigt. Sarg steht vor großem Herz, nach Reden öffnet es sich, und der Sarg verschwindet darin – Herz klappt zu. Einer lacht. Wieso?
»Muss an meine Beerdigung denken. Bin Gynäkologe.«

+

Kommt ein bewaffneter Mann in die Bank und kassiert alles Bargeld. Dann fragt er einen Kunden: »Haben Sie gesehen, dass ich die Bank ausgeraubt habe?« »Ja.« Der Bankräuber erschießt den Mann. Und fragt einen anderen: »Haben Sie gesehen, dass ich die Bank ausgeraubt habe?« »Ich nicht, aber meine Frau.«

+

Neulich in der Kneipe …
Die Tür geht auf. Rein kommen:
eine Ossifrau,
ein Vietnamese,
eine Schwuchtel
und ein Rollstuhlfahrer.
Fragt einer der Gäste:
»Was seid Ihr denn für 'n ulkiger Haufen?«
Sagt die Frau:
»Die Bundesregierung.«

+

Zwei Männer auf dem Friedhof. Der eine: »Wer ist bei Ihnen gestorben?«
»Meine Frau, und bei Ihnen?« »Meine Schwiegermutter.« »Auch nicht schlecht.«

Wer sich noch nicht im Klaren darüber ist, wo sein Hüftspeck herkommt: Endlich habe ich nun die Erklärung für meine Gewichtsprobleme gefunden.
Übergewicht kommt doch nicht vom Essen!!
Heute Morgen unter der Dusche fand ich die Lösung: Die Gefahr lauert bei der Verwendung von Shampoo!! Wenn ich unter die Dusche gehe, wasche ich auch immer meine Haare. Der Schaum vom Shampoo rinnt dann vom Kopf über meinen Körper. Bisher habe ich mir nichts dabei gedacht. Bis ich heute Morgen dann gelesen habe, was auf der Flasche steht: »Für extra Volumen und mehr Fülle«. Scheiße! Kein Wunder, dass ich bei täglichem Duschen mit Haarewaschen ständig zunehme! Ich werde ab sofort nur noch Geschirrspülmittel verwenden, weil auf der Flasche steht: »Entfernt auch hartnäckiges Fett!«

Zwei Männer im Supermarkt stoßen zusammen. Meint der eine völlig aufgelöst: »Entschuldige, aber ich bin total durcheinander, ich suche meine Frau!«
Darauf der andere: »Mir geht es auch so, seit dreißig Minuten suche ich schon. Wie sieht deine denn aus?«
»Meine hat schwarze lange Haare, ist 1,80 m groß, braun gebrannt, vollbusig, schlanke Figur, hat einen superkurzen Mini an, ein weißes enges Top ohne BH und Schuhe mit sehr hohen Absätzen. Und wie sieht deine aus?«
»Scheiß drauf, wir suchen deine.«

Türke zum Deutschen: »Äh, du Spast.«
»Du weißt doch gar nicht, was das heißt!«
»Klar weiß isch, heißt kleine Vogel.«

✦

Mündliche Prüfung in der Physik-Uni:
Der erste Prüfling wird hereingerufen. Der Professor guckt ihn ganz streng an und stellt die Frage: »Sie sind in einem Zug, der mit 80 km/h fährt. Plötzlich wird Ihnen warm. Was machen Sie?«
»Na ja«, sagt der Student, »ich mache das Fenster auf.«
»Gut! Berechnen Sie den neuen Luftwiderstand, der durch das Öffnen des Fensters zustande kommt. Welche Ablenkung der Luftströmung stellen Sie fest? Wird durch das Öffnen der Zug langsamer und, wenn ja, um wieviel?«
Der Student ist erwartungsgemäß sprachlos, kann die Fragen nicht beantworten und verlässt geknickt den Prüfungsraum.
So ging es zwanzig weiteren Studenten, bis der letzte reinkommt, eine Studentin mit atemberaubender Figur. Sie bekommt die gleiche erste Frage:
»Sie sind in einem Zug, der mit 80 km/h fährt. Plötzlich wird Ihnen warm. Was machen Sie?«
»Ich ziehe meine Jacke aus«, antwortet die Studentin.
»Es ist aber richtig warm«, sagt der Professor.
»Dann ziehe ich eben auch meinen Pulli aus.«
»Es ist aber so heiß im Abteil wie in einer Sauna.«
»Dann ziehe ich mich ganz aus, Herr Professor.«
»Ja, aber im Abteil sind zwei geile Afrikaner, die Sie unbedingt vernaschen wollen.«
Ganz ruhig antwortete die Studentin: »Wissen Sie, Herr Professor, ich trete nun das dritte Mal zur mündlichen Prüfung an. Und wenn der ganze Zug voll ist mit geilen Afrikanern und auch wenn ich von allen gevögelt werden sollte – das verdammte Fenster bleibt zu!!!«

✦

Einstellungsuntersuchung bei der Stadtverwaltung.
»Sind Sie gegen etwas allergisch?« Kandidat: »Ja, gegen Koffein, deshalb trinke ich auch keinen Kaffee.«
»Okay, das bringt Ihnen fünf Extrapunkte für Ihr Bewerberkonto. Waren Sie beim Militär?«
»Ja, ich war zwei Jahre im Irak stationiert.« »Sehr schön, das bringt weitere fünf Extrapunkte. Haben Sie dabei Kriegsverletzungen erlitten?« »Ja, leider. Eine Landmine hat mir beide Hoden weggerissen.«
»Okay, okay, damit haben Sie genügend Punkte erreicht. Herzlichen Glückwunsch, Sie sind eingestellt und fangen morgen an. Die Arbeitszeit beginnt um 7 Uhr, Feierabend ist 16 Uhr, aber es reicht, wenn Sie erst um zehn da sind.«
Kandidat verblüfft: »Wie jetzt? Ich denke es geht um sieben los?«
»Ja schon, aber wir sind hier im Öffentlichen Dienst. Die ersten drei Stunden trinken wir nur Kaffee und schaukeln unsere Eier – aber das geht ja bei Ihnen eh nicht.«

✚

Ein Mädchen geht von der Schule heim. An einem Waldrand sitzt auf einer Parkbank ein älterer Herr. Der sagt: »Wenn du dich zu mir setzt, gebe ich dir eine Tafel Schokolade.« Das Mädchen überlegt kurz und setzt sich zu ihm auf die Bank, isst die Tafel Schokolade und setzt ihren Heimweg fort. Am nächsten Tag sitzt da wieder der Mann: »Wenn du dich wieder zu mir auf die Bank setzt, gebe ich dir wieder eine Tafel Schokolade.« Das Mädchen setzt sich hin, isst die Schokolade. Als es gehen will, hält der Mann sie fest und sagt: »Wenn du mir einen Kuss gibst, bekommst du noch eine Tafel Schokolade.« Das Mädchen überlegt kurz, gibt ihm einen Kuss und nimmt die Tafel. Dann geht sie um die Ecke und hinter den Busch und sagt zu ihrer dort versteckten Freundin: »Nee, des wird nix. Bis der mich fickt, bin ich zuckerkrank.«

✚

Es werden vier Mitarbeiter gegen vier Kannibalen ausgetauscht. Bei der Begrüßung der Kannibalen sagt der Chef: »Ihr könnt jetzt hier arbeiten, verdient gutes Geld und könnt zum Essen in unsere Kantine gehen. Also lasst die anderen Mitarbeiter in Ruhe.« Die Kannibalen geloben, keine Kollegen zu belästigen. Nach vier Wochen kommt der Chef wieder und sagt: »Ihr arbeitet sehr gut. Nur, uns fehlt eine Putzfrau, wisst ihr, was aus der geworden ist?« Die Kannibalen antworten alle mit Nein und schwören, mit der Sache nichts zu tun haben. Als der Chef wieder weg ist, fragt der Boss der Kannibalen: »Wer von euch Affen hat die Putzfrau gefressen?« Meldet sich hinten der Letzte ganz kleinlaut: »Ich war es.« Sagt der Boss: »Du Idiot, wir ernähren uns seit vier Wochen von Teamleitern, Systemadministratoren und Personalreferenten, damit niemand etwas merkt. Und du Depp musst eine Putzfrau fressen …!«

+

Two great white sharks, swimming in the ocean, spied survivors of a sunken ship.
»Follow me, son«, the father shark said to the son shark and they swam to the mass of people.
»First we swim around them a few times with just the tip of our fins showing.« And they did.
»Well done, son! Now we swim around them a few more times with all of our fins showing.« And they did.
»Now we eat everybody.« And they did.
When they were both gorged, the son asked: »Dad, why didn't we just eat them all at first? Why did we swim around and around them?«
His wise father replied: »Because they taste better without the shit inside!«

+

Ein Besucher einer geschlossenen Anstalt fragt den Direktor, nach welchen Kriterien entschieden wird, wann ein Patient aufgenommen wird oder nicht. Der Direktor antwortet: »Wir füllen eine Badewanne, geben dem Kandidaten einen Teelöffel, eine Tasse und einen Eimer und bitten ihn, die Badewanne zu leeren.« Der Besucher: »Ich verstehe. Ein normaler Mensch würde den Eimer nehmen, richtig?« Der Direktor: »Nein, ein normaler Mensch würde den Stöpsel ziehen. Möchten Sie ein Zimmer mit oder ohne Balkon?«

Zwei Ehefrauen.
»Auch kein Sex mehr? Ich hab die Lösung: Stinktier zulegen, leckt ganz toll.«
»Und der Gestank?«
»Die ersten paar Male hat's gekotzt, aber dann war alles prima.«

Was ist warm und hoppelt? Ein Kaminchen.
Was ist süß und in der Wüste? Ein Karamel.
Was ist orange und wandert durch den Harz? Eine Wanderine.
Was macht ein Bäcker ohne Arme und Beine? Rumkugeln.

Ein älterer Herr sitzt an einer Hotelbar, vor sich ein Glas Wein und eine Schale Nüsschen, und er seufzt ständig, und sein Nebenmann sagt: »Was seufzen Sie denn so?« Sagt er: »Iff würde wo berne bei Büsschen effen, aber iff habe mein Bebiff niff bweei, iff zur Peparatur.« Sagt der Nachbar: »Wenn es weiter nichts ist«, holt ein Gebiss aus der Tasche und sagt: »Hier, probieren Sie mal das.« »Passt nicht.« »Und dieses?« »Nein, passt auch nicht.« »Und dieses?« »Wunderbar, das passt wie angegossen, sind Sie Zahnarzt?« »Nein, Beerdigungsunternehmer.«

A Catholic Priest, a Baptist Preacher, and a Rabbi all served as Chaplains to the students of Northern Michigan University in Marquette. They would get together two or three times a week for coffee and to talk.
One day, someone made the comment that preaching to people isn't really all that hard – a real challenge would be to preach to a bear. One thing led to another, and they decided to do an experiment. They would all go out into the woods, find a bear, preach to it, and attempt to convert it. Seven days later, they all came together to discuss their experience.
Father Flannery, who had his arm in a sling, was on crutches, and had various bandages on his body and limbs, went first. »Well«, he said, »I went into the woods to find me a bear. And when I found him, I began to read to him from the Catechism. Well, that bear wanted nothing to do with me and began to slap me around. So I quickly grabbed my holy water, sprinkled him and, Holy Mary Mother of God, he became as gentle as a lamb. The Bishop is coming out next week to give him first communion and confirmation.« Reverend Billy Bob spoke next. He was in a wheelchair, had one arm and both legs in casts and had an IV drip. In his best fire-and-brimstone oratory, he claimed: »WELL, brothers, you KNOW that we don't sprinkle! I went out and I FOUND me a bear. And then I began to read to my bear from God's HOLY WORD! But that bear wanted nothing to do with me. So I took HOLD of him and we began to wrestle. We wrestled down one hill, UP another and DOWN another until we came to a creek. So I quickly DUNKED him and BAPTIZED his hairy soul. And just like you said, he became as gentle as a lamb. We spent the rest of the day praising Jesus. Hallelujah!«
The priest and the reverend both looked down at the Rabbi, who was lying in a hospital bed. He was in a body cast and traction with IVs and monitors running in and out of him. He was in really bad shape. The Rabbi looked up and said: »Looking back on it, … circumcision may not have been the best way to start.«

Eine Gruppe Neuankömmlinge im Himmel steht vor Petrus. Der sagt: »Also, erst mal die Männer. Wer im Leben unter dem Pantoffel seiner Frau stand, stellt sich nach links, wer selbst entscheiden konnte, nach rechts.« Alle Männer wie ein Mann nach links, nur ein verhutzelter Beamtentyp stellt sich auf die rechte Seite. »Wieso gehst du als Einziger nach rechts?«
»Meine Frau hat gesagt, ich soll mich dahin stellen!«

Gehen zwei Indianer zu ihrem Medizinmann und fragen: »Kannst du uns sagen, wie in diesem Jahr der Winter wird?«
Der Medizinmann schmeißt einen Haufen kleiner Steinchen auf den Boden und sagt: »Das wird ein sehr kalter Winter, sammelt viel Holz zum Heizen.«
Am anderen Tag kommen noch einige Indianer zu ihm und fragen dasselbe. Auch ihnen sagt er: »Sammelt viel Holz.«
Auch von anderen Stämmen kommen die Indianer, und immer sagt er dasselbe. »Sammelt viel Holz!« Doch der Medizinmann ist sich nicht ganz sicher. Er denkt sich: »Ich muss doch mal beim Wetteramt anrufen, ob das denn auch richtig ist.«
Gesagt – getan. Er geht zum Telefon und fragt den Herrn vom Wetteramt: »Können Sie mir bitte sagen, wie in diesem Jahr der Winter wird?«
Der Herr vom Wetteramt antwortet ihm: »Das wird ein ganz harter Winter! Die Indianer sammeln Holz wie die Verrückten.«

Als ich klein war, hat meine Mutter mich mit fünf Mark losgeschickt in den Supermarkt, und ich kam zurück mit einer Flasche Weinbrand, einer Packung Milch, zwei Pfund Kaffee, einem Tiefkühlhähnchen, zwei Dosen Hummersuppe, einem Pfund Butter, fünf Döschen Kaviarersatz, einer Salami. Und was ist heute? Überall diese scheiß Überwachungskameras!

Drei Männer einer US-amerikanischen Spezialeinheit werden nach ihrem letzten Auftrag zum Kommandeur beordert. Der Kommandeur beginnt: »Soldaten, aufgrund Ihrer hervorragenden Leistungen bei Ihrem letzten Auftrag hat der Präsident der Vereinigten Staaten veranlasst, dass Ihnen eine besondere Belohnung zuteil wird! Sie sollen vermessen werden und erhalten für jeden gemessenen Zentimeter 1.000 Dollar!«
Er tritt vor den ersten Soldaten und fragt: »Soldat, wie soll ich Sie vermessen?«
Dieser steht stramm und antwortet: »Sir, von den Fußspitzen bis zu den Haarspitzen, Sir!«
Gesagt, getan, der Kommandeur misst 185 cm und überreicht dem Soldaten 185.000 Dollar.
Der zweite beobachtet das Ganze und denkt sich: »Wenn wir schon gefragt werden, wie man uns vermessen soll, dann lässt sich das Vorherige doch noch toppen!«
Als der Kommandeur ihn fragt, steht er stramm, reckt den linken Arm zum Himmel und sagt: »Sir, von den Fußspitzen bis zu den Fingerspitzen, Sir!«
Wieder misst der Kommandeur wie gewünscht und überreicht dem Soldaten 235.000 Dollar.
Der dritte Soldat ist ein alter, schwarzer Sergeant aus dem Mississippidelta, der wohl schon viele Schlachtfelder gesehen hat. Als der Kommandeur ihn fragt, antwortet er: »Sir, von der Schwanzspitze bis zu den Eiern, Sir!« Kommandeur: »Sind Sie sicher, Soldat?«
Sergeant: »Sir, ja, Sir!«
Kommandeur: »Nun, dann packen Sie mal aus!«
Der Sergeant öffnet die Hose, zieht sein bestes Stück heraus, und der Kommandeur fängt an zu messen.
An der Schwanzwurzel angekommen, stutzt er und fragt den Sergeant: »Soldat, wo sind Ihre Eier???«
»Sir, in Afghanistan, Sir!«

Im Wald kursiert das Gerücht, der Bär habe eine Todesliste. Der Fuchs will Genaueres wissen: »Bär, habe gehört, du hast eine Todesliste?« »Genau.« »Steh ich da auch drauf?« »Moment, mal schauen … genau e…, f…, Fuchs, da stehst du.« Am nächsten Tag wird der Fuchs zerfleischt und tot aufgefunden. Das Reh geht auch zum Bären. »Bär, steh ich auch auf deiner Liste?« »Moment … p…, q…, r…, Reh, da haben wir dich.« Am nächsten Tag wird das Reh tot aufgefunden. Der Hase kommt zum Bären und sagt:« »Bär, steh ich auch auf der Liste?«
»Ja, du auch.« »Bär, das passt mir im Moment gar nicht gut, kannst du mich nicht streichen?« »Klar, kein Problem.«

Ein Manager wurde im Flugzeug neben ein kleines Mädchen gesetzt.
Der Manager wandte sich ihr zu und sagte: »Wollen wir uns ein wenig unterhalten? Ich habe gehört, dass Flüge schneller vorübergehen, wenn man mit einem Mitpassagier redet.«
Das kleine Mädchen, welches eben sein Buch geöffnet hatte, schloss es langsam und sagte zum Manager: »Über was möchten Sie reden?«
»Oh, ich weiß nicht«, antwortete der Manager, »wie wär's über Atomstrom?«
»O.k.«, sagte sie, »dies wäre ein interessantes Thema! Aber erlauben Sie mir zuerst eine Frage: Ein Pferd, eine Kuh und ein Reh essen alle dasselbe Zeug: Gras. Aber das Reh scheidet kleine Kügelchen aus, die Kuh einen flachen Fladen, und das Pferd produziert Klumpen getrockneten Grases. Warum, denken Sie, dass dies so ist?«
Der Manager denkt darüber nach und sagt: »Nun, ich habe keine Ahnung.«
Darauf antwortet das kleine Mädchen: »Fühlen Sie sich wirklich kompetent genug, über Atomstrom zu reden, wenn Sie beim Thema Scheiße schon komplett überfordert sind??«

Eine Blondine zeigt ihren Freunden ihre neue Errungenschaft. Ein großes, farbiges Tattoo in Form einer Meeresmuschel auf der Innenseite eines ihrer Schenkel …
Natürlich fragt einer ihrer Freunde nach, warum sie ausgerechnet an dieser Stelle eine Meeresmuschel hat tätowieren lassen.
»Wenn du dein Ohr gegen die Muschel hältst, kannst du das Meer riechen …«

+

Ein Mann rief seine Ehefrau zu Hause an und sagte: »Darling, ich wurde am Arbeitsplatz angesprochen, mit meinem Boss und einigen anderen Freunden zum Fischen und Angeln nach Kanada mitzufahren. Wir werden ca. eine Woche fahren. Es ist eine gute Gelegenheit für mich, um mal leise wegen einer Beförderung bei meinem Boss anzuklopfen, auf die ich nun schon so lange warte, würdest du mir bitte genügend Sachen für eine Woche zusammenpacken sowie auch meine Angelbox und die Ruten dafür? Wir werden direkt vom Büro abreisen, und ich komme kurz ins Haus, um meine Sachen einzuladen. Ach ja, und bitte pack auch meinen neuen blauen Seidenpyjama mit ein …«
Seine Frau denkt, das hört sich ein wenig komisch an, aber da sie eine sehr gute Ehefrau ist, folgt sie dem Wunsch ihres Ehemannes. Am folgenden Wochenende kommt der Ehemann wieder nach Hause, er sieht zwar nach der langen Fahrt etwas müde aus, aber ansonsten gut erholt. Die Ehefrau begrüßt ihn überschwänglich und fragt ihn, ob sie einen guten Fischfang hatten und er auch Fische gefangen hat.
Er antwortete: »O ja, natürlich, Lachse, blaue Karpfen, einige Schwertfische … aber warum hast du mir meinen blauen Seidenpyjama nicht eingepackt, worum ich gebeten hatte?«
Die Ehefrau antwortete: »Ich habe, mein Liebling, der ist in deiner Angelbox …«

+

Ein Mann sitzt in einer Bar und begehrt eine Frau, aber er ist zu schüchtern, sie anzusprechen, außerdem hat er Angst vor Zurückweisung. Irgendwann geht er aber doch hin und fragt: »Darf ich Ihnen etwas ausgeben und mich zu Ihnen setzen?« »Nein.« Er dackelt ab und ist traurig. Nach einiger Zeit geht die Frau. Plötzlich ist sie wieder da. Der Mann denkt: Vielleicht findet sie mich ja doch ganz nett und ist ins Grübeln gekommen, es tut ihr wahrscheinlich leid, dass sie mich so schroff hat abfahren lassen, ich probier's einfach noch mal. Er geht hin zu ihr und sagt: »Na, war'n Sie kacken?«

Der Huberbauer kommt zum Beichten: »Herr Pfarrer, es liegt mir seit zwanzig Jahren auf der Seele, ich habe meine eigene Tochter gevögelt!« »Geh, Huberbauer, wo's zwoa so fesche Buam host!«

Der erste Bratscher soll für den erkrankten Dirigenten einspringen, tut das auch. Nach einer Woche ist der Dirigent wieder da, der Bratscher geht wieder an seinen Platz zurück, fragt der zweite Bratscher: »Wo hast du denn die Woche gesteckt?«

Ein Mann und seine Frau sahen ein Programm im Fernsehen.
Thema: Psychologie und das Phänomen von »gemischten Gefühlen«.
Der Mann drehte sich zu seiner Frau und sagte: »Liebling, das ist alles Unsinn mit diesen gemischten Gefühlen. Ich möchte wetten, du bist nicht in der Lage, mir etwas zu sagen, was mich gleichzeitig glücklich und traurig machen kann.«
Die Frau wird nachdenklich, dreht sich langsam zu ihm um und erklärt: »Von allen deinen Freunden hast du den größten Schwanz.«

Der alte Professor begann jede Vorlesung mit einem dreckigen Witz. Irgendwann verabredeten die Studentinnen: Wenn er das wieder macht, verlassen wir geschlossen den Hörsaal. Nächste Vorlesung. Der Prof.: »Haben Sie schon gehört, in Indien gibt es einen Mangel an Prostituierten, es fehlen 1000 allein in Kalkutta.« Alle Studentinnen stehen auf. »Ganz ruhig, meine Damen, der Flieger nach Kalkutta geht erst heute Abend.«

+

Wir setzten uns abends hin und qualmten uns die Birne mit Hasch zu, so weit ganz normal ... Dann kam uns die geniale Idee, doch noch 'ne Runde per Auto um den Block zu fahren. Als wir einen Kreisverkehr erreichten und da ein, zwei Runden im Kreis gefahren waren, kam uns die zündende Idee: »He, lass uns doch mal rückwärts durch den Kreisverkehr fahren, das ist bestimmt lustig!« So weit so gut ... Und weil es Gott nicht anders wollte, kam uns beim Rückwärtsfahren natürlich ein Auto entgegen und fuhr uns in den Kofferraum bzw. wir ihm gegen die Motorhaube.

Wir sitzen also in der Karre und kriegen die volle Bullenpanik nach dem Motto »Jetzt ist alles aus ...« Auch als die Polizei eintrifft, können wir unser Pech immer noch nicht fassen. Durch einen gegenseitigen Rote-Augen-Check nach dem Motto »Ja, wir haben gerade drei Gramm Marihuana geraucht – sieht man uns das etwa an?« haben wir uns bei der Wartezeit auch nicht gerade Mut gemacht. Wir beobachten im Rückspiegel, wie zwei Bullen lange mit dem Fahrer des hinteren Wagens reden.

Dann kommt der Polizist nach vorne – wir kurz vorm Durchdrehen. Wir kurbeln das Fenster runter, der Bulle glotzt uns an und sagt: »Jungs, ihr braucht euch keine Sorgen machen, der Typ hinter euch hat fast zwei Promille und behauptet, ihr wärt rückwärts durch den Kreisverkehr gefahren!«

+

Der katholische Pfarrer einer österreichischen Gemeinde feiert zusammen mit seiner Gemeinde sein 25-jähriges Dienstjubiläum. Er beginnt seine Rede: »Liebe Gemeinde, wenn ein Pfarrer eine Rede halten muss, ist das immer ein bisschen schwierig. Die eine oder andere Anekdote gäbe es ja schon, aber ihr wisst ja, das Beichtgeheimnis muss gewahrt bleiben. Also versuche ich, mich mal so auszudrücken: Als ich vor 25 Jahren in eure Gemeinde gekommen bin, habe ich zuerst gedacht: Wo bin ich da bloß hingekommen? Gleich bei meiner allerersten Beichte kam einer zu mir und beichtete, dass er jetzt gerade Ehebruch mit seiner Schwägerin begangen hatte und sie dabei mit einer Geschlechtskrankheit angesteckt hat, die er sich von einer Prostituierten geholt hat. Na ja, aber über die Jahre habe ich dann herausgefunden, dass eure Gemeinde ja gar nicht so schlimm ist und dass das nur eine Ausnahme war.«
Nach zehn Minuten kommt der Bürgermeister – etwas zu spät –, entschuldigt sich für sein Zuspätkommen, geht auf das Podium und hält seine Rede:
»Ich kann mich noch gut daran erinnern, als unser verehrter Herr Pfarrer vor 25 Jahren hier angekommen ist. Ich hatte die Ehre, als Allererster die Beichte bei ihm abzulegen …«

Ein Autofahrer wird aufgehalten, weil er zu schnell gefahren ist, und versucht den Polizisten davon abzuhalten, ihm einen Strafzettel zu geben … zum Schluss kriegt der Autofahrer jedoch den Strafzettel:
Autofahrer: »Entschuldigung, eine Frage hätt ich noch … darf ich eigentlich zu einem Polizisten ›Arsch‹ sagen?«
Polizist: »Nein, das ist verboten.«
Autofahrer: »Aber darf ich zu einem Arsch ›Polizist‹ sagen?«
Polizist: »Nach dem Gesetz ist das nicht verboten.«
Autofahrer: »Danke schön … Auf Wiedersehn, Herr POLIZIST.«

Eine Grundschullehrerin geht zu ihrem Rektor und beschwert sich: »Mit dem kleinen Uwe aus der ersten Klasse ist es kaum auszuhalten! Der weiß alles besser! Er sagt, er ist mindestens so schlau wie seine Schwester, und die ist schon in der dritten Klasse! Jetzt will er auch in die dritte Klasse gehen!«
Der Rektor: »Beruhigen Sie sich. Wenn er wirklich so schlau ist, können wir ihn ja einfach mal testen.«
Gesagt, getan. Am nächsten Tag steht der kleine Uwe zusammen mit seiner Lehrerin vor dem Rektor.
»Uwe«, sagt der Direktor, »es gibt zwei Möglichkeiten. Wir stellen dir jetzt ein paar Fragen. Wenn du die richtig beantwortest, kannst du ab heute in die dritte Klasse gehen. Wenn du aber falsch antwortest, gehst du zurück in die erste Klasse und benimmst dich!!« Uwe nickt eifrig.
Rektor: »Wie viel ist sechs mal sechs?«
Uwe: »36.«
Rektor: »Wie heißt die Hauptstadt von Deutschland?«
Uwe: »Berlin.«
Und so weiter, der Rektor stellt seine Fragen, und Uwe kann alles richtig beantworten.
Rektor zur Lehrerin: »Ich glaube, Uwe ist wirklich weit genug für die dritte Klasse.«
Lehrerin: »Darf ich ihm auch ein paar Fragen stellen?«
Rektor: »Bitte schön.«
Lehrerin: »Uwe, wovon habe ich zwei, eine Kuh aber vier?«
Uwe, nach kurzem Überlegen: »Beine.«
»Was ist weiß, macht ›muuh‹ und sitzt am Brunnenrand?«
»Frosch im Nachthemd mit Sprachfehler.«
Lehrerin: »Was hast du in deiner Hose, ich aber nicht?«
Der Rektor wundert sich etwas über diese Frage, aber da antwortet Uwe schon: »Taschen.«
Lehrerin: »Was macht ein Mann im Stehen, eine Frau im Sitzen und ein Hund auf drei Beinen?«
Dem Rektor steht der Mund offen, doch Uwe nickt und sagt: »Die Hand geben.«

Lehrerin: »Was ist hart und rosa, wenn es reingeht, aber weich und klebrig, wenn es rauskommt?«
Der Rektor bekommt einen Hustenanfall, und danach antwortet Uwe gelassen: »Kaugummi.«
Lehrerin: »Gut, Uwe, eine Frage noch. Sag mir ein Wort, das mit F anfängt, mit N aufhört und etwas mit Hitze und Aufregung zu tun hat!«
Dem Rektor stehen die Tränen in den Augen. Uwe freudig: »Feuerwehrmann!«
Rektor: »Schon gut, schon gut. Von mir aus kann Uwe auch in die vierte Klasse gehen oder gleich aufs Gymnasium. Ich hätte die letzten fünf Fragen falsch gehabt …«

»Wollen wir uns uns mal ein richtig geiles Wochenende machen?«
»O ja, gerne.«
»Prima, dann bis Montag.«

Eine Frau kommt zum Arzt, überall grün und blau.
Der Arzt: »Um Gottes willen, was ist denn Ihnen passiert?«
Die Frau: »Herr Doktor, ich weiß nicht mehr, was ich tun soll. Jedes Mal, wenn mein Mann besoffen nach Hause kommt, verdrischt er mich …«
Der Arzt: »Da kenn ich ein absolut effektives Mittel! In Zukunft, wenn Ihr Mann betrunken nach Hause kommt, nehmen Sie eine Tasse Kamillentee und gurgeln, gurgeln, gurgeln …«
Zwei Wochen später kommt die Frau wieder zum Arzt und sieht aus wie das blühende Leben …
Die Frau: »Herr Doktor, ein genialer Ratschlag! Jedes Mal, wenn mein Mann gut bürgerlich angeheitert gekommen ist, hab ich Kamillentee gegurgelt, und nix ist passiert.«
Der Arzt: »Sehen Sie, einfach nur mal das Maul halten …«

»Frauen arbeiten heutzutage als Jockeys, stehen Firmen vor und forschen in der Atomphysik. Warum sollten sie irgendwann nicht auch rückwärts einparken können.«

+

Charles Bukowski: »Feminismus existiert nur, um hässliche Frauen in die Gesellschaft zu integrieren.«

+

Kaya Yanar:
»Frauen beurteilen Männer nach dem Geruch: Am besten, er stinkt nach Geld.«

+

Ein Reporter will eine Story über menschliche Schicksale schreiben. Er begibt sich nach Australien, ins hinterste Outback in die letzten menschlichen Reservate in wilder Natur, und befragt einen dort ansässigen Farmer: »Was war Ihr schönstes Erlebnis?«
»Nun, das war, als sich das Schaf eines Nachbarn verlaufen hatte. Wir bildeten einen Suchtrupp und fanden es. Dann haben wir es alle gevögelt.«
Der Reporter schaut etwas verwirrt und denkt sich: Das kann ich nicht drucken. Also fragt er noch mal: »Und was war dann Ihr zweitschönstes Erlebnis hier draußen?«
»Das war, als sich die hübsche Tochter eines anderen Nachbarn verlaufen hatte. Wir bildeten einen Suchtrupp und fanden sie schließlich. Dann haben wir sie alle gevögelt.«
So kommen wir nicht weiter, denkt sich der Reporter und fragt also: »Und was war dann Ihr schlimmstes Erlebnis hier draußen?«
Antwortet der Farmer: »Das war, als ich mich verlaufen hatte!«

+

Ein junger, begabter Bauchredner tritt in Abendlokalen auf. Eines Nachts zeigt er seine Kunst im Gasthaussaal eines kleinen Ortes auf dem Lande. Mit seiner Rednerpuppe auf seinem Knie bringt er sein gewohntes Repertoire an Blondinenwitzen. Einer jungen, hübschen Blondine in der vierten Reihe wird das nach einer kurzen Weile zu bunt. Sie steht auf und protestiert lautstark: »Ich habe nun genug von Ihren blödsinnigen Blondinenwitzen gehört. Wie können Sie es wagen, alle Blondinen in diese stereotype Dümmlichkeitsmaske hineinzwängen zu wollen?! Was hat die Farbe des Haares mit dem Wert einer Person als menschliches Wesen zu tun? Es sind Kerle wie Sie, die verhindern, dass Frauen wie ich im Arbeitsumfeld und Gemeinwesen respektiert werden und somit nicht das volle Potenzial der möglichen persönlichen Entwicklung erlangen. Sie und Ihresgleichen verewigen die Diskriminierung nicht nur der blonden, sondern aller Frauen generell, und das noch dazu unter dem Deckmantel des Humors!«
Dem Bauchredner ist die Szene ungemein peinlich. Er beginnt sich zu entschuldigen, aber die Blonde schreit ihn an: »Sie halten sich da raus! Ich spreche mit dem Arschloch, das auf Ihrem Knie sitzt!«

+

Als Gott die Intelligenz verteilt hat, bekamen die Ausnahmen die Regel.

+

Warum steht 'n Pils im Wald?
Weil die Tannenzapfen.

+

Bigamie bedeutet, eine Frau zu viel zu haben. Monogamie ist dasselbe.

+

Gelsenkirchen, Einschulung erste Klasse.
Die Lehrerin will sich gleich am ersten Schultag beliebt machen und sagt voller Stolz, dass sie Schalke-Fan ist, und fragt die Klasse, wer sonst noch Schalke-Fan ist. Alle Hände gehen nach oben, nur ein kleines Mädchen meldet sich nicht. Die Lehrerin fragt: »Warum meldest du dich denn nicht?« »Weil ich kein Schalke-Fan bin!« »Ja so was. Zu welchem Verein hältst du denn dann?« »Ich bin FC-Bayern-Fan und stolz darauf!« »FC Bayern? Ja um Himmels willen, warum denn ausgerechnet der FC Bayern?« »Weil mein Vater aus München kommt, bei der Allianz arbeitet und als Jugendlicher bei den Bayern-Amateuren gespielt hat und meine Mutter auch aus München kommt und Wiesn-Bedienung bei Paulaner ist. Beide sind natürlich FC-Bayern-Fans, also bin ich es auch!« »Aber, mein Kind, du musst doch deinen Eltern nicht alles nachmachen! Stell dir doch nur mal vor, deine Mutter wäre eine Prostituierte und dein Vater ein alkoholabhängiger Arbeitsloser, was wäre denn dann??!« »Ja gut, dann wäre ich wohl auch Schalke-Fan …«

✚

Wie nennt man Oralsex zu Silvester?
Dinner for one.

✚

Eine Nonne und drei Matrosen erleiden Schiffbruch und können sich auf eine einsame Insel retten. Dort wird jegliches Gelübde fallen gelassen und lustig gerammelt. Nach drei Wochen ist die Nonne so von ihren Taten angeekelt, dass sie sich umbringt. Nach vier Wochen sind die Matrosen so von ihren Taten angeekelt, dass sie schließlich die Nonne beerdigen. Nach fünf Wochen sind die Matrosen so angeekelt, dass sie die Nonne wieder ausgraben.

✚

Eine Soldatenbraut macht mit ihm Schluss, brieflich, Entfernung zu groß, habe dich auch betrogen, kein Sinn, schick Bild zurück. Er, gekränkt, lässt sich von Kameraden Bilder von deren Freundinnen geben, schickt den ganzen Packen – es sind 59 – plus ihres und schreibt, kann mich leider nicht an dich erinnern, such deins raus, und schick die anderen zurück.

Ein Liebespärchen liegt gerade im Bett. Plötzlich hören sie Schritte auf der Treppe. »O Gott, mein Mann!« Er springt schnell aus dem Fenster im Erdgeschoss. Eine Weile sitzt er im strömenden Regen und weiß nicht so recht, was er tun soll. Als eine Gruppe Jogger vorbeikommt, ergreift er die Gelegenheit und schließt sich ihnen an. »He, joggen Sie immer so nackt?« »Ja« »Und – immer mit Kondom?« »Nein, nur bei Regen!!!«

Der Direktor ruft die Schüler auf:
»Mustapha El Ekhzeri.«
Anwesend!
»Achmed El Cabul.«
Anwesend!
»Kadir Sel Ohlmi.«
Anwesend!
»Mohammed Endahrha.«
Anwesend!
»Mel Ani El Sner.«
Stille im Klassenzimmer …
»Mel Ani El Sner.«
Stille im Klassenzimmer …
Ein letztes Mal: »Mel Ani El Sner!!!!«
Ein Mädchen in der letzten Reihe steht auf und sagt:
»Das bin wahrscheinlich ich, aber mein Name wird …
MELANIE ELSNER ausgesprochen!«

Hauptschule:
Ein Bauer verkauft einen Sack Kartoffeln für 50,– Euro. Die Erzeugerkosten betragen 40,– Euro. Berechne den Gewinn!
Realschule:
Ein Bauer verkauft einen Sack Kartoffeln für 50,– Euro. Die Erzeugerkosten betragen 4/5 des Erlöses. Wie hoch ist der Gewinn?
Gymnasium:
Ein Agrarökonom verkauft eine Menge subterraner Feldfrüchte für eine Menge Geld (G). G hat die Mächtigkeit 50. Für die Elemente aus G gilt: G ist 1. Die Menge hat die Herstellungskosten (H). H ist um 10 Elemente weniger mächtig als die Menge G. Zeichnen Sie das Bild der Menge H als die Tilgungsmenge der Menge g und geben Sie die Lösung (L) für die Frage an: Wie mächtig ist die Gewinnsumme?
Waldorfschule:
Ein Bauer verkauft einen Sack Kartoffeln für 50,– Euro. Die Erzeugerkosten betragen 40,– Euro und der Gewinn 10,– Euro. Aufgabe: Unterstreiche das Wort »Kartoffeln«, und singe ein Lied dazu.

Ein Spekulant sitzt vor seinem Computer und studiert gerade die neuesten Charts und Börsenkurse, als sich der Boden öffnet und der Leibhaftige herauskommt. Der Teufel begrüßt ihn und spricht wie folgt: »Ab sofort weißt du immer schon am Vorabend, welche Aktien am nächsten Tag die größten Kursgewinne machen werden. Außerdem liegen dir alle Schönheiten zu Füßen, und du bist der tollste Hecht in der Umgebung. Einzige Bedingung: Deine Frau und deine Schwiegermutter werden ewig in der Hölle braten.«
Spekulant: »Und wo ist der Haken?«

Der Opa kriegt zum Siebzigsten einen Rundflug über Berlin geschenkt. Der Flieger zieht steil nach oben, Opa: »Det ha'ck mir jedacht.« Der Pilot denkt: »Na, das ist ein erfahrener Fluggast, dem muss ich wohl was Besonderes bieten«, und geht in den Sturzflug. Opa: »Ha'ck mir jedacht.« Der Pilot fühlt sich herausgefordert und macht einen langsamen Looping. Wie die Maschine auf dem Kopf steht, sagt Opa: »Det hätt ick jetzt nich jedacht.« Nach Landung fragt der Pilot: »Was haben Sie eigentlich immer gemeint mit ...ha'ck mir jedacht, hätt ick nich jedacht?« Opa: »Na, wie wir so steil hoch sind, ha'ck mir in die Buchse jepieselt, det hat ick mir jedacht, und bei dem Sturzflug ha'ck mir in die Buchse jekackt, det hat ick mir ooch jedacht, aber dette bein Looping allet außen Hemdkragen wieder rauskommt, det hätt ick nich jedacht.«

✚

Ein Blinder kommt aus Versehen in eine Lesbenbar. Er findet einen Weg zu einem Barhocker und bestellt einen Drink. Nachdem er eine Weile sitzt, fragt er die Barkeeperin: »Hey, willst du einen Blondinenwitz hören?«
In der Bar wird es absolut totenstill, und mit tiefer Stimme sagt seine Nachbarin:
»Bevor Sie den Witz erzählen, ist es nur fair – weil Sie blind sind – dass Sie fünf Dinge wissen sollten ... 1. Die Barfrau ist eine Blondine. 2. Der Rausschmeißer ist eine Blondine. 3. Ich bin eine 1,80 große, 120 kg schwere, blonde Frau, mit dem schwarzen Gürtel in Karate. 4. Die Frau neben mir ist blond und ist professionelle Gewichtheberin. 5. Die Frau zu ihrer Rechten ist blond und ist professionelle Ringkämpferin. Nun denken Sie ernsthaft nach, mein Herr. Wollen Sie immer noch diesen Blondinenwitz erzählen?«
Der blinde Mann denkt eine Sekunde nach, schüttelt seinen Kopf und sagt: »Neeee ... nicht, wenn ich ihn fünfmal erklären muss.«

✚

Eine Frau wacht mitten in der Nacht auf und stellt fest, dass ihr Ehemann nicht im Bett ist.
Sie zieht sich ihren Morgenmantel an und verlässt das Schlafzimmer. Er sitzt am Küchentisch vor einer Tasse Kaffee – tief in Gedanken versunken … starrt nur gegen die Wand. Sie kann beobachten, wie ihm eine Träne aus den Augen rinnt und er einen kräftigen Schluck von seinem Kaffee nimmt.
»Was ist los, Liebling? Warum sitzt du um diese Uhrzeit in der Küche?«, fragt sie ihn.
»Erinnerst du dich, als wir vor zwanzig Jahren unser erstes Date hatten? Du warst gerade erst sechzehn!« fragt er sie.
»Aber ja!«, erwidert sie.
»Erinnerst du dich daran, dass uns dein Vater dabei erwischt hat, als wir uns gerade in meinem Auto auf dem Rücksitz geliebt haben?«
»Ja, ich erinnere mich gut, das werde ich nie vergessen.«
»Erinnerst du dich auch, als er mir sein Gewehr vor das Gesicht gehalten hat und gesagt hat: ›Entweder du heiratest meine Tochter, oder du wanderst für die nächsten zwanzig Jahre ins Gefängnis!?‹«
»O ja!«, sagt sie. Er wischt eine weitere Träne von seiner Wange und sagt: »Weißt du, heute wäre ich entlassen worden!«

Ein Börsianer erklärt seinem Sohn die Börse.
»Es ist wie auf dem Bauernhof. Du kaufst einen Hahn und ein Huhn, die legen Eier. Die Eier werden zu Hühnern und Hähnen, legen wieder Eier – und schon hast du einen großen, wertvollen Hühnerbestand.«
»So einfach ist das?«
»Ja! Nur, jetzt kommt ein Unwetter und spült alles weg.«
»????«
»Enten hättest du kaufen müssen.«

Gehen zwei durch den Wald. Sagt sie: »Ich hab das Gefühl, du willst mich bumsen.«
Er: »Aber nein!«
Sie: »Okay, bums mich trotzdem, damit ich das blöde Gefühl loswerde.«

Liegt ein Hase am Baggersee in seinem Liegestuhl, raucht einen Joint, ist glücklich und zufrieden mit sich und der Welt und kichert leise vor sich hin.
Da kommt der Biber an: »Ey, Hase, was is'n mit dir los? Haste was geraucht? Ich will auch was abhaben.«
Hase: »Nee, alles meins. Das brauch ich selber noch.«
Biber: »Och menno, biitteeeee! Ich hab noch nie in meinem Leben gekifft und will das mal probieren!«
Hase: »Okay, aber nur ein Zug. Aber damit es sich wenigstens lohnt und so richtig reinballert, ziehste an dem Joint, hältst die Luft an und tauchst unter.«
Der Biber tut wie ihm geheißen, zieht, taucht einmal durch den ganzen See, atmet aus, und es haut sofort voll in die Blutbahn! Er legt sich an die andere Uferseite, philosophiert über sich und das Gute in der Welt und chillt so vor sich hin.
Da kommt das Nilpferd an: »Biber, was geht ab? Du hast bestimmt was geraucht? Gib mir auch mal was ab!«
»Nee, hab selber nur geschnorrt. Musste mal den Hasen fragen, der gibt dir bestimmt was ab. Der hängt genau auf der anderen Seite vom Ufer rum. Musste einfach quer durchtauchen.«
Das Nilpferd tut, wie ihm geheißen, taucht durch den See zum Hasen.
Der Hase chillt in seinem Liegestuhl vor sich hin, wacht auf, starrt das Nilpferd mit großen Augen an und schreit:
»Ausatmen, Biber, ausatmen!!!«

Die Ehefrau kommt früher als erwartet nach Hause und findet ihren Ehemann im Schlafzimmer beim Sex mit einer sehr attraktiven jungen Frau.
Sie ist einigermaßen aufgeregt.
»Du bist ein respektloses Schwein«, schreit sie. »Wie wagst du es, mir das anzutun – einer treuen Frau, der Mutter deiner Kinder! »Ich verlasse dich. Ich reiche die Scheidung ein!«
Der Ehemann erwidert: »Warte eine Minute, wenn du mich noch ein wenig gern hast, ich kann dir sagen, was geschehen ist.«
»Gut, fang an«, schluchzt sie, »aber das sind die letzten Worte, die du zu mir sagst!«
Und der Ehemann beginnt: »Gut, ich wolle gerade in mein Auto einsteigen um heimzufahren, als mich diese junge Frau hier fragte, ob ich ihr helfen kann.
Sie schaute so niedergeschlagen und hilflos aus, ich hatte Mitleid mit ihr und sagte, sie soll einsteigen. Ich bemerkte, dass sie sehr dünn ist, nicht gut angezogen und schmutzig. Sie sagte mir, dass sie schon drei Tage nichts zu essen hatte.
Ich hatte Mitleid, brachte sie hierher und wärmte ihr Enchiladas (mex. Maisomelette mit Chili), welche ich für dich letzte Nacht gemacht habe und wovon du keine gegessen hast, weil du abnehmen willst. Das arme Ding verschlang sie in Sekunden. Außerdem brauchte sie eine Reinigung. Ich schlug ihr vor, eine Dusche zu nehmen, und während sie duschte, stellte ich fest, dass ihre Kleidung schmutzig und zerrissen ist, und habe sie weggeworfen. Dann brauchte sie etwas zum Anziehen, ich gab ihr die Designerjeans, die du schon ein paar Jahre hast und nie getragen hast, weil du glaubtest, dass sie zu eng sind. Ich gab ihr auch die Unterwäsche, die ich dir einmal zum Geburtstag schenkte und die du auch nicht getragen hast, weil du sagtest, dass ich keinen guten Geschmack habe. Ich fand die sexy Bluse, welche du von meiner Schwester zu Weihnachten bekommen und auch nie getragen hast, nur um sie zu ärgern. Ich schenkte ihr auch die Schuhe, welche du in einer teuren Boutique gekauft hast und auch nie benutzt hast, weil einige in deiner Arbeitsstelle dieselben haben.«

Der Ehemann nimmt sich ein Stück Brot und fährt fort:
»Sie war so dankbar für mein Verständnis und die Hilfe, als ich sie zur Tür begleitete, und drehte sich zu mir mit Tränen in den Augen um und sagte: Hast du vielleicht noch andere Sachen, die deine Frau nicht benutzt?«

Warum können Frauen nur beim Sex denken?
Weil sie nur dann mit dem Hauptrechner verbunden sind.

Wohin geht Pinocchio, wenn er Mandelentzündung hat?
Zum Holz-Nasen-Ohren-Arzt.

Gott sagt zu Adam: »Ich habe eine gute und eine schlechte Nachricht für dich. Welche willst du zuerst hören?«
»Die gute«, sagt Adam.
»Also«, sagt Gott: »du bekommst sowohl ein Gehirn als auch einen Penis …«
»Und was ist die Schlechte?«, fragt Adam.
Gott: »Du kannst leider nicht beides auf einmal benutzen.«

Fragt die eine Blondine die andere: »Was meinst du, was ist weiter entfernt, London oder der Mond?«
Sagt die andere: »Haalllooooooo, siehst du London von hier aus?!«

Eine Blondine kommt in ein Fahnengeschäft und sagt: »Ich hätte gerne eine blaue Deutschlandfahne.« »Deutschlandfahnen gibt es nur in Schwarz-Rot-Gold!« »Dann hätt ich gern eine rote.«

Ein junger Mann lernt in einer Bar eine ältere Frau kennen, sie ist 53, sagt sie, aber toll sexy, sie reden, fummeln, knutschen, irgendwann sagt sie: »Hast du es schon mal mit Mutter und Tochter gleichzeitig gemacht?« Er: »Nein, aber das wäre total geil.« Sie: »Komm mit, das wird deine Nacht.« Er denkt: »O Mann …« Sie öffnet die Tür und ruft schon im Hausflur: »Bist du noch wach, Mama?«

✚

Zwei Suffköppe haben kein Geld mehr, wollen sich aber trotzdem so richtig gut volldröhnen. Sagt der eine:
»Ich habe 'ne gute Idee, wir holen ein Wiener Würstchen, gehen in die Pinte, lassen uns volllaufen, und wenn es ans Bezahlen geht, stecke ich mir die Wiener in den Hosenschlitz und du saugst kräftig daran.«
Gemacht, getan. Jedes Mal, wenn es ans Bezahlen ging, ging der eine auf die Knie, saugte an dem Würstchen, und beide werden mit den Worten »Raus, ihr schwulen Säue« rausgeworfen, ohne bezahlen zu müssen. Nach zehn Pinten sagt der Sauger: »Mann, ich kann nicht mehr, jedes Mal, wenn ich runtergehe zum Saugen, scheuern sich meine Knie weiter wund.«
Sagt der andere: »Was soll ich denn sagen, wir haben das Würstchen nach der vierten Kneipe verloren …«

✚

Kommt ein Schwarzer ins Krankenhaus, weil er sich den rechten Mittelfinger abgeschnitten hat. Man sagt zu ihm: »Tut uns leid, aber wir können Ihren Finger nicht mehr annähen, aber wir hätten noch einen weißen Finger da, können wir den nehmen?«
Der Schwarze stimmt zu, und der Finger wird angenäht.
Kurz darauf fährt er mit der U-Bahn und hält sich mit der rechten Hand an der Stange fest, damit er nicht umfällt. Da sagt eine ältere Dame zu ihm:
»Na, Herr Schornsteinfeger, waren wir wieder mittags mal kurz zu Hause?«

✚

Wie nennt man einen Mann, der neunzig Prozent seiner Denkfähigkeit verloren hat?
Einen Witwer.

»Hör mal, der Herbert wird jetzt erst Freitag beerdigt.«
»Ach, geht's ihm wieder besser?«

Ein Häftling kann nach fünfzehn Jahren aus dem Gefängnis ausbrechen. Als Erstes bricht er in ein Haus ein, um nach anderen Klamotten, was zu essen und vielleicht nach einer Waffe zu suchen. Er nimmt also das erstbeste und findet ein junges Pärchen im Bett.
Er befiehlt dem Mann, aus dem Bett zu steigen, und bindet ihn an einen Stuhl. Der Häftling wendet sich dann der jungen Frau zu und bindet sie an das Bett. Währenddessen steigt er über sie, küsst ihren Hals, steht auf und verschwindet ins Bad.
Der Ehemann beugt sich vor und flüstert seiner Frau zu: »Der Typ ist wahrscheinlich aus dem Gefängnis ausgebrochen, wie man an seinen Kleidern sieht. Er hat sicherlich seit Jahren keine echte Frau mehr gehabt. Ich hab gesehen, wie er deinen Hals geküsst hat, er möchte bestimmt Sex mit dir haben. Was immer auch passiert, wehr dich nicht und lass es zu. Tu alles, was er von dir verlangt, und befriedige ihn. Ich weiß, es ist sehr eklig, aber er sieht sehr gefährlich aus, und nur so können wir da heil herauskommen. Sei stark, Schatz, ich liebe dich über alles!«
Da antwortet ihm die junge Frau: »Er hat nicht meinen Hals geküsst! Er hat mir ins Ohr geflüstert, dass er schwul ist und dass er dich sehr süß findet. Er hat mich nach Vaseline gefragt, und ich hab ihm gesagt, dass wir welche im Bad haben. Sei stark, Schatz, ich liebe dich auch!«

Drei chinesische Brüder namens Chu, Hu und Fu beschlossen, nach Amerika zu gehen, um ihr Glück zu machen. Chu nannte sich Chuck und eröffnete eine Wäscherei, Hu nannte sich Huck und eröffnete ein Restaurant, nur Fu ging enttäuscht wieder nach China zurück.

+

Sitzen zwei Männer an der Theke. Sieht der eine auf die Uhr und sagt ganz erschrocken: »Oh, oh, nach zwölf. Das gibt wieder Ärger.« Der andere ganz verständnislos: »Wieso?«
»Na ja: – ich gehe jetzt gleich hier noch pinkeln, damit ich zu Hause nicht spülen muss. Ich parke fünfzig Meter vom Haus weg – ich gehe auf Strümpfen ins Haus. Ich ziehe mich im Wohnzimmer aus. Ich putze mir nicht die Zähne, schleiche im Dunkeln ins Schlafzimmer, und kaum bin ich drinnen, geht das Licht an und die Zankerei los: Säufer, Hurenbock … eine Woche Ehekrach vom Feinsten.«
Sagt der andere: »Du machst das ja auch komplett falsch! Ich fahre mit quietschenden Reifen vor, gehe laut singend ins Bad, spüle zweimal, damit es auch sauber ist, gurgle, dass das Echo widerhallt, gehe falsch, aber laut singend ins Schlafzimmer und rufe ganz laut: MANN! Geht's mir gut! Ist hier vielleicht jemand, der ein bisschen Sex will?«
»Und …?«
»Das Einzige, was ich höre, ist: »Chrrrrr-Sssss-Chrrrrr-Sssss …«

+

Was ist grün und trägt ein Kopftuch?
Eine Gürkin.

+

Wie nennt man eine Türkin mit Holzbein?
Aishe rustikal.

+

Unterschied zwischen Mut und Coolness

Mut
Mitten in der Nacht besoffen heimkommen, deine Frau steht da und wartet auf dich mit einem Besen in der Hand, und du fragst: »Bist du noch am Saubermachen, oder fliegst du noch irgendwohin?«

Coolness
Mitten in der Nacht besoffen heimkommen, du duftest nach Parfum und hast Lippenstift am Hemd. Du haust deiner Frau eine auf den Arsch und sagst: »Du bist die Nächste …!«

Richtig cool
Mitten in der Nacht besoffen heimkommen, deine Frau liegt im Bett, du siehst aber, sie ist noch wach. Du nimmst einen Stuhl und setzt dich vor ihr Bett. Auf die Frage: »Was machst du da?« antwortest du: »Wenn das Theater gleich losgeht, will ich in der ersten Reihe sitzen!!!«

+

Stefan hat Geburtstag, und der Vater gratuliert ihm:
»Hey, alles Liebe zum Geburtstag! Und heute darfst du dir etwas wünschen!«
»Ich wünsch mir einen Bernhardiner.«
»Wünsch dir etwas anderes.«
»Okay, ich wünsche mir, dass wir einen Tag lang die Rollen tauschen.«
»Geht in Ordnung.«
»Gut, dann komm jetzt, wir gehen in die Stadt und kaufen für Stefan einen Bernhardiner.«

+

Der Lehrer fragt die Klasse im Religionsunterricht:
»Hatte schon einmal jemand von euch Berührung mit dem Tod?«
Fritzchen meldet sich:
»Ich, Herr Lehrer. Vor einer Woche ist mein Opa gestorben.«
Der Lehrer:
»Fritzchen, das tut mir aber leid!«
»Ach«, sagt Fritzchen, »halb so schlimm. Er hat einfach die Augen zu gemacht und ist ganz sanft eingeschlafen.«
»Ja«, sagt der Lehrer, »das ist ein schöner Tod.«
Fritzchen: »Das stimmt. Ich möchte auch auf keinen Fall sterben wie mein Onkel und meine Tante!«
Der Lehrer: »Wieso? Wie sind die denn gestorben?«
»Die saßen auch in dem Auto!«

+

Lieber Weihnachtsmann,
es wird Dich sicher verwundern, warum ich Dir heute, am 26. Dezember, nochmals schreibe.
Ich möchte einfach ein paar Sachen mit Dir klären, die auftraten, seit ich Dir am Anfang dieses Monats voller Illusionen einen Brief schrieb.
Ich wünschte mir ein Fahrrad, eine elektrische Eisenbahn, ein Paar Inline-Skates und ein Trikot der deutschen Fußball-Nationalmannschaft.
Das ganze Jahr habe ich mir richtig Mühe gegeben in der Schule. Ich war nicht nur der Beste in unserer Klasse, nein, ich war der Beste in der ganzen Schule! Und das ist die Wahrheit! Kein anderes Kind in der ganzen Nachbarschaft hat sich so gut benommen wie ich, ich war nett zu meinen Eltern, meinen Geschwistern und allen anderen. Ich habe sogar älteren Menschen über die Straße geholfen. Ich kann mir nichts vorstellen, was ich nicht getan habe im Namen der Menschlichkeit.
Du musst echt Eier haben, dass Du mir dieses verfickte Jo-Jo, eine dämliche Blockflöte und dieses widerliche Paar Socken unter den Baum gelegt hast!!!

Was zur Hölle hast Du Dir dabei gedacht, Du Fettarsch, dass Du mich zum Narren gehalten hast, das ganze verfickte Jahr hab ich mir den Arsch aufgerissen, und DAS liegt unter dem Tannenbaum???
Und als ob das noch nicht genug wäre, hast Du dem kleinen Drecksack von gegenüber SO VIELE Geschenke gebracht, dass er Probleme hat, sein Haus zu betreten!!!
Eines sage ich Dir: Lass Dich nächstes Jahr nicht dabei erwischen, wie Du versuchst, Deinen dicken Arsch durch unseren Kamin zu zwängen! Ich hau Dich um!!! Und Deine Drecks-Rentiere werde ich mit Steinen beschmeißen, damit sie weglaufen und Du ZU FUSS zurück an Deinen verkackten Nordpol latschen musst, genau wie ich, weil ich NICHT das scheiß Fahrrad bekommen habe!!! Und Deinen süßen Rudolf werde ich rektal schänden, das rotarschige Rentier!!!
FICK DICH, WEIHNACHTSMANN!!!

Mit freundlichen Grüßen
der kleine Norbert

Ein Mann geht zum Psychiater und erzählt ihm, dass seine Frau beim Sex nichts spürt. Da meint dieser, er solle sich einen Neger mieten, diesem ein Palmenblatt in die Hand geben, und er soll dann neben dem Bett fest damit wedeln. Da kommt sie bestimmt.
Gesagt, getan. Der Neger wedelt, der Mann springt auf seine Frau, sie spürt aber wieder nichts. Da sagt er zu dem Neger: »So, Rollentausch, ich wedle, und du machst ›es‹!«
Der Neger springt auf die Frau – sie kreischt und schreit vor lauter Begeisterung. Nachdem der Neger fertig ist, meint der Ehemann nur: »Siehst du, so musst du wedeln!«

Ein Reiseruf: Gefreiter Ernst Obisch, unterwegs mit einem dunkelgrünen Kettenfahrzeug Marke Leopard im Raum Scheveningen, Niederlande, wird dringend gebeten, seinen Standortkommandanten anzurufen …

+

Schwester Agnes tritt ins Kloster ein.
Die Oberin Mutter Theresa erklärt ihr am ersten Tag: »Dies ist das Kloster des Schweigens. Du bist hier willkommen, solange du nicht sprichst, bis ich dir sage, dass du etwas sagen darfst.«
Schwester Agnes ist einverstanden und nickt nur stumm.
Fünf volle Jahre lebt Schwester Agnes schweigend im Kloster. An ihrem fünften Jahrestag besucht Mutter Theresa sie und sagt: »Schwester Agnes, du bist jetzt fünf Jahre hier. Du darfst zwei Worte sagen.«
Darauf meint Schwester Agnes: »Bett hart.«
»Es tut mir leid, das zu hören«, sagt Mutter Theresa, »wir werden dir ein weicheres Bett besorgen.«
Es vergehen nochmals fünf Jahre, bis Mutter Theresa wieder zu Besuch kommt und sagt: »Schwester Agnes, du bist nun zehn Jahre bei uns. Du darfst zwei Worte sagen.«
Schwester Agnes klagt: »Essen kalt.«
Mutter Theresa verspricht ihr, dass das Essen in Zukunft besser sein wird.
An ihrem fünfzehnten Jahrestag im Kloster besucht sie Mutter Theresa erneut und sagt:
»Schwester Agnes, du bist nun schon fünfzehn Jahre bei uns. Du darfst zwei Worte sagen.« »Ich gehe«, sagt Schwester Agnes.
Daraufhin nickt Mutter Theresa nachdenklich und meint:
»Das ist wohl auch besser so: Seit du hier bist, zickst du nur rum …«

+

Wie spaltet man ein Atom?
Man gibt es einer Frau in die Hand und sagt: Bitte nicht kaputt machen.

Welches Tier kann in Sekundenschnelle das Geschlecht wechseln?
Die Filzlaus!

Unterhalten sich zwei Schamlippen: »Hast du schon gehört, wir sollen uns öfter waschen.« – »Was, warum das denn?« – »Na, weil wir so stinken.« – »Wer hat dir denn das erzählt?« – »Böse Zungen behaupten das.«

Geht ein junges Pärchen über eine Wiese. Plötzlich landet direkt vor ihnen ein Ufo, und zwei grüne Wesen, ein Männchen und ein Weibchen, steigen aus. Nachdem sich die vier einige Zeit angeregt unterhalten haben, meint der Außerirdische: »Wir können ja mal einen Partnertausch machen.« – »Ja, warum nicht?«, meinen alle. Der Mann geht also mit dem grünen Mädchen hintern Busch, sie verschwindet mit dem grünen Typ hinterm Baum. Das grüne Männchen zieht sich aus, und die Frau guckt enttäuscht auf den Stummel zwischen seinen Beinen: »Wie, das ist alles?« – »MOMENT!«, sagt der Außerirdische, dreht einmal an seinem linken Ohrläppchen, und schon wird das Ding länger und länger ... »Naja«, sagt sie, »aber ein wenig dünn ist er ja noch immer!« – »MOMENT!«, sagt der Grüne wieder, dreht sich am rechten Ohrläppchen, und das Teil wird immer dicker ... Später trifft sich das Pärchen wieder. »Na, wie war's bei dir?«, fragt der Mann. »Waaahnsinn!«, meint sie. »Und bei dir?« Darauf der Mann: »Ich fand's langweilig. Die hat mir die ganze Zeit nur an den Ohren rumgespielt!«

Was sagte Gott, als er die Frau erschuf?
»So, Hirn ist alle, jetzt gibt's Titten!«

+

Was sagt Michael Jackson zu dem Jungen, der auf seinen Knien sitzt?
»In dir steckt ein großer Musiker.«

+

Sitzen zwei Blinde auf einer Bank, der eine niest, der andere sagt:
»Mach mir auch mal ein Bier auf!«

+

Das Paar ist seit dreißig Jahren verheiratet, und man feiert in dem Zimmer des Hotels, wo man die Hochzeitsnacht verbracht hatte. Der Mann liegt schon im Bett, als seine Frau aus dem Bad kommt, splitternackt, genau wie damals. Verführerisch fragt sie ihn: »Sag mal, Liebling, was hast du damals gedacht, als ich so aus dem Bad kam?« Er erwidert: »Ich habe dich gemustert und mir gedacht, ich möchte deine Brüste aussaugen und dir den Verstand wegbumsen!« »Und was denkst du heute?«, fragt sie mit vor Erregung zitternder Stimme. Meint der Mann: »Ich denke, dass mir das ganz gut gelungen ist!«

+

Ein Mann kommt zu einem Zauberer und sagt: »Könnten Sie mich von einem Fluch befreien, der seit 35 Jahren auf mir liegt?« »Ja, wahrscheinlich, aber dazu müsste ich den genauen Wortlaut des Fluches kennen.« »Hiermit erkläre ich euch zu Mann und Frau.«

+

Tina Turner lässt sich im Krankenhaus die zu langen Schamlippen wegoperieren. Sie verlangt vom Chefarzt allerdings absolute Diskretion und Anonymität. Als sie aus der Narkose aufwacht, steht ein riesiger Strauß roter Rosen an ihrem Bett. Vollkommen entsetzt ruft sie nach dem Chefarzt. »Wie konnte es passieren, dass es doch an die Öffentlichkeit gekommen ist?« Der Chefarzt versucht sie zu beruhigen und sagt: »Schauen Sie sich doch erst mal das Kärtchen im Strauß an.« Sie liest: »Vielen Dank für die neuen Ohren – Niki Lauda!«

Einem jungen Mädchen geht in der Prärie das Benzin aus. Ein Indianer nimmt sie hinten auf seinem Pferd mit. Alle paar Minuten stößt der Reiter einen wilden Schrei aus. Schließlich setzt er das Mädchen an einer Tankstelle ab und entfernt sich mit einem letzten »Juhuuuu«. »Was haben Sie denn gemacht?«, fragt der Tankwart sie.

»Nichts«, antwortet das Mädchen, »ich habe hinter ihm gesessen und mich am Sattelhorn festgehalten.« »Mein liebes Kind, Indianer reiten ohne Sattel.«

In einem Dorf im tiefen Afrika lebt als einziger Weißer ein Missionar. Eines Tages kommt ein Eingeborener zu ihm und fragt: »Wie kann es sein, das meine Frau gerade ein Kind bekommen hat, das nicht so schwarz ist wie ich, sondern weiß?« Der Missionar schaut ihn lange an und überlegt wie er es erklären soll, das mit den Genen und dass so etwas in Hunderten von Jahren schon einmal vorkommen könne. Da fällt sein Blick auf die große Schafherde, die gerade an seiner Hütte vorbeizieht. »Schau diese Schafe«, sagt er, »sie sind alle weiß, nur dort hinten sehe ich ein schwarzes Schaf, es ist das einzige in der gesamten Herde ...« »Schon gut«, unterbricht ihn darauf der Eingeborene, »alles klar. Ich sage nichts mehr, und du verrätst auch nichts.«

Laufen zwei Löwen durch die Sahara. An einer Oase hören sie ein Kichern im Gebüsch. Die Löwen wundern sich und gehen auf das Gebüsch zu. Dort drin stehen zwei Elefanten, die sich halb totlachen. Fragt der eine Löwe die Elefanten: »Warum lacht ihr denn so?« Darauf ein Elefant: »Wir haben gerade ein Rudel Paviane gefickt!« Der Löwe antwortet: »Wieso, das ist doch normal, das tun wir auch.« – »Tja«, sagt der Elefant, »bei euch platzen sie aber nicht!«

+

Der Papst leidet an einer schrecklichen Krankheit und liegt im Sterben. Die Ärzte wundern sich und können nix finden, bis auf einen. Arzt: »Paul, ich muss dir sagen, du hast einen Samenstau. Wenn der nicht weggeht, dann stirbst du. Aber du kannst den Samenstau nicht mit der Hand wegbringen, da muss schon eine Frau ran!« Papst: »Gut, dann bringt mir eine Frau, die blind ist, damit sie mich nicht sieht. Sie muss auch taub sein, damit sie mich nicht an meiner Stimme erkennen kann. Und dann muss sie natürlich stumm sein, damit sie nichts darüber erzählen kann.« Arzt: »Noch irgendeinen Wunsch?« Papst: »Ja, große Titten muss sie haben!«

+

»Es ist vierzehn Uhr, Sie hören WDR 2.«
»Verdammt, wie haben die das rausgekriegt!?«

+

Der Chef zum Angestellten:
»Sie sind zwei Stunden zu spät zum Dienst gekommen!!!
Haben Sie dafür eine Rechtfertigung?«
»Ja – Ich werde Vater!«
»Glückwunsch! Und wann denn?«
»In neun Monaten.«

+

Ein Mann von 47 Jahren, sehr bemüht, jung auszusehen; an seinem Geburtstag entscheidet er, sich das Gesicht liften zu lassen. Er lässt die Operation machen und verlässt mit seinem neuen Gesicht überglücklich die Klinik.
An einem Zeitungskiosk hält er an, kauft eine Zeitung und fragt den Verkäufer: »Sagen Sie mal, mein Freund, nehmen Sie es mir nicht übel, aber ich würde Sie gerne etwas fragen: Wie alt schätzen Sie mich?«
Der Kioskverkäufer antwortet: »Mmm, weiß nicht … so 32«
Der Mann freut sich und sagt: »In Wirklichkeit bin ich 47.«
Später geht der gute Mann ins McDonalds, bestellt einen Hamburger und fragt den Kassierer dasselbe. Dieser sagt: »Na ja … ich schätze Sie so 29.«
Der Mann, jedes Mal ein Stückchen größer geworden, antwortet: »Nein, ich bin 47.«
Auf dem Weg nach Haus nimmt er den Bus und setzt sich neben eine alte Frau. Wieder fragt der Mann: »Verzeihen Sie, meine Dame, wie alt schätzen Sie mich?« Die Alte schaut ihn nachdenklich mit ihrem faltigen Gesicht an und antwortet ihm: »Sehen Sie, mein Sohn, ich bin bereits 85 Jahre alt und ich kann nicht mehr richtig sehen. Aber als ich jung war, hatte ich eine Methode, das Alter der Männer zu erraten. Ich habe meine Hand in seine Unterhose gesteckt und habe jedem sein genaues Alter gesagt.« Der Mann zögert ein wenig, da aber sonst niemand im Bus sitzt, denkt er: Na ja, o.k. … schauen wir mal … und sagt der Alten, sie solle mit ihrer Aufgabe beginnen. Diese steckt die Hand in seine Unterhose … und nach einer Weile … nach genau zehn Minuten sagt die Frau: »Sie sind 47 Jahre alt.« Der Mann ruft erstaunt aus: »Aber, das ist ja unglaublich! Sagen Sie mir, wie Sie das machen??«
Und die Alte antwortet: »Ich stand im McDonalds hinter Ihnen!«

Was ist gelb und kann nicht schwimmen?
Ein Bagger. Und warum kann er nicht schwimmen?
Weil er nur einen Arm hat.

Klassisches Konzert, Berliner Philharmoniker unter Karajan, Beethoven, Klavierkonzert, das Andante: Eine Stimme: »Ist ein Arzt im Raum?« Irritation. Das Ganze dreimal. Ein Mann in der ersten Reihe steht auf: »Ich bin Arzt, was gibt es denn?« »Schönes Konzert, nicht wahr, Herr Kollege?«

Kleines Mädchen und der Feuerwehrmann
Ein Feuerwehrmann repariert sein Fahrzeug im Hof, da kommt ein kleines Mädchen vorbeigefahren, in einem roten Spielzeugauto, rechts eine kleine Leiter angebunden, links ein ordentlich zusammengerollter Gartenschlauch an der Seite. Das Mädchen trägt einen Feuerwehrhelm. Der Wagen wird gezogen von einem Hund und einem Kater. Der Feuerwehrmann geht zu ihr und schaut sich den Wagen genauer an. »Das ist aber ein schönes Feuerwehrauto«, sagt er voll Bewunderung. »Danke schön!«, antwortet das Mädchen. Der Feuerwehrmann schaut noch genauer hin. Das Mädchen hat die Schnur vom Wagen um die Brust des Hundes und die Hoden des Katers gebunden.
»Kleine Kollegin«, sagt der Feuerwehrmann, »ich will dir ja keine Vorschriften machen, aber ich glaube, wenn du die Schnur um die Brust des Katers bindest, würde dein Auto noch schneller fahren.«
Das Mädchen denkt gründlich darüber nach und meint dann: »Ich glaube, da hast du recht – aber dann hätte ich keine Sirene mehr.«

Ein Arzt sitzt da und macht sich Selbstvorwürfe, weil er mit einer Patientin Sex hatte.
Er denkt: »Ach, was soll ich bloß tun, ich hab mit einer Patientin geschlafen und hab die Moral und das Vertrauensverhältnis gestört:«
Da erscheint ein rotes Maxerl auf seiner linken Schulter und sagt: »Aach, du bist ein Mann, jedem Arzt passiert das mal, das ist natürlich!!!«
Da denkt er: »Hmm, ja, eigentlich hat er recht, was soll ich denn gegen meine Natur als Mann tun? Na ja, stimmt, macht eh jeder, ist egal ...«
Da erscheint ein weißes Maxerl auf der Schulter und sagt: »Ja aber, verdammt, Mann, du bist Tierarzt, Junge, vergiss das nicht!!!«

Ein Paar, Mann und Frau, kommt zum Arzt. Der Arzt fragt: »Was kann ich für Sie tun?«
Der Mann antwortet: »Würden Sie uns beim Sex zuschauen?«
Der Arzt schaut etwas verdattert, aber er stimmt zu. Als das Paar »fertig« ist, sagt der Therapeut:
»Es ist nichts außergewöhnliches bei Ihrer Art, Sex zu haben«, und verlangt fünfzig Euro für die Sitzung. Dieses wiederholt sich mehrere Male in den darauffolgenden Wochen: Das Paar macht einen Termin, sie haben Sex ohne Probleme, bezahlen den Arzt und gehen. Irgendwann fragt der Arzt:
»Was genau versuchen Sie bei mir herauszufinden?« Der Mann sagt: »Wir versuchen nichts herauszufinden. Sie ist verheiratet, und wir können nicht zu ihr. Ich bin verheiratet, also auch nicht zu mir. Das Holiday Inn verlangt 150 Euro für ein Zimmer, das Mövenpick Radisson 360 Euro. Wir machen es bei Ihnen für 50 Euro und bekommen noch 37,50 Euro von der Krankenkasse rückvergütet.«

Lieber Jürgen,

ich schicke Dir jetzt mal meine Witze, die ich eine Zeit lang von Micha zugeschickt bekommen habe.

> Mein Schatz, die erste Nacht für dich im Krankenhaus. Der erste Schritt im Kampf gegen AML ist gemacht. Es werden viele folgen. Ich bin immer an Deiner Seite.
>
> Damit jeder Tag für Dich mit einem Lacher beginnt, schicke ich Dir nun jeden Tag einen Lieblingswitz von einem unserer Freunde und Bekannten. Heute den von Jan:
>
> Zwei jüdische Omis sitzen in einem Kosher Deli Restaurant in New York:
> Omi 1: »Oy, das Essen hier schmeckt scheußlich.«
> Omi 2: »Ja, und dann auch noch so kleine Portionen.«
>
> Ich liebe Dich. Immer.
> Micha

Ich bin dann schon gespannt, welche Witze Dir am besten gefallen. Ich bin immer noch fleißig am Lesen Deiner Witze. Was kann einem Besseres passieren, wenn man im Krankenhaus liegt. Ich glaube, da gibt es nichts zu toppen.

Und falls wir eine Rubrik mit aufmunternden Fotos, Bildern machen wollen, wäre hier schon mal ein mögliches. Tierbilder/-videos haben ja laut einer psychologischen Studie immer einen aufheiternden, beruhigenden Charakter. Ich hatte mir damals immer wieder das Foto angesehen. Die beiden heißen übrigens Anton und Susi. Aus Spaß nennen wir Anton auch gerne Adolf. Aber das erklärt sich erst, wenn man sich das Foto angesehen hat. ☺

Viel Spaß beim Lesen.
Liebe Grüße
Gaby

@ @ @

Hi Gaby,

Das macht Spaß mit Dir!!

Fotos mit Kommentaren sind natürlich großartig, wie bei »Geld oder Liebe«, das wollte ich auch in meiner nächsten Bühnenshow machen, und in unser Buch passt das natürlich wunderbar rein. Der Witz mit den jüdischen Omas ist klasse! Michas süßen Kommentar könnte man in einer Einleitung zum Buch zitieren, wenn das für ihn in Ordnung ist, mich hat das sehr bewegt. Die anderen Sachen lese ich in Ruhe heute Abend, verlasse nämlich gleich Köln in Richtung Kassel, irgendwo am Arsch der Ewigkeit, wo ich heute und morgen lese. Ab Freitagabend bin ich dann wieder in Berlin für drei Tage. Ich melde mich!

Liebe Grüße
Jürgen

@ @ @

Lieber Jürgen,

da bist Du ja gerade in meiner Heimatstadt. Ich hoffe, Du fühlst dich wohl in Kassel. Es gibt dort sehr schöne Plätze. Leider hat Kassel eine sehr hohe Arbeitslosenzahl. Liegt halt auch ziemlich in der Pampa. Doch auch gerade deswegen gibt es dort noch viel unberührte Natur. Aber nun gut. Tag fünf nach meiner Leukämiediagnose mussten wir uns entscheiden, ob ich Teil einer Studie werde oder nicht. Das war keine leichte Entscheidung, und uns blieb nicht viel Zeit zum Recherchieren. Per Zufall sollte bei der Studie entschieden werden, ob ich die normale Standardtherapie bekomme oder die normale Standardtherapie zusammen mit einem neuen Medikament. Dieses verursacht mehr Nebenwirkungen, verringert wohl aber die Rückfallquote. Zumindest soll das in der Studie bewiesen werden.

Nun gut, ich habe zugestimmt und wurde für das herkömmliche Verfahren gelost. Den Goldarm. Darüber war ich später dann auch glücklich, weil wir von anderen Ärzten hörten, dass die Sterblichkeitsrate bei der Zugabe dieses neuen Medikaments höher sei, wegen der Nebenwirkungen halt. Der Vorteil, generell Teil einer Studie zu sein, ist, dass man versichert ist und die Ärzte einen noch ein klein wenig mehr beobachten.

Aber weshalb ich das so ausführlich erzähle, ist die Idee einer Rubrik der unsinnigsten Studien der Welt. Denn es gibt für fast alles eine Studie. Momentan führt ein Kölner Arzt eine Studie durch, bei der er Patienten auf einem Fahrrad strampeln lässt, während die Chemo einläuft. Beweisen möchte er damit, dass diese 1. weniger Nebenwirkungen haben als die Nichtstrampler, und 2. möchte er die ideale Wattzahl ermitteln, bei der gestrampelt werden muss.

So könnten wir in der Rubrik z.B. darauf eingehen: »Was machen Sie, wenn Ihr Arzt Ihnen vorschlägt, an einer Studie teilzunehmen?« Oder einfach über die unsinnigsten Studien der Welt schreiben. Hier sind einige Links zu den unsinnigsten Studien, wo Du sie nachlesen kannst. Am besten gefällt mir die McDonalds-Studie. Bei der nachgewiesen wurde, dass das runde M uns an weibliche Brüste erinnert. ☺

http://www.dumitrescu.de und dort bei Suche das Stichwort »Studien« eingeben.
http://www.unmoralische.de/studien.htm

Und ein Thema fiel mir noch ein, als ich Michas Text zu diesem Tag las. Es gibt Hypochonder und das Gegenteil. Ich bin, glaube ich, beides. Im tiefsten Innern ein Hypochonder, was ich aber nach außen nie zugeben würde, denn da geht es mir immer gut, und alles ist okay, egal, wie schlecht es mir geht.

Heute kämpfe ich besonders mit dem Hypochonder in mir. Zum Abendessen hatte ich ein Pulver im Hagebuttentee, das sich auf dem Boden abgesetzt hatte und bitter schmeckte. Als ich die Schwester, innerlich panisch, äußerlich ruhig wie ein buddhistischer Mönch, fragte, was das sein kann, rief sie die Ärztin und die Stationsküche an. Nun liege ich hier seit dem Abendessen unter Beobachtung und soll mich melden, falls ein Taubheitsgefühl, Atemnot, Hautausschlag oder Sonstiges auftritt, dann würde das Pulver ins Labor geschickt. So, nun muss ich innerlicher Hypochonder aufpassen, dass ich mir das aus lauter Panik nicht einbilde. Mundtrockenheit habe ich schon, und da kommt gerade die Stationsärztin herein und sagt, dass sie sich alle das »Pulver«, das sich mittlerweile in einem Reagenzglas befindet, angeschaut hätten und eine Schwester auf die Idee kam, dass es doch einfach Kalk sein könnte, der sich aus der Maschine gelöst hat. Also simpler Kalk wohl und kein Terroranschlag oder ein schwarzer Engel, der uns hier auf der Krebsstation erlösen wollte.

Als ich mich eben mit der Stationsärztin über die Psyche – und wie sie in so einem Falle reagiert – unterhielt, sagte sie, dass es doch allen so geht. Sie hätte sich einmal Chemo über die Hand gegossen, und obwohl sie sie sofort abgewaschen hat, musste sie immer wieder auf ihre Hand schauen und glaubte, etwas zu sehen oder im Körper zu spüren.

Seinfeld sagte mal: »Mein Freund ist Hypochonder. Er denkt, er sei krank, ist er aber nicht. Dann gibt es noch den Typ, der immer denkt, er sei gesund, egal, wie krank er ist. Kennen Sie diese Sorte? Sehr lästig. ›Fühl mich toll. Ich hänge gern am Beatmungsgerät. Intravenöse Herz-Lungen-Maschine. Hab mich im Leben nie besser gefühlt.‹« (aus Episode 11, die Herzattacke).

So, ich hoffe Dir gefällt der Witz. Ich habe ihn erst verstanden, nachdem ihn Micha mir erklärt hat. ☺

Liebe Grüße nach Kassel
Gaby

> --- Ursprüngliche Nachricht ---
> Von: Schmidt Michael Peter
> An: Gaby Sonnenberg
> Betreff: Day 5
>
> Was ein Tag.
>
> Du bist Teil einer Studie. Du hast eine Bio-ID-Number bekommen, eigentlich ziemlich cool.
>
> Jetzt passiert alles schnell auf Fall ...
>
> Wir planen hier schon Deine Heimkehr. Es wird ein rauschendes Fest. Und Du wirst sehen, der Tag wird schneller kommen, als Du denkst.
>
> Wir müssen uns für die kommende Zeit ein weiteres Versprechen geben.
>
> Immer die Wahrheit sagen. I M M E R. Hörst Du?

Wenn es Dir scheiße geht, sag es mir.

Wenn Du trübe Gedanken hast, auch. Du brauchst mir nichts vorspielen. Und wenn Du mir nichts sagen willst, nimm einfach meine desinfizierte Monsterpatschehand, und sag gar nichts.

Ich bin Dein Freio, bin immer für Dich da. Ich liebe Dich. Egal, was kommt.

Immer die Wahrheit sagen. Kein Blatt vor dem Mund. Versprich es!!!!

Du bist ein starker Mensch, und Du wirst an dieser Herausforderung weiter wachsen.

Ich weiß genau, wie mein Leben in den nächsten Monaten aussehen wird. Und ich habe keine Angst davor. Ich freue mich sogar darauf. Das braucht Dich nicht zu sorgen. Kümmer Du Dich nur um Dich. Konzentrier Dich auf Dich, und aktiviere Deinen Dickschädel, Deine gewaltige Kraft. Deinen Superwillen.

Tschakka, Du schaffst das.

Und alles, was Du brauchst oder dafür haben willst, ist O.k. Ich schleppe Dir alles an. Gott und die Welt, Hund, Katze, Maus (na ja o.k., nichts, was Dich gefährdet) und auch »The Secret 2«!!!

Heute der momentane Lieblingswitz von Omri (ändert sich bei ihm häufiger als bei Benni die Unterhose):

My girlfriend bought a cook book the other day called ›Cheap and easy vegetarian cooking‹. Which is perfect for her, because not only is she vegetarian ...

Dicken Kuss
M

@ @ @

Hi,

am Tag 6 kriegte ich eine lustige Karte per E-Mail, die ich leider nicht weiterleiten kann. Auf der saß ein Mann lächelnd an einem Konferenztisch, nicht wie die anderen im Anzug, sondern in einem Batman-Kostüm, und darunter stand: Dress for the job you WANT, not the one you have!

Liebe Grüße
Gaby

@ @ @

Hi Jürgen,

der liebe Omri hat mir heute Pregnancy Jokes geschickt. Viel Spaß dabei!

Und ich war heute zu einem dreistündigen Symposium »Angehörige onkologischer Patienten«, zu dem ich Dir gleich mal was schreibe.

Ich schick Dir liebe Grüße und wünsch Dir viel Spaß beim Lesen,

Deine Gaby

> Hello Gaby,
>
> It was a great day today. We had the child birth education class today. We sat down and breeth for 4 hours ☺
>
> Since it's on my radar now – I've collected couple of Pregnancy Jokes which I'm going to send to Natalies father (that as you probably know is one of the leading gynecologysts in Israel).

Schwangerschaftswitze

Woher weiß ich, wenn ich mich übergebe, ob es die Schwangerschaftsmorgenübelkeit ist oder ein Magen-Darm-Virus? Wenn es ein Virus ist, wird es besser.

»Seit ich schwanger bin, ist alles an mir gewachsen, Brüste, Hintern, sogar die Füße. Gibt es irgendetwas, das durch die Schwangerschaft kleiner wird?« »Ja, die Blase.«

»Je länger ich schwanger bin, desto mehr Fremde lächeln mich an. Wieso?« »Weil du dicker bist als sie.«

»Meine Frau ist im fünften Monat schwanger und so launisch, dass ich manchmal denke, sie hat sie nicht alle.« »Und wie lautet jetzt die Frage?«

»Was ist der Unterschied zwischen einem Model und einer hochschwangeren Frau?« »Keiner, wenn der Mann clever ist.«

»Meine Hebamme sagt, dass ich während der Wehen keine Schmerzen empfinde, sondern Druck, stimmt das?« »Ja, in dem Sinne, dass man einen Tornado auch als Luftstrom bezeichnen kann.«

»Was ist der beste Zeitpunkt für eine Epiduralanästhesie? Gleich nachdem Sie erfahren haben, dass Sie schwanger sind.«

+

»Was bedeutet der Satz: Der Kopf des Babys ist die Krönung?« »Dass Sie sich fühlen werden, als ob nicht nur die Krone, sondern der ganze Thron versucht, Ihren Körper zu verlassen.«

+

»Gibt es etwas, was ich unbedingt vermeiden sollte, während ich mich von der Geburt erhole?« »Ja, Schwangerschaft.«

+

»Was bedeutet es, wenn ein Baby mit Zähnen auf die Welt kommt?« »Dass die Mutter die Ernährung des Kindes noch einmal überdenken sollte.«

+

»Unser Baby ist letzte Woche zur Welt gekommen. Wann wird meine Frau anfangen, sich wieder normal zu verhalten?« »Wenn die Kinder studieren.«

+

»Wie finde ich am einfachsten heraus, wann genau ich schwanger geworden bin?« »Indem Sie nur einmal im Jahr Sex haben.«

+

»Unter welchen Umständen kann Sex am Ende der Schwangerschaft die Wehen auslösen?« »Wenn er zwischen Ihrem Mann und einer anderen Frau stattfindet.«

+

Was wäre, wenn Männer schwanger werden könnten?
Der Mutterschaftsurlaub würde zwei Jahre dauern, bei vollem Gehalt, die natürliche Geburt wäre praktisch abgeschafft, Morgenübelkeit wäre landesweit das Gesundheitsproblem Nr. 1, es gäbe rasch eine Behandlungsmethode für Schwangerschaftsstreifen, alle Methoden zur Empfängnisverhütung wären zu 100% sicher, Babys würden im Krankenhaus bleiben, bis sie aufs Töpfchen gehen können, Männer würden während der gesamten Schwangerschaft im Bett bleiben.

»Kann eine Mutter schwanger werden, während sie stillt?« »Ja, aber es geht viel leichter, wenn sie das Kind vorher schlafen legt.«

»Mein Mann und ich, wir sind beide sehr attraktiv. Ich bin sicher, unser Baby wird Model werden. Wen kann ich da kontakten?« »Ihren Therapeuten.«

»Was ist der Unterschied zwischen einem Mann und einer Geburt?« »Das eine kann schreckliche Schmerzen bedeuten bis hin zur Unerträglichkeit, das andere heißt einfach ein Kind austragen.«

»Was ist ein Angeber?« »Ein Kind, das talentierter ist als deins.«

»Werde ich meinen Hund weniger lieben, wenn das Kind da ist?« »Nein, aber Ihr Mann könnte Ihnen auf die Nerven gehen.«

Brenda, zum ersten Mal schwanger, kommt zum Frauenarzt: »Mein Mann lässt fragen, ob …« »Ja, ich weiß schon, Sie können noch hochschwanger Sex haben.« »Nein, er will wissen, ob ich den Rasen noch mähen darf.«

+

Dinge, die man nicht während der Geburt sagen sollte:
Du hast so ein Glück! Ich wünschte wirklich, Männer könnten dieses Wunder auch erleben.
Meinst du, du schaffst es bis zum Beginn der Bundesliga-Übertragung?
Wenn du meinst, das sind Schmerzen, dann erzähle ich dir mal, wie ich mir beim Fußball mal den Arm ausgekugelt habe …
Das waren die Kinder am Telefon. Hast du irgendwas zu essen im Kühlschrank?
Du brauchst doch keine Betäubung. Entspann dich, und genieße den Augenblick!
Oops, was sollte ich noch mal durchschneiden?
Hör auf zu fluchen und atme!

+

Der Frauenarzt stellt fest, die junge Frau ist zum ersten Mal schwanger. »Wird die Geburt schmerzhaft sein?« »Das ist von Fall zu Fall verschieden, und Schmerz lässt sich auch nur schwer beschreiben.« »Könnten Sie mir irgendeine Vorstellung vermitteln?« »Ziehen Sie Ihre Oberlippe vor.« »So?« »Mehr.« »So?« »Mehr.« »So?« »Ja, tut das weh?« »Ein bisschen.« »Jetzt ziehen Sie sie sich die Oberlippe komplett über den Kopf!«

@ @ @

Hallo Gaby,

bin wieder da, aber nur kurz. Habe Deine Mails nur überflogen, die Pregnancy Jokes sind toll, aber was ich ganz toll fand, war die Sache mit den Kalkrückständen in Deinem Tee und Deine Hypochonderüberlegungen. Und zufällig habe ich gerade eine Buchzusammenfassung nur so für mich gemacht, weil die Presse mir die Frage ja auch immer stellt, das hänge ich Dir gleich mal als Anhang dran, gefällt Dir bestimmt. Morgen habe ich Pokertraining, weil ich zu Raab in die Pokernacht gehe, aber ich hoffe, dass ich Deine Mails trotzdem in Ruhe lesen kann!

Liebe Grüße
Jürgen

DER HYPOCHONDER

Medizinisch gesehen ist Hypochondrie eine somatoforme Störung, bei der die Betroffenen befürchten, ernsthaft krank zu sein, ohne dass sich dafür ein objektiver Befund ergibt. Deutschland international Spitzenreiter, Frauen und Männer gleichermaßen, Sozialstatus egal.
Im Alltagssprachgebrauch versteht man darunter eine von Angst dominierte Beziehung zum eigenen Körper und dessen Funktionieren. Also eigentlich Angst, zu erkranken (allgemein), Terminus Nosophobie. Der Hypochonder ist also der eingebildete Kranke, nicht etwa der Simulant. Hypochondrie führt zum »Doctor-Hopping«.
In Kliniken nennt man sie auch »gesundheitsbezogene Befürchtungen«.
Weiteres Kennzeichen für einen Hypochonder: Er bezeichnet jeden so, der mit irgendeiner Krankheit punkten will, nur sich selber nicht.
Im Internet findet jeder passende Belege für seinen Krankheitsverdacht, man nennt die häufigen User solcher Seiten auch »Cyberchonder«.
Überhaupt gibt es einige Phänotypen, z. B. den des Sozial-

hypochonders. Kennzeichen: sein Kenntnisreichtum in allen anatomischen, biologischen, medizinischen und verwandten Dingen. Da würde ich mich einordnen, und Herr Griesbeck beschreibt mich auch als begeisterten Körperbeobachter und zitiert mich mit: »Damit muss der Arzt leben können, dass ich ihm erkläre, was ich gerade habe und welche Therapie ich erwarte. Ich bin nicht wehleidig, ich möchte nur keinen Zweifel an der Schwere meiner Erkrankung lassen.«

Sozialhypochonder kann man schon im zarten Alter sein. Die zwölfjährige Ausgabe setzt sich zwei Tage vor einer Mathearbeit, für die er nicht gepaukt hat, in das Wartezimmer eines Allgemeinmediziners, weil er weiß, nirgendwo kann man sich so zuverlässig eine Grippe holen wie hier. Dieses Kind wird möglicherweise später zum Sadohypochonder, der sich regelmäßig ins Wartezimmer setzt, um fremdes Leid zu sehen, dann mit den Patienten medizinische Fachgespräche vom Zaune bricht, des Inhalts, dass sie mit grässlichen Komplikationen zu rechnen haben. Der Sozialhypochonder wird in diesem Zusammenhang eher tröstlich wirken, Tipps für die Heilung ohne ärztliche Hilfe geben, und wenn der Patient dann glücklich das Wartezimmer verlässt, ohne die Sprechstunde in Anspruch genommen zu haben, macht ihn das stolz. Der Sozialhypochonder sorgt sich vorwiegend um andere (nimm nicht den Lachs, das ist kein Wildfang).

Happy Hypo hat einen gefüllten Medizinschrank, geht zur Vorsorge, wundert sich, wie wenig die anderen wissen.

Eso-Hypochonder sind im Nebenberuf mindestens Vegetarier, machen Yoga oder Tai Chi, ihnen macht alles Angst, was die klassische Medizin ignoriert: Handystrahlen, Überlandleitungen, Uran im Trinkwasser, Kunststoffschlappen und Biopsien. Weibliche lehnen die Pille ab und verhüten mit Mond, Zählen und intensiver Beobachtung des Vaginalsekrets.

Prominente H.: Chaplin, Woody Allen, Caligula, Friedrich der Große, Hitler, Churchill, Philip Roth, Thomas Bernhard, Elfriede Jelinek, H. Christian Andersen, Tennessee Williams,

> Stifter, Kafka, Grillparzer, Rilke, Thomas Mann (Tagebücher), Warhol, Glenn Gould, Michael Jackson, Kant, der auch über die »Grillenkrankheit« geschrieben hat.
> (Nach Robert Griesbeck: »Gesund kann ja jeder«)

So weit das Buch, das im Übrigen noch jede Menge interessante Fakten zum Gesundheitswesen enthält.

Als Sozialhypochonder sammele ich natürlich auch Pressemeldungen über Fehlleistungen der Medizin wie diese:

> 21.3. Bild. »Ich hatte Gallensteine, nach der OP waren meine Hoden weg.«

Mir haben sie auch jedes Mal, wenn ich im Krankenhaus war, was geklaut. Nein, Scherz beiseite, eigentlich war es umgekehrt gedacht. Er sollte die Hoden behalten und die Gallensteine sollten weg. Spiegelung ging schief, bei der Not-OP wurde versehentlich der rechte Samenstrang durchtrennt, der rechte Hoden wurde entfernt, bei der Folgebehandlung sollte eine Gewebeprobe aus dem linken Ei entnommen werden, die fiel dann etwas größer aus, zwei Monate künstliches Koma … wenn man das liest, hat man keine Lust mehr, zu erkranken …

Nun sind Kenntnisse nur sinnvoll, wenn man sie nutzt. Der Sozialhypochonder wird z. B. beim Liebesspiel eigene Wege gehen, auch mal die Milz der Partnerin stimulieren, oder die Galle, einfach weil er weiß, wo diese Organe sind.

Da bin ich jetzt praktisch schon wieder in meinem Beruf gelandet: ein Artikel als Ausgangspunkt für weitere Überlegungen, die im Idealfall zu einem Stand-up-Monolog führen.

Liebe Grüße
Jürgen

@ @ @

Hi Jürgen,

Ich habe erlebt, dass Menschen wunderbar schreiben können und sich andere dagegen sehr unsicher sind, wie sie in so einer Situation mit einem umgehen sollen. Daher habe ich einmal ein paar Aufmunterungsmails und SMS als Beispiel angehängt und versucht zu beschreiben, was man beim Schreiben beachten könnte.

Eine der schönsten Überraschungen war ein Paket mit Buff-Tüchern und einem Brief von dem Produzenten Mark Burnett und seinem Team. Er produziert die Sendung »Survivor« in den USA. Die Kandidaten tragen diese Tücher bei der Sendung. Sehr gefreut habe ich mich auch über zwei Videobotschaften von den Schauspielern Neil Patrick Harris und George Radnor mit Genesungswünschen. Omri hatte sie für mich aufgenommen, als er die beiden in L.A. bei einem Comedyworkshop getroffen hat. Unsere amerikanischen Bekannten schrieben mir auch oft, dass ihre ganzen Familien an mich denken würden und für mich beteten. Es hat mich sehr gerührt, dass Menschen, die mich gar nicht kennen, sich Sorgen um mich machen.

Aber nun ein paar Tipps zum Umgang mit einem Kranken.

LOB

Es ist für einen Menschen immer schön, gelobt, zu werden. Besonders wenn er sich schlecht und nicht mehr attraktiv fühlt. Dann tut es gut, zu hören, wie sehr man geliebt, gebraucht oder vermisst wird. Und wenn derjenige einfach bei der monatlichen Skatrunde vermisst wird. Wichtig ist, ihm mitzuteilen, dass man sich wieder auf ihn freut, und wenn er wieder mit von der Partie am besten gleich mal drei Runden ausgibt.

SCHÖNE ERINNERUNGEN

Von gemeinsamen Unternehmungen, Treffen erzählen, die man mit dem Kranken, als er noch gesund war, unternommen hat, und betonen, wie schön sie waren oder wie dankbar man dafür ist. Am besten Fotos heraus kramen und per E-Mail oder auf dem Postweg mit ein paar netten Worten schicken.

SICH NICHT SCHÄMEN

Sich nicht für sein Mitgefühl schämen und den Kontakt nicht meiden. Es ist nicht schlimm, wenn man z.B. weinen muss. Es ist eine Form von Liebe, wenn man um den anderen weint. Es zeigt oft ein besonders warmes und sensibles Herz. Also, nicht den Kontakt meiden und den anderen glauben lassen, er sei einem gleichgültig. Ich fand es außerdem schön, wenn ich andere trösten konnte. Es gab mir ein Gefühl von Stärke.

Anrufe sind manchmal anstrengend für einen Schwerkranken. Genauso wie Besuche. Besser können da Briefe, Mails oder SMS-Mitteilungen sein. Wie schön waren Kurzmitteilungen, in denen man schrieb, dass man gerade an mich denkt, mich anfeuerte oder noch mal sagte, wie sehr man mich liebt.

MUT MACHEN

Mut machen, statt Angst zu erzeugen. Auf keinen Fall dramatische Situationen schildern, wie was wohl passieren kann und vielleicht passieren wird. Zum Beispiel laut die Sorge äußern, was wohl aus den Kindern wird, wenn sie die Mutter verlieren, oder wie sich der Mann wohl als Witwer mit drei Kindern fühlen wird. Erwähnungen, dass die Überlebenschancen gering sind oder man doch bestimmt Geldsorgen bekommen wird, da der Mann nicht mehr voll arbeiten kann.

Wichtig ist es, zu signalisieren, wir halten alle zusammen, und egal, was passiert, wir schaffen das! Mach dir keine Sorgen! Alles wird gut, wir stehen hinter dir! Du kannst dich auf uns und unsere Hilfe verlassen, und du wirst hier wieder gesund werden. Wir schmeißen für dich so lange den Laden. Ein Kind tröstet man ja auch gerne mit den Worten: »Es wird alles wieder gut! Wir sind immer für dich da!« Verlässlicher Rück- und Zusammenhalt nimmt einem schon viele Sorgen.

VIDEOBOTSCHAFTEN
Im Zeitalter des Smartphones und Internets sind kurze Videobotschaften sehr schön, in denen man einfach in zehn Sekunden mitteilen kann, dass man an den anderen denkt und viel Kraft schickt.

Und zum Schluss noch ein Tipp, was man jemanden anbieten könnte, der Kinder hat und krank ist. Einfach einmal auf seine Kinder aufpassen oder was mit ihnen unternehmen. Denn das wird das Schwierigste in so einer Situation sein. Immer jemanden für die Kinder dazuhaben. Vor allem, wenn der andere noch arbeiten muss. Bei uns war es so.

So, und jetzt zu den Mails. Ich hatte mich wirklich über jeden Brief, der ankam, gefreut. Ich war überrascht, dass selbst meine Zahnärztin und die Schule meiner Tochter mir eine Genesungskarte geschickt hatten. Nett war auch von der Schule meines Sohnes, als sie hörten, dass ich an Leukämie erkrankt bin, dass der Schulleiter bei uns zu Hause anrief und mitteilte, dass er den Probeunterricht bestanden hat. Denn es war noch unsicher, ob er auf der Schule bleiben durfte. »Siehste!«, meinte ich da schmunzelnd, »da ist meine Krankheit doch für was gut!«

Es ist wirklich ein sehr schönes Gefühl, Post von anderen zu bekommen, wenn man isoliert im Krankenzimmer mit Fremden liegt. Also, wenn man einen Kranken kennt, dann ran an den Computer oder an den Schreibtisch. Über ein Paket mit DVDs, Hörspielen, Büchern oder Blumen wird derjenige sich sicherlich riesig freuen. Von Schokolade rate ich bei krebskranken Patienten ab, da vielen davon schlecht wird. Wie mir zum Beispiel. Und da erinnere ich mich noch an den Spruch der Ärztin, als ich mit einer Spuckschale in der Hand im Bett liegend erklärte, dass ich eine Tafel Schokolade gegessen habe, und sie mich anlächelte und sagte: »Milka ist eine der häufigsten Nebenwirkungen der Chemo!«

So, und jetzt viel Spaß beim Lesen
Deine Gaby

DIE SCHÖNSTEN GENESUNGSWÜNSCHE

Liebe Gaby,

und wieder ein Tag überstanden, der Dich Deiner Genesung näherbringt.

Liebe Grüße
Deine Beate

@

Liebe Gaby,

Fuck! Doppel-Fuck! Hab gerade erst von Michael von Deiner Krebserkrankung erfahren! Bin natürlich erst mal erschrocken gewesen, mit dem Thema hatte ich in der Vergangenheit ja selbst genug zu tun, Gott sei Dank immer als Angehöriger, nie als Betroffener, und das ist natürlich noch einmal eine ganz andere Nummer. Ich hoffe aber, es geht Dir den Umständen entsprechend gut. Ist ein schwacher Trost, aber eine Freundin hier auf Ibiza hatte exakt denselben Krebs, myeloische Leukämie, und war dann auch eine Weile »oben ohne« ... aber sie hat alles gut überstanden, hat wieder Haare und macht das Nachtleben wieder unsicher. Diese Sorte Krebs hat ja gerade bei jüngeren Menschen sehr gute Therapiechancen. Ich wünsch Dir alles, alles Gute, lass Dich nicht runterziehen und think positiv ... das ist schon die halbe Miete. Ich drücke sämtliche Daumen und schick Dir ein bisschen Sonnenschein von der Insel.

A.

@

Hallo Gaby,

vor ein paar Tagen habe ich von Michael erfahren, dass und warum Du im Krankenhaus bist. Ich hatte einen Interviewtermin mit seinen Kollegen von Red Arrow, bei dem er eigentlich auch dabei sein sollte. Ehrlich gesagt, war ich ganz schön geschockt! Aber schwerere Krankheiten sind ja auch nichts, mit dem man rechnen würde oder über das man sich normalerweise gern Gedanken macht. Bis man dann damit konfrontiert ist. Wie geht es Dir denn im Moment?

Ich habe Dich als starken, positiven Menschen kennengelernt, und insofern bin ich überzeugt, dass Du mit viel Energie und Lebensfreude die Herausforderungen der nächsten Zeit meistern wirst. Die Liebe Deiner Familie und die liebevollen Gedanken Deiner Freunde werden Dir hoffentlich über so manchen schwierig zu erklimmenden Berg hinweghelfen. Von ganzem Herzen wünsche ich Dir jede Menge Kraft, Stärke und Glück auf dem Weg zu einer möglichst schnellen Gesundung!

Viele liebe Grüße & 1000 gute Wünsche aus Köln
T.

@

Hello Gaby,

I guess its now the middle of the night your time but I must tell you about what I just had. I had a meeting with my friend who is one of the head writers of The Simpsons. He told me that he saw the clip on my facebook and really had to call me. His younger sister was diagnoused last year with the same problem. It was almost a year ago. This weekend all the family are going to meet to celebrate the return of a crystal clean blood test which put this annoying period behind them.

I was so happy to hear that and just had to share it with you
Omri

@

Lilith Sonnenberg

Ich hab Dich so lieb!!!

@

Liebe Gaby,

wie geht es Dir? Denke immer an Dich und fühle mich so komisch, dass ich gar nichts tun kann. Vielleicht hast Du einen Wunsch, etwas, das Dir eine kleine Freude machen könnte, das ich Dir schicken dürfte ...

Ganz liebe Grüße
Deine Beate

@

Wir freuen uns auf Dich. Werd nicht ungeduldig. Egal, wann Du kommst, wir sind da und backen Kuchen aus Mehl und Küsschen.

Sei stark und tapfer, wir lieben Dich.

Und mach nicht in die Hose, sagt Julia, und fragt mich, ob ich es wirklich geschrieben habe.

Dicke Küsse von Julia und Micha

@

Hey Gaby,

dem Markus ist es als Erstes aufgefallen. Sonst kommen so nette Kommentare über Facebook von Dir und jetzt – Sendepause. Also haben wir nachgefragt, Tomi nicht erreichbar (kennst ihn ja), und von Micha habe ich dann das mit dem Befund gehört.
Also da hast Du mal 'ne dicke Aufgabe bekommen. Ich bin zuversichtlich, dass die ganzen Dinge drumherum im Alltag geregelt werden können. Zum Knackpunkt und der eigentlichen Aufgabe, die Behandlung anzugehen, dazu kann ich, verdammt naiv klingend, nur viel Glück und viel Mut wünschen! Denn irgendwie habe ich selber wenig Erfahrung mit so großen Krankheiten.
Aber ich bin optimistisch, dass Du das hinbekommst, so wie ich Dich kenne. Schließlich hast Du respektable drei Kinder! Meiner-einer verzweifelt ja schon am Aufziehen von einer einzelnen Zicke.
Mir fehlen im ersten Moment konkrete Ideen, was ich (oder N.) machen können, aber wenn ich im Laufe der nächsten Wochen und Monate irgendwo was helfen kann, dann hast Du ja meine Mailad. Offline bist Du ja nicht, wie mir Micha sagte.

Bis bald
S.

@

Hi Gaby, von Maria habe ich gehört, dass es Dir nicht so gut geht. Deshalb auch nicht die Frage am Anfang. Ich wollte Dir ganz viel positive Energie und gute Laune aus

Köln schicken. Ich würde mich freuen, von Dir zu hören. Bei uns ist alles o. k. Mit meinem neuen Partner habe ich eine einjährige Antonia. Was machen Deine Kinder? Alles Liebe

J.

@

Guten Morgen liebe Gaby,

lese gerade auf Deiner Facebook-Seite, dass Du wieder zu Hause sein kannst. Das freut mich sehr! Ich hoffe und wünsche es sehr, dass Dich die Kräfte nicht verlassen, Dass Du – bei allen Schmerzen und aller damit einhergehender Traurigkeit – nie den Lebenswillen verlierst und es Dir spürbar immer etwas besser geht. Komm gut in die Woche, und genieße diesen Morgen. Liebe Grüße aus dem Studio in Hannover

L.

@

Gaby,

This is so great!!!!
My whole family is thinking of you.
I saw a picture on facebook of Julia's first day of school!
How amazing.
What TV shows are you watching that you like best?

Lots of love
H.

Die anderen Mails und Briefe werde ich in homöopathischen Dosen über das Buch verteilen!

Liebe Grüße
Gaby

Hi Gaby,

zufällig geriet ich heute Morgen in meiner Klobibliothek an das Büchlein »Der kleine Neurotiker« von Dennis Di Claudio. Er beschreibt dort sehr anschaulich, also zum Fürchten, dabei aber sehr wissenschaftlich die verschiedensten neurologischen Katastrophen. Ich greife mal wahllos das Fregoli-Syndrom heraus. Dabei nehmen die beiden Hirnhälften einander widersprechende Daten auf und veranlassen den Teil des Hirns, der versucht, Logik hineinzubringen, Erklärungen für die Widersprüche zu liefern. Beispiel: Eine Hälfte sagt: Ein Pantomime kommt mir entgegen, die andere sagt: Es ist meine Oma. Dann komme ich womöglich zu dem Schluss, dass Oma sich als Straßenkünstlerin verkleidet hat. Er liefert natürlich noch Theorien, wie das zustande kommt und wie man es behandelt. Abgesehen von dem Comedy-Gold, was es beinhaltet, frage ich mich, ob das für Dich jetzt besonders tröstlich sein könnte, weil Du unwillkürlich denkst: Autsch, da bin ich aber froh, dass ich das nicht habe. Andersrum: Sind Patienten besonders dankbar für Schadenfreude? Ich fände das nur logisch. Vielleicht könntest Du meine Witzliste mit Mini-Kommentaren versehen, das wäre, glaube ich, erhellend. Testest Du die Sachen auch bei Mitpatienten oder beim Personal? Eine Schilderung von empörten Reaktionen auf eine gepflegte Sauerei fände ich auch schön!

Liebe Grüße
Jürgen

@ @ @

Hallo,

ja, das ist sehr lustig. Und ich denke in einer Tour: »Gott sei Dank habe ich das nicht. Dann lieber Leukämie!« Ich packe gerade meine Sachen, denn ich darf bis zum 29.11. nach Hause.

Ich drucke die Witze zu Hause aus, und wenn ich wiederkomme, erzähle ich sie dann dem Personal und den Patienten. Micha hatte ich schon einige Witze erzählt, wie den Stinktierwitz und den Elefanten-Affen-Witz, welchen er sehr eklig fand, während ich mich darüber sehr amüsiert habe.

Den Sterbehilfewitz hatte ich schon rumerzählt, und den fanden alle lustig. Ich schick Dir liebe Sonntagsgrüße, und ich weiß jetzt erst durch Dich, was Klolektüre ist. Hab mir nämlich »Was liest du« mit Dir und Cordula Stratmann auf YouTube angesehen.

Deine Gaby

@ @ @

Hi Gaby,

na das klingt doch toll. vierzehn Tage Heimaturlaub! Da wirst Du wahrscheinlich erst mal für Deine Lieben kochen, nimmst Du dann bewährte Rezepte, oder probierst Du Dinge aus, von denen Du im Krankenhaus geträumt hast? Bist Du überhaupt so ein Kochfex wie ich, mit 500 Kochbüchern? Wenn ja, haben wir da ja ein weiteres weites Feld für unser Buch. Gleich muss ich auf die Wartburg, »Frei von der Lippe« drehen, da sollen es dann null Grad werden. Hab den Laptop nicht mit, aber Du wirst sicher auch erst mal ein Schreibpäuschen machen. Ganz viel Spaß mit der Familie!

Liebe Grüße
Jürgen

@ @ @

Hallo Jürgen,

da sind wir schon bei den positiven Seiten einer Leukämieerkrankung, wir haben nämlich seit August eine Haushälterin. ☺ Ging nicht anders. Meine Mutter war die ersten sechs Wochen da und ist dann aber mit einem Zusammenbruch ins Krankenhaus eingeliefert worden. Und mit meiner Schwiegermutter hatte sich Micha mal wieder verkracht.

Frau Robert kommt ursprünglich aus dem Allgäu und kocht ganz lecker. Meistens gibt's Spätzle. Und am Sonntag hatte mich Micha mit Spaghetti Bolognese überrascht.

Aber ich koche gern, vor allem am Wochenende. Ich versuche dabei, immer gesund zu kochen, im Gegensatz zu Micha, dem ist das egal. Wichtig ist, dass es schmeckt! Er ist so ein Kochfex wie Du und hat mir einiges beigebracht. Doch ich kriege zum Beispiel nie die richtige Bratdauer für Fleisch hin. Wir haben zwei Weber-Grills (einmal Gas, einmal Kohle) auf der Terrasse, und da zaubert er oft leckere Dinge.

Meine Rezepte hole ich mir oft bei Eat smarter:
http://eatsmarter.de

Das ist ein tolles Konzept.

Lustig ist auch die Seite »Scheiße was koche ich heute«:
http://www.scheissewaskocheichheute.de

Ich schaue mir auch neuerdings gerne Bücher an wie die »Anti-Krebs-Ernährung«, und zu Hause habe ich ein paar Kochbücher wie »Familie in Form« (Weg mit dem Familienspeck), »Sehr gut vegetarisch kochen« oder Gordon Ramsays »Gesund schmeckt besser«. Michas Kochbücher sind »Webers Grillbibel« und solche Sachen. ☺

Eine Schreibpause brauche ich nicht. Macht mir zu viel Spaß. Gestern musste ich nur erst mal viele Sachen erledigen, wie liegen gebliebene Rechnungen und die Buchhaltung. Und dann war ich heute beim Arzt zur Blutbildkontrolle und beim Sport und Krebsprogramm, wo ich mitmache. Ansonsten habe ich dank unserer Hilfe nicht mehr so viel zu tun wie früher. Sie holt Julia jetzt auch gerade vom Hort ab, und ich fahre dann gleich nur noch zum Elternsprechtag.

Ich wünsche Dir viel Spaß auf der Wartburg und beneide Dich ja sehr um die Pokernacht!

Liebe Grüße
Gaby

@ @ @

Hi Gaby,

na, das ist doch toll – eine Haushälterin aus dem Allgäu, das bedeutet, Diät ist kein Thema mehr, und Nudeln machen glücklich. Habe meine sechs Kilo, auf deren Verlust ich so stolz war, auch wieder drauf. Eat smarter habe ich als App auf dem Handy, habe mir die Seite aber jetzt auch gespeichert. Gestern rief mein lieber Freund Ingo Oschmann an und kam mit einem Blitzrezept von Gordon Ramsay um die Ecke, das ich sofort ausprobiert habe: eine kleine Dose Kichererbsen (400 g), Inhalt in einem Sieb abspülen, zwei oder drei in Scheiben geschnittene Knoblauchzehen in Olivenöl sanft bräunen, Streifen von einem guten rohen Schinken dazu, Parma oder Serrano, die Erbsen dann nur noch darin erhitzen, Salz ist nicht nötig wegen des Schinkens, ich habe mir aber ein bisschen Cayennepfeffer drübergehauen. Schnell, lecker, die Bude duftet herrlich nach Knofel, und relativ kalorienarm. Wenn Du mir schreibst, in welche Richtung Du gern kochst, schicke ich Dir meine erprobten Rezepte. Auf das Pokern bin ich sehr gespannt, hoffentlich hat Brainpool einen Smoking besorgt, meiner geht nicht mehr zu! Und jetzt kommt etwas, was mein Fun-Dealer Lutz gerade geschickt hat, passt wunderbar in unser Buch!

Ein Tag, der ohne Lächeln war,
bringt leicht die Schönheit in Gefahr.
Er macht dir Falten ins Gesicht –
Drum lache viel, vergiss das nicht!

DIE SECHS WAHRHEITEN

1. Du bist online.
2. Du bist beim Posteingang.
3. Du liest gerade.
5. Du hast nicht bemerkt, das 4. fehlt.
6. Du kontrollierst es gerade.
7. Du lachst.

Und noch etwas …

Es gibt genau sechs Wahrheiten in Deinem Leben:

1. Du kannst nicht alle Deine Zähne mit Deiner Zunge berühren!
2. Du bist ein Depp, weil Du Wahrheit 1 gerade ausprobiert hast.
3. Wahrheit 1 ist eine Lüge.
4. Jetzt lächelst Du, weil Du ein Depp bist ☺
5. Du wirst das bald an einen anderen Deppen schicken.
6. Du lächelst immer noch, weil Du Dich freust, dass der nächste genauso blöd sein wird wie Du.

Das Lächeln steht Dir gut!!!

Liebe Grüße
Jürgen

@ @ @

Guten Morgen,

vielen Dank für das Rezept und den lustigen Anhang. Wir sind heute mal unterwegs, und dann schicke ich Dir auch was Lustiges.

Ich mag alles, was simpel zu kochen ist und Reis oder Pasta enthält. Einen Thunfisch ausnehmen oder so was ist nicht so mein Ding. Obwohl ich Calamari liebe.

Und hier ist noch einer meiner Lieblingswitze:

> Ein Mann sitzt im Flieger neben einem Papagei. Die Stewardess nimmt die Getränkewünsche entgegen. »Einen Kaffee, bitte!«, sagt der Mann. Der Papagei bestellt: »Einen Whisky, aber zack zack, du Schnepfe!« Die Stewardess bringt den Whisky und vergisst den Kaffee. »Denken Sie bitte an meinen Kaffee?«, erinnert sie der Mann höflich. »Und mir noch einen Whisky, du Schlampe!«, fügt der Papagei hinzu. Der zweite Whisky kommt, aber den Kaffee hat sie wieder nicht mitgebracht. Der Mann denkt sich, vielleicht braucht sie es so, und brüllt die Stewardess an: »Ich will jetzt endlich meinen Kaffee, sonst knallt's, du fette Plantschkuh!« »Und ich noch einen Whisky, du Flittchen!«, sagt der Papagei.
> Da reicht es der Stewardess, und sie lässt beide vom Personal durch den Notausgang rauswerfen. Da schaut der Papagei den Mann an und sagt: »Ganz schön große Klappe für jemanden, der nicht fliegen kann!«

Ich schick Dir ganz liebe Grüße
Gaby

Und jetzt wieder ein paar Trostmails.

Hallo Gaby,

hier ist Marcus. Ich hatte gestern ein vielstündiges Gespräch mit Rainer, und er hat mit mir darüber sprechen müssen, dass Du diese Diagnose hast. Ich hoffe, dass Du es ihm nicht übel nimmst, doch ich kenne Dich doch auch schon so lange. Ich wollte Dir nur sagen, dass Du jetzt sicherlich eine schwere Zeit hast, das tut mir sehr leid. Doch ich wollte Dir vor allem klarmachen, dass überhaupt nichts verloren ist, ganz im Gegenteil. Du wirst es definitiv schaffen, diese Krankheit zu besiegen. Weißt Du, meine Mutter hatte fortgeschrittenen Eierstockkrebs mit unzähligen Metastasen. Obwohl ich am Boden war und meine Brüder auch, haben wir uns nichts anmerken lassen und nie einen Zweifel aufkommen lassen, dass sie es überstehen würde. Die Ärzte sagten, sie habe trotz gut verlaufener Operation nur noch Monate, allenfalls mit Glück zwei Jahre. Das ist inzwischen elf Jahre her, und meine Mutter ist geheilt. Das war kein Wunder, sondern sie hat wegen ihrer Enkel und wegen uns so fest daran geglaubt, dass diese Krankheit weichen musste. Und genau das wirst Du auch machen, für Dich und für Deine Kinder und auch Deinen Ehemann. Ich werde ganz oft an Dich denken, so wie all die anderen, und Du wirst diese Energie von uns zusätzlich bekommen. Bitte sei stark und glaube daran. Ich kann Dir empfehlen, die DVD »The Secret« anzuschauen. Ich weiß, dass das alles stimmt, meine Mutter hat es bewiesen, und Du wirst es auch tun. Es wird alles gut werden, bis bald.

M.

@

Gaby,

Just wanted to drop you a note to tell you that I'm thinking of you.

I have no doubt that you will be fine. You are young and strong and I know you will beat this.

I speak to Michael all the time but if you should ever need anything or anyone to kick his ass ☺ please do not hesitate to write me or call me.

Love,
C.

@

Liebe Gaby,

Mensch, was für eine Scheiße! ☹ Ich hoffe, es geht Dir den Umständen entsprechend gut, ich habe, ehrlich gesagt, keine Ahnung, wie sich eine akute Leukämie äußert, ob es Medikamente gegen die Symptome gibt oder ob man direkt mit der Chemo anfängt. Und ich hoffe, Du hast Ärzte, die anständig und von allein erklären; das Schlimmste, als mein Vater im Krankenhaus war, war, dass man immer jeder Antwort hinterherrennen musste ... Ich hab heute kurz mit Michael geskypt, der sagte, dass Du sechs Monate im Krankenhaus bleiben musst. Wenn ich irgendwas tun kann, sag Bescheid – ich empfehle gern Bücher, Spiele, Serien, Blogs, was anderes fällt mir momentan nicht ein. ☹

Was ich auch aus eigener Erfahrung sagen kann: Man gewöhnt sich sehr schnell an sehr viel, ich weiß nicht, ob man »leider« sagen soll oder »Gott sei Dank« –, als bei meinem Vater der Krebs diagnostiziert wurde, war es nach ein paar Wochen zu »the new normal« geworden. Nicht weniger schlimm, aber man schafft es einfach nicht, die ganze Zeit auf diesem Adrenalinniveau zu leben. Und auf einmal hängt man in diesem Club der Krebsfamilien drin, in den man nie reinwollte – und gleichzeitig tröstet es irgendwie, dass man nicht allein ist und es andere gibt, die wissen, wie es einem geht.

Ich wünsche Euch allen ganz viel Kraft, damit Ihr die nächsten Monate heil übersteht! Ihr schafft das!

Liebe Grüße
S.

@

Gaby (my German mother!)

I'm so sorry to hear that you are in the hospital and wanted you to know how much I love you!

Michael did not give me any details other then the fact that you will be in the hospital for six months. I hope that you have the best of care and experience a healthy and safe recovery.

I am saying many prayers and sending love all the way from Los Angeles.

Do you get to see the kids every day?

I hope you have some entertaining movies and books to read. Please let me know if there is anything you would like for the states and I will send it right away.

You showed me such kindness, Gaby, that I will remember forever. I feel so connected to you and your family as you are just incredible individuals who deserve only the best from life.

Please stay in touch if you desire!

Lots of love
H.

@

Hallo Gaby, ich finde Deine Einstellung super, das habe ich aber auch früher schon so empfunden. Du bist halt eine starke Frau, so wie Deine Mutter. Ich bin auf Facebook, muss aber zugeben, dass es eher beruflich bedingt ist. Privat meldet sich jetzt auch der ein oder andere, würde mich über eine Verlinkung freuen. Was machst Du gerade so? Ich hoffe, Du kannst zwischendurch raus, denn das Wetter ist ja ganz schön heute, zumindest hier. Freue mich, wenn ich von Dir höre.

Bis bald
M.

@

Liebe Gaby,

o ja, es wird Situationen geben, in denen die Hoffnung schwindet und man sich denkt: »Also schlechter wird es mir niemals gehen!«

Gerade am Anfang habe ich nur geweint, mein Schicksal verflucht und voller Todesangst beobachten müssen, wie ein Körperteil nach dem anderen seine Funktion einstellte.

Aber auf den ersten kleinen Hoffnungsschimmer habe ich mich dann gestürzt wie ein Verdurstender in der Wüste, ihn eingepflanzt, zu einem massiven Baum hochgezogen und mit seinen Ästen dann alle Skeptiker, Energieverbraucher und Pessimisten verdroschen!

Und Leute wie wir können das!! Denn auf uns wartet immer eine wunderbare Familie und ein tolles Leben in der Sonne!

Alles wird gut!!
Liebe Grüße
der O.

@ @ @

Hi Gaby,

Hier kommt eine frische Zeichnung vom Fun-Dealer, Titel: Als Männer noch Männer waren.

Und jetzt muss ich zum Zug. Liebe Grüße
Jürgen

@ @ @

Hi,

kennst Du schon den kotzenden Kürbis? Wenn nicht, dann jetzt. ☺ Ich muss immer sehr lachen, wenn ich mir das Bild anschaue.

Liebe Grüße
Gaby

@ @ @

Wunderschön! Habe ich mir gerade als neuen Desktophintergrund eingerichtet.

Lieben Gruß und tschüs!
Jürgen

@ @ @

Hallo,

wie geht's Dir? Das waren ja lustige Sachen, die Du mir geschickt hast! Ich habe immer noch ein dickes Grinsen im Gesicht. ☺ Ich weiß leider auch nicht, was der Grund sein könnte, dass E-Mails bei mir nicht angekommen sind. Meine schicke ich jetzt einfach immer über den Laptop, vielleicht klappt es ja dann. Ich habe noch zwei lustige

Bilder über Facebook gefunden. Zu dem »Face it – Don't Facebook it«-Bild fällt mir ein lustiger Sketch ein, den ich gesehen hatte. Ein Mann lag nach einem Autounfall im Sterben, und die Sanitäter posteten für ihn bei Facebook seinen letzten Status, anstatt ihn zu behandeln. In der Art könnte man sicherlich auch ein paar lustige Geschichten schreiben.

Liebe Grüße
Gaby

@ @ @

Hi Gaby,

das Schlüpferbild ist natürlich schon ein bisschen älter, wie man am Datum sieht, aber ein wunderschönes Beispiel für fehlerhafte Kausalverknüpfung, damit sollte jeder Philosophielehrer arbeiten. Das Facebook-Baby ist toll. Ich war ja nun bei Raab zum Pokern, und es hat einen tierischen Spaß gemacht, zumal Pius Heinz, der 22-jährige Kölner Student und frischgebackene Pokerweltmeister, dabei war. Ich habe mich recht wacker geschlagen, war zeitweise sogar Chipleader und hatte zweimal im All-in heads-up Kartenpech, einmal gegen Elton und dann gegen den Champ. Aber ich hätte auch gewinnen können, aber sie haben dann einmal den Turn und einmal den River getroffen. Man muss halt den Überblick über die Outs behalten und die Pot-Odds ausrechnen können. Ist das nicht eine herrliche Sprache? Kannst Du pokern? Wenn nicht, kann ich es nur empfehlen. Bei Saturn gibt es zwei Programme, kosten jeweils 9,90 Euro, haben keinen Schnickschnack, und Du kannst es prima lernen. Und auf einer Mail, die ich als unzustellbar zurückgekriegt habe, war meine neueste Vorspeise: Eine Aubergine halbieren, mit den Schnittflächen nach unten auf Backpapier mindestens fünfzig Minuten bei 190° Umluft backen, dann kann man das Innere auslöffeln, gewürzt wird nur mit gutem Olivenöl, Meersalz und, wer mag, etwas Zitronensaft! Ganz toll! Ich bin schon wieder auf Tour und sitze gerade in Stuttgart.

Liebe Grüße
Jürgen

@ @ @

Hallo Jürgen,

waren ein paar Tage gen Sonne geflogen. Heute Abend geht's wieder nach Hause. Als ich den Red Velvet Muffin mit Creamcheesetopping aß und den Detoxifying Drink trank, kam mir die Idee für die Rubrik Krankentröster- oder Seelentrösterrezepte. Du hattest ja schon geschrieben, dass wir Rezepte ins Buch drucken könnten. Ja, welche, die der Seele guttun! So eins, wie Du es mir schon geschickt hattest. ☺

Micha bestellte mir den Saft mit Roter Bete, frischer Petersilie, Karotten und Apfelsaft und den Rote-Bete-Muffin, weil man doch Rotes essen soll. Es sei gut gegen Krebs. Es kann ja in dem Fall auch mal ein rot gefärbter Muffin sein. ☺

Wenn mir eins geholfen hat, mich besser zu fühlen und auf andere Gedanken zu kommen, dann Essen. Na ja, und Shopping hat geholfen! Aber ein guter Cheesecake mit Erdbeertopping brachte nicht nur meine Augen zum Leuchten, sondern auch die der Schwestern und Ärzte. Die durften natürlich mitessen.

Ich muss jetzt Koffer packen und schicke Dir ganz liebe Grüße
Gaby

@ @ @

Hi Gaby,

in die Sonne geflogen klingt gut, wo wart Ihr denn? Hier wird es ja doch so langsam arschkalt, zumindest in Hessen, wo ich gerade toure. Das Foto Muffin mit Drink ist toll. O.k., also rote Gerichte, da fallen mir als Erstes ein leckeres Rote-Bete-Carpaccio und eine Linsen-Tomaten-Suppe von Kolja Kleeberg ein und noch eine Möhren-Mango-Suppe. Hier kommen die Rezepte:

MÖHREN-MANGO-SUPPE

1 Zwiebel,
1 rote Chilischote
400 g Möhren
150 g Mango
900 ml Gemüsebrühe
Frisch geriebene Muskatnuss
Saft von anderthalb Limetten

Zwiebeln, Chili und Möhren zerkleinert in Butterschmalz andünsten, Brühe drauf, Mango dazu und 15 Minuten köcheln, pürieren, abschmecken.

TÜRKISCHE LINSENSUPPE NACH KOLJA KLEEBERG

100 g rote Linsen waschen, 3 Schalotten und eine Knoblauchzehe würfeln und in Olivenöl anschwitzen.
Linsen und 1 Teelöffel Kreuzkümmel dazu (ganze Samen), mit Weißwein ablöschen und einkochen lassen, 800 g geschälte Tomaten (Dose), 200 ml Geflügelbrühe (auch mehr), frische Chili, Salz und Pfeffer.
30 Minuten, pürieren, evtl. noch Brühe dazu, mit Zitrone abschmecken, Griechischen Joghurt mit Zitrone und Salz würzen (muss nicht), auf die Suppe und eine Bahn Olivenöl drüberziehen.

ROTE-BETE-CARPACCIO (Riva, Malle)

Rote Bete (aus der Packung, also die eingeschweißten) mit einem großen Messer so dünn wie möglich in Scheiben schneiden und auf einem großen Teller nebeneinanderlegen. Ein bis anderthalb Knollen pro Person reichen aus. Mit altem süßem Balsamico sparsam beträufeln.

Kleine Rädchen von der Ziegenkäserolle draufsetzen, jetzt vielleicht noch ein bisschen Olivenöl, möglicherweise auch ein bisschen Basilikum, muss man probieren, die Grundmischung sieht jedenfalls schon toll aus und ist eine herrliche Vorspeise. Und ganz wichtig: Zerdrückte rote Pfefferbeeren müssen drauf.

Und wenn Du das alles gekocht hast, kannst Du mal die Pingpongtricks üben, die der Bengel auf dem Link macht. Ich glaube, das ist gefakt, frag mal Micha, was er davon hält. In jedem Falle ist es – neue Wortschöpfung von Rea in »Voice of Germany« – un-fucking-fassbar!

Der Junge mit den Pingpongbällen
http://www.20min.ch/videotv/?channel_id=16&video_id=198759

Ganz liebe Grüße
Jürgen

@ @ @

Hallo Jürgen,

wie geht's Dir? Läuft die Tour gut? Wir Verrückten waren in L.A. Micha hatte dort Premiere von »You deserve it« auf ABC. Das ist eine neue Game Show, die ProSieben/Sat.1 entwickelt hat, und Michael ist Executive Producer dieser Show. Sie wurde bisher in über 20 Länder verkauft.

Man spielt in der Show für jemanden, den im Leben ein schwerer Schicksalsschlag getroffen hat und der das Geld sehr gut gebrauchen kann und zudem ein ganz besonderer Mensch ist. Bei der Premiere spielte eine Highschoollehrerin für ihre beste Freundin, deren Mann bei einem Tauchgang ums Leben kam und die nun mit ihren zwei kleinen Kindern in einer finanziellen Notlage steckt. Sie und ihre Kinder haben keine Krankenversicherung, und ihr Haus soll gepfändet werden.

Die Mutter mit den Kindern wusste nicht, dass ihre beste Freundin gerade im Studio für sie um Geld spielt, während sie mit ihren kleinen Töchtern im Kino saß und »Arielle, die Meerjungfrau« anschaute. Dort wurde sie dann mitten im Film von einer Reporterin mit der Gewinnsumme von 110.000 Dollar überrascht.

Bei dem Spiel muss man durch Hinweise auf die Antwort einer Frage kommen. Je mehr Hinweise man braucht, desto weniger Geld gewinnt man. Mal schauen, an welchen deutschen Sender die Sendung jetzt verkauft wird.

Wir waren dort auch zu Thanksgiving eingeladen. Ich muss mir unbedingt noch die Rezepte schicken lassen. Die karamellisierten Süßkartoffeln waren der Hammer! An Deinen Rezepten liebe ich, dass sie nicht schwer nachzukochen sind. Zumindest klingt es so. ☺

Ich bin ja jetzt seit drei Stunden wieder im Krankenhaus und bekomme gleich meine Knochenmarkpunktion und einen ZVK gelegt. Das hasse ich! Das ist ein Zugang, der in die Halsvene gelegt wird. Schauder! Aber ich bin das letzte Mal hier. Jetzt noch drei Wochen, und dann habe ich es geschafft. Nur noch einmal Chemo, warten, bis mein Knochenmark gen null gefahren wurde und sich dann wieder regeneriert hat, und dann war es das! Dann ist das halbe Jahr vorbei!

Auf dem Foto sieht man, wie gut es mir in L.A. ging. (Hotelbadewanne, Füße gucken raus.)

Übrigens meinte Micha, dass das Video mit den Pingpongbällen in der Hinsicht gefakt ist, da es so lange probiert wurde, bis es geklappt hat.

Liebe, liebe Grüße
Gaby

@ @ @

Hi Gaby,

das klingt nach einem spektakulären Konzept! Hast Du nach so einem Trip keine Probleme mit Jetlag? Ich war nach den beiden letzten Rückflügen aus den Staaten und Kanada eine Woche nicht zu gebrauchen. Wenn die gerade so fiese Sachen mit Dir machen, dann pack ich Dir jetzt mal ein paar lustige Sachen in die Anlage. Aber dass Micha meint, der Pingpongtyp ist echt, hat mich erstaunt. Da gibt es ja noch den holländischen Talkshow-Ausschnitt mit der Rollstuhlfahrerin und dem Typ, der so hoch spricht, dass der Moderator einen Lachflash kriegt, da streiten sich die Comedy-Gelehrten auch, aber das kennst Du sicher, oder?

Nun wünsche ich Dir, dass die Behandlung nicht so schrecklich wird oder vielleicht schon vorbei ist, und der Rest hörte sich doch sehr erfreulich an!

Liebe Grüße
Jürgen

@ @ @

Lieber Jürgen,

danke, ich habe sehr gelacht. Wie wunderbar, dass wir gerade jetzt an diesem Projekt arbeiten. Ich bin doch ein Glückspilz, so nette, liebe und witzige Menschen zu kennen.

Zu der Pingponggeschichte musste es Micha mal selber mit einem Team für eine Fernsehsendung versuchen und testen, ob es real oder gefakt ist. Und so probierten sie einen Tag lang, es genau so hin zubekommen wie der Junge. Und sie schafften es! Nach etlichen!!! Wiederholungen, und wurden immer besser mit der Zeit. Das andere YouTube-Video kenne ich nicht, wovon Du erzählt hast, wo finde ich das denn?

Wie findest Du das Foto, das ich angehängt habe?
Ich liebe es!

Wie wäre es, wenn wir einige Denk- und Suchspiele mit ins Buch nehmen würden? Bei Deinen Witzen waren doch Rätsel dabei, und ich habe aus einer alten »TV Hören und Sehen« etwas gefunden, was man ähnlich machen könnte. Ein Suchspiel zu den eigenen Witzen. Klick mal hier: http://www.tvhus.de/archiv/popup_sepp.html?jahr=2011&bild=47

Ach, heute habe ich noch ein lustiges Video gesehen und mir vorgestellt, dass jemand so eine Kochrubrik bei Harald Schmidt oder so moderieren könnte. Bei YouTube abrufbar unter: Nerdy white kid KILLS »Look at me Now« (while cooking).

Und dann bekam ich wahnsinnigen Appetit auf Lemon-Cottage-Pancakes. Wir waren in L. A. zum Frühstück im Four Seasons, und ich aß dort den besten Lemon-Cottage-Pancake meines Lebens. Soweit ich es in Erinnerung habe, war er mit Ziegenhüttenkäse gemacht. Im Internet fand ich ein Rezept, in der Hoffnung, dass er so lecker schmeckt, wie der, den ich gegessen habe. Kann es ja leider hier nicht ausprobieren. ☺

Hier ist das Rezept:

http://www.franklyentertaining.com/2011/03/07/lemon-ricotta-pancakes-from-the-four-seasons-hotel/

> LEMON RICOTTA PANCAKES,
> from the Four Seasons Hotel
>
> Ingredients:
> 6 eggs, separated
> 1 1/2 c. ricotta cheese
> 8 tb butter, softened
> 1 tsp. vanilla
> 1/2 c. flour
> 1/4 c. sugar
> 1/2 tsp. salt
> 2 tb lemon zest (about two lemons)
>
> Directions:
> Pre-heat griddle on medium low.
> In a medium bowl, mix together ricotta, egg yolks, butter, and vanilla. In a separate bowl, whisk together dry ingredients. With a rubber spatula fold the dry ingredients into the ricotta mixture.
> In another mixing bowl beat egg whites until soft peaks form. Fold half the egg whites into the ricotta mixture, then fold in the rest of the egg whites until just combined. The egg whites will lighten the mixture.
> Melt 1 Tbsp. of butter on griddle heated to medium low. Pour the batter onto the griddle. I used a 1/4 c. measuring cup for this.

> Cook pancakes for 4–5 minutes, or until the tops begin to bubble and the undersides are nicely browned. Flip and cook the other side for 3–4 minutes.
> Dust with powdered sugar!

Es schmeckt wirklich toll. Aber man fühlt sich danach recht schwer. Ist etwas für einen Sonntag, an dem man frühstückt und sich dann gleich wieder ins Bett legt und ein Buch liest oder Fernsehen guckt.

So, alle schlafen hier im Dreibettzimmer um mich herum, aber ich bin noch hellwach. Ist bestimmt noch, wie Du meintest, der Jetlag. Ich schaue mir am besten noch »Seinfeld«, Staffel 3, an.

Liebe Grüße
Gaby

@ @ @

Hi Gaby,

tolle Links sind das! Der rappende Koch ist natürlich super, mir wäre das zu anstrengend, aber die Idee ist schon sehr reizvoll, auch für die Bühne, wenn man das z.B. mit einem Spiegelei macht und es anschließend jemandem zu essen gibt, oder ein Mikrowellengericht … Herrlich, wenn man etwas sieht, und die grauen Zellen fangen gleich an zu rattern. Mit dem Zweitvideo hab ich mich wohl missverständlich ausgedrückt, es gibt nur eins, auf das ich mich beziehe, also das ursprüngliche Pingpongballvideo. Nach allem, was Du über »You deserve it« schreibst, würde die Show gut zu Linda de Mol passen, aber auch zu Ulla Kock am Brink. Wenn das keine Umstände macht, würde ich mir die Show sehr gerne anschauen! Das Foto ist auch schön. Darth Vader in der Prozession, das ist sowieso genau mein Geschmack. Bei den Suchspielen bin ich nicht so begeistert, wahrscheinlich, weil ich bei entsprechenden Rätseln in der Zeitung immer verkacke, das ist echt nicht meine Welt. Und dann ist da natürlich das Urheberrechtsproblem. Bei allem, was anonym im Internet herumschwirrt, ist es wahrscheinlich nicht heikel, wenn man sagt, dass es daher stammt und man den Urheber nicht kennt, aber bei signierten Cartoons gibt es sicher Ärger. Du wolltest mir doch zu meinen Witzen mal Kommentare geben, das fände ich erstens interessant, zweitens hilfreich und drittens bestimmt auch witzig. Heute mache ich mal die neue Rubrik auf, über die wir schon sprachen: »Krankheiten, wo du froh sein kannst, dass du sie nicht hast!« Zwei schöne Bücher kenne ich dazu: »Der kleine Hypochonder« von Dennis DiClaudio. Da findet sich z. B. so was Schreckliches wie Akromegalie oder auch Gigantismus. »Die Symptome dieser Krankheit – bedingt durch einen Überschuss an Wachstumshormon (seinerseits in den meisten Fällen verursacht durch einen Hypophysentumor) – treten in der Regel erst im Erwachsenenalter zutage und schlagen sich zuerst in der abnormen Vergrößerung von Händen und Füßen nieder, können Ihnen aber auch eine Riesennase, dicke Lippen, eine gewölbte Stirn und eine allgemeine Entstellung ihrer Gesichtszüge bescheren ... Und, jawohl, Ihren Penis kann es auch treffen.« Das Blöde ist nur: Wenn der Tumor wächst, treten auch verminderter Geschlechtstrieb und Impotenz auf. Das bekannteste Opfer dieser Krankheit ist der Riesen-Wrestler Andre the Giant, den Big Otto Wanz mal aus dem Ring geworfen hat, wie er mir in »So isses« erzählte.

Das andere Buch ist »Das Mädchen mit den zwei Blutgruppen« von Martina Frei. Daraus zitiere ich dann in der nächsten Mail. Muss nämlich jetzt los, wir spielen heute in Dieburg. Übrigens: Das Rezept klingt sehr verlockend, das werde ich auf jeden Fall vor Weihnachten probieren. Wie war das noch mit den Mengenangaben? Tablespoon ist klar, aber beim Ricotta, ist da ein Kilo gemeint oder ein Pfund?

Liebe Grüße
Jürgen

@ @ @

Lieber Jürgen,

ich wünsche Dir einen schönen zweiten Adventssonntag und schick Dir ganz liebe Grüße.

Ich habe Dir mal ein Foto von uns im Chat angehängt, damit Du überhaupt weißt, wie ich zurzeit aussehe. ☺ Das Foto ist allerdings zwei Monate alt. Mittlerweile wachsen mir schon wieder die Haare, und ich habe was zugenommen. Ich bin ganz unten links, falls Du mich nicht findest. ☺ Ich hoffe, wir sehen uns aber auch bald mal wieder ...

Deine Gaby

@ @ @

Hallo Gaby,

noch mal zum Thema Witze erzählen: Du solltest sie nicht ablesen, sondern auswendig können, gelesene Witze funktionieren fast nie. Oft passt natürlich die Situation gerade nicht, also bei der Chefarztvisite, obwohl ... das stelle ich mir schon wieder schön vor, wenn Du sagst: »Herr Professor, Sie haben jetzt die Möglichkeit, Teil eines Buches zu werden, das ich gerade mit Herrn von der Lippe zusammen schreibe: O.k., hier kommt die Frage: Warum tragen Chirurgen einen Mundschutz? Damit sie das Messer nicht ablecken.« Und dann notierst Du die Reaktion und filmst das ganze mit dem Handy, das stellst Du dann bei YouTube ein, und wir können den Link ins Buch schreiben. Wunderbar. Hier habe ich mal zwei Stunden meines Tourneelebens beschrieben. Finde ich ganz passend, ich hoffe, Du auch.

Zwei schöne Stunden

Wurde um 10.00 Uhr gemeinsam mit meinem Kater wach. Der rührte wohl von dem hervorragenden chilenischen Cabernet aus dem Weinladen in Mannheim her, der mich bei der Wiederholung von »Voice of Germany« stilvoll begleitete. Ein absolutes TV-Highlight. Bis halb drei. Diese Niederschrift wird übrigens untermalt von Hugh Lauries (richtig: der Doctor House) Album »Let them talk«. Old school Blues, R&B, Gospel und Konsorten. Ein Muss für den Liebhaber zeitlos schöner, erdiger Musik. Der Kater und ich gingen also erst mal schwimmen und dann auf die Sonnenbank. Dann zum Bahnhof frühstücken. Der Darmstädter Bahnhof ist seit drei Jahren renoviert und besteht nun aus jeder Menge Schnellgastronomie und einem sensationellen Zeitungs- und Buchladen, in dem ich im Verlauf von zwei Stunden viermal war. Beim ersten Mal gab es »Bild«, »Express« und »SZ«. Damit zu Nordsee, wo ich wie immer zum Lachsersatz-Ei-Brötchen griff. »Und einen Kaffee bitte!« »Caprisonne?«, fragte die sehr nette polnische Fachkraft. Das Missverständnis war schnell aus der Welt, hat mich aber noch lange erheitert. Ich nahm um die Ecke im Speiseraum Platz und legte als Erstes die »Bildzeitung« in eine Mayonnaiselache, was mir aber erst später beim Lesen auffallen sollte. Genau wie der Daddler, der zwei Automaten gleichzeitig bearbeitete und offenbar tatsächlich mehrmals gewann. Vielleicht hat er aber auch nur

Geld gewechselt. Die Mayo-Bild hatte es in sich: DFB-Boss Zwanziger tritt zurück. Wahrscheinlich hat ihm jemand gesteckt, dass seine Krokodilstränen über Baratis Selbstmordversuch verräterisch glänzen, wo er es doch war, der ihm die internationale Lizenz entzogen hat. Gottschalk nennt Namen für seine Nachfolge, im *Express* wird er zitiert mit: »Weint nicht um mich!« Ich wusste gar nicht, dass er bald stirbt, ich dachte, er verlässt nur rechtzeitig das sinkende ZDF-Flaggschiff. Til Schweiger hielt besoffen eine Dankesrede für einen Preis. Guter Mann! In diesem Zusammenhang empfehle ich »Über das Trinken« von Peter Richter. Mit Sätzen wie: »Schon heute zeichnet sich ab, dass es auf dem Gebiet des Trinkens zu einer ähnlich restriktiven Gesundheitspolitik kommen könnte wie zuletzt beim Rauchen … es sind noch nicht viel mehr als 200 Jahre, dass in Europa der Genuss von Wasser als unbedenklich gilt … man muss sich, so deuten es manche Historiker an, das Abendland bis ins 18. Jahrhundert als durchgängig und flächendeckend angeschickert vorstellen … eine Bar ist nichts als die Fortsetzung der Bibliothek mit weniger trockenen Mitteln … prosit! Das ist Latein und heißt: Möge es nutzen!« Außerdem verspricht »Bild« im Blattinneren Aufklärung über die Gefahren von Vitaminpräparaten. Scheiße noch mal: Habe heute eine Multikapsel für Senioren eingepfiffen, muss ich jetzt sterben?
Aber erst mal ist die Rede von einem hübschen Experiment. Münchner Hirnforscher haben 16 Probanden in einen Computertomografen gesteckt und ihnen dann die Bilder der drei möglichen SPD-Kanzlerkandidaten gezeigt. Bei Steinmeier war der visuelle Kortex aktiv, Peer Steinbrück mobilisierte das Stirnhirn, den Sitz der somatischen Marker, er löste mit anderen Worten Wohlbefinden aus. Bei Gabriel blieben die Hirne tot. Das veranlasste »Bild«, den Artikel versöhnlich mit einem Zitat von Dr. Fehse zu beenden: »Menschen sind nicht willenlos gesteuert durch das Unbewusste. Im Gegenteil, oft entscheiden sie sich sogar bewusst gegen ihr Innerstes.« Also für Gabriel. Wer's glaubt.

Mann des Tages auf der Titelseite des »Kölner Express«: Blacky Fuchsberger. Ein Vorbild! Er will sich nicht mehr ans Steuer setzen (nach seinem Unfall). »Aus Selbstwertgefühl behalte ich meinen Führerschein, habe aber unser Auto verkauft. Aus eigenem Entschluss gebe ich das Fahren auf.« Dasselbe vermeldet die »SZ«. In der »Bild« taucht der Sachverhalt unter »Mini-Klatsch« auf. Mit einer witzigen Zusatzinformation: Frau Gundel (81) zu »Bild«: »Das stimmt nicht. Das Auto haben wir noch.« Das verbale Nachspiel im Hause Fuchsberger kann man sich gut vorstellen.
Nach »Bild«, »Express« und »SZ« geht es noch mal in die Buchhandlung und mit der Beute in das dem Bahnhof gegenüberliegende McCafé. Hier wird eine junge Elevin, hübsch, aber offenbar nicht der spitzeste Pfeil im Köcher, sehr liebevoll angelernt. Nach gefühlten dreißig Minuten habe ich aber mein Stück Apfelkuchen mit Sahne und den Latte macchiato, nicht ohne fünf Minuten in meinem Münzdepartement herumgekramt zu haben, weil die Filiale des Weltkonzerns nicht auf zehn Euro rausgeben konnte, nebenbei habe ich noch einer Frau das Zweieurostück klein gemacht, damit sie die Toilette benützen konnte. Ich setze mich mit meiner frisch erworbenen Bibliothek und dem Dessert in die Mitte des Ladens, links von mir quatscht ein junger Türke oder Araber eine Kroatin zu, wobei er außerordentlich anmutig gestikuliert. Nahezu jedes Wort wird nachgestellt. Rechts plappern zwei Kopftuchmädchen, eine davon außerordentlich hübsch. Der Kuchen ist schon mal gut, was haben wir denn da alles zu lesen? Eine neue Zeitung namens »Philosophie«. Schon mal eine schöne Antwort auf die Frage »Was ist Philosophie?« gibt Frau Heider, Religionspädagogin: »Philosophieren ist das, was meine Schüler in der dritten Klasse machen, wenn sie spontan fragen, wer Gott gemacht hat.« Viel schöner kann man das nicht sagen. Auf den Seiten elf und zwölf, betitelt mit Zeitgeist-Radar, finden sich hochinteressante Miniessays, bestehend aus einem Faktum und einer anschließenden Wertung. Beispiel: »Stadtmädchen, in China starb

ein zweijähriges Mädchen an den Folgen eines Autounfalls. Überwachungskameras filmten den Hergang. Sie wird von zwei Autos überrollt, die weiterfahren, kein Passant kümmert sich um sie.« 1903 analysierte der deutsche Soziologe Georg Simmel die Situation des Großstadtmenschen so: »Wie ein maßloses Genussleben blasiert macht, weil es die Nerven so lange zu ihren stärksten Reaktionen aufregt, bis sie schließlich überhaupt keine Reaktion mehr hergeben, so zwingen ihnen auch harmlosere Eindrücke durch die Raschheit und Gegensätzlichkeit ihres Wechsels so gewaltsame Antworten ab, reißen sie so brutal hin und her, dass sie ihre letzte Kraftreserve hergeben. Die so entstehende Unfähigkeit, auf neue Reize mit der ihnen angemessenen Energie zu reagieren, ist eben jene Blasiertheit.« Auch schön eine Anmerkung des Philosophen Thomas S. Kuhn, die der Autor auf die Tatsache münzt, dass womöglich Einsteins These wackelt, nach der nichts sich schneller als das Licht fortbewegen könne: »Unser Wissen über die Welt wird nicht ständig größer. Vielmehr gibt es immer wieder Paradigmenwechsel, die unser Weltbild von Grund auf erneuern.« Die ganze Zeitung, zumindest diese erste Nummer, ist voll von äußerst anregendem Denkstoff und macht viel Lust auf mehr. Kaffee und Kuchen sind konsumiert, ich packe zusammen. Von links kommt die Gesprächspartnerin des Gestenreichen und möchte ein Autogramm, dadurch wird in der hübschen Türkin rechts der Verdacht zur Gewissheit, dass sie mich kennt. »Sie machen Fernsehen!« Aber der Name fällt ihr nicht ein. Bei diesem Phänomen bin ich immer zwiegespalten: Ist sie schon in jungen Jahren dement, oder habe ich in ihrem jungen Leben einfach eine zu wenig merkenswerte Spur hinterlassen. Jedenfalls verweise ich sie, statt einfach den Namen zu sagen, an einen Mann in den besten Jahren mit adipösem Sohn. Beide grüßen mich herzlich. Das Gedächtnis dicker deutscher Durchschnittsmänner ist also dem juveniler, gazellenhafter türkischer Schönheiten überlegen. Auch ein Trost. Auf die Länge kommt es an. So heißt ein weiteres Buch aus dem Wunderzeitungsladen mit »Tiny

Tales« von Florian Meimberg. Die Klolektüre schlechthin. Die abgeschlossenen Geschichten, von Psychothriller über Lovestory bis zum Endzeitepos, enthalten 140 Zeichen. Drei Sätze, die Pointe oft im letzten Wort. Gefällt mir richtig gut.
Hier ein paar Kostproben: »Eines Morgens stand ein Schneemann in ihrem Vorgarten. Außerdem war ihr Mann weg. Ein Zusammenhang, der ihr erst im März klar werden sollte.«
Oder: »Die Tätowierungen waren ungewöhnlich detailliert. Fasziniert begutachtete er die fremdartigen Symbole. Dann durchschnitt er die Nabelschnur.« Und: »Er schwebte auf das Leuchten zu. Es stimmte: der Tunnel. Das helle Licht. Nun war es also vorbei. Eine Stimme ertönte: Es ist ein Junge!«
Zugabe: »Die Kreatur hatte die Straße verwüstet. Schnaubend stampfte das Monster davon. Die Überlebenden flüchteten. Zurück in den Ameisenhügel.«
Einer geht noch: »Sie sah aus dem Fenster: Tief Daisy hatte die Welt ins Schneechaos gestürzt. Frau Holle schmunzelte. Und das war erst das Kopfkissen.« Ist auch ein schönes Weihnachtsgeschenk.

Liebe Grüße und ein schönes Wochenende
Jürgen

@ @ @

Hi,

WOW! Das war aber toll zu lesen! Mal schauen, ob ich da mithalten kann. Ich werde jetzt erst mal den Witz auswendig lernen, denn morgen ist Chefarztvisite. Aber vorher muss mir noch jemand erklären, wie ich mit meinem Handy filme. Ich bin technisch so unbegabt. ☺

Meine momentane Adresse ist das Klinikum rechts der Isar. Aber nur noch bis zum 17., falls es keine Komplikationen gibt. Und dann habe ich ein halbes Jahr Krankenhausaufenthalt hinter mich gebracht und werde als geheilt entlassen. Toll, nicht? Zwar muss ich ab und zu zu Untersuchungen ins Krankenhaus kommen, da die Rückfallquote vor allem wohl in den ersten zwei Jahren sehr hoch ist. Aber das wird schon nicht passieren! Falls es passieren würde, müsste ich transplantiert werden. Aber daran mag ich nicht denken. Momentan läuft alles super, und ich muss nur gerade die Neutropenie überstehen.

Rede ich zu viel über Krankheiten? O ja! Das tue ich!!! ☺

Noch mal danke für das sehr witzig Geschriebene und ganz liebe Grüße
Gaby

@ @ @

Hi Jürgen,

Witz bei der Chefarztvisite getestet. Ich weiß nicht, ob es an mir lag, dass sie ihn nicht witzig fanden. ☺ Wahrscheinlich stellen sie ihn sich bildlich vor.

Liebe Grüße
Gaby

@ @ @

Hey Gaby,

dass Du das tatsächlich machst, hätte ich echt nicht gedacht. Es hat mich fast zerrissen vor Lachen. Also dieses Filmchen, natürlich muss die Vorgeschichte kurz erzählt werden, wird Dir noch mit neunzig Jahren bei Familienfeiern Beifallsstürme sichern. Wobei es genau richtig ist, dass Du es im Grunde ja immer noch abliest, also nicht sonderlich professionell, aber für die Gesamtszene ist es genau richtig, Du siehst, ich kann mich gar nicht beruhigen. Zu schade, dass man das nicht öffentlich machen kann, wegen der Persönlichkeitsrechte, es sei denn, Du fragst ganz lieb, ob es als Foto möglich wäre, also der Moment nach der Pointe. Das wäre der Hammer. Ich ruf den Professor auch gerne selber an. Also toll, toll, toll, und dann die anderen guten Nachrichten erst! Jetzt muss ich gleich los, bin ja wie gesagt drei Tage weg, ruf Dich aber an.

Übrigens: Du redest überhaupt nicht zu viel über Krankheit. Außerdem ist es ja eine der Absichten unseres Projekts, dass Du das tun kannst, sooft und wann immer Dir danach ist!

Ganz liebe Grüße
Jürgen

@ @ @

Hi Jürgen,

es hat mich sehr gefreut, dass Dir das Video gefallen hat. Es hat mich ganz schön Überwindung gekostet. ☺

Aber der Professor ist ein sehr netter Mann. Ich frage ihn mal, wenn er mal wieder vorbeikommt, wo er am besten erreichbar ist. Das Beste ist vielleicht, wenn Du ihn fragst, denn wer einmal Nein gesagt hat, tut sich dann oft schwer, seine Meinung zu ändern. Die anderen, die wir fragen müssten, wären noch die Stationsärztin und der Dr. Esmartie (Student im praktischen Jahr). Dr. Grabmeier (so heißt er wirklich) ist ja nur kurz am Anfang zu sehen. Aber generell habe ich natürlich alle vorher gefragt, ob sie einverstanden sind, wenn wir an ihnen einen Witz testen und dabei ihre Reaktion filmen würden, und sie waren alle einverstanden. Aber ich habe ihnen versichert, dass ich sie vorher noch mal fragen würde, bevor ich es veröffentliche.

Ich war enttäuscht, dass sie nicht gelacht hatten. Aber Du hast recht, das macht die Komik erst aus. Ich kann auch einfach keine Witze erzählen. ☺

Ich wünsch Dir viel Spaß, wo immer Du jetzt hinfährst, und ich schaue mir jetzt noch mal das Video an. ☺

Ganz ganz liebe Grüße,
Gaby

@ @ @

Hi,

zu dem Foto würde doch zum Beispiel folgender Kommentar passen: »Eine aufreibende Rutschpartie.« Schick Dir gleich noch mehr Bilder, die ich gefunden habe, und schreibe dann mal was. Gestern ging es mir nicht so gut, mich hat in der Neutropenie eine Erkältung erwischt. Aber heute bin ich voller Energie und leg los.

Also, bis dahin
Gaby

@ @ @

Hi Gaby,

bin zurück, das Bild ist (unser neues Wort!) un-fucking-fassbar funny. Und »aufreibend« ist genau das Schlüsselwort. Ob so, wie Du es formulierst, oder als Mini-Dialog:

»Wie war's auf der Rutsche, Kevin?«
»Aufreibend, Mama!«

Gestern war ich bei Frank Elstner in Baden-Baden, er hat uns anschließend noch in ein sauteures Lokal eingeladen, das mehr an einen Nobelpuff erinnerte als an ein Restaurant, auch von den Preisen her, das Essen war auch jetzt nicht so umwerfend, aber ich hatte einen wirklich wundervollen Gurkensalat, von dem ich mir das Rezept habe geben lassen, hier kommt es:

WASABI-GURKEN-SALAT

1 Salatgurke, geschält, längs halbiert und entkernt (mit Teelöffel), in feine Scheiben hobeln
Sahne halbsteif schlagen (1 Becher)
Wasabi-Pulver aus dem Asia-Laden mit etwas Wasser anrühren, probier es erst mal mit einem haselnussgroßen Stück. Das unter die Sahne rühren, mit Salz abschmecken.

Wenn ich meine Wasabi-Mayonnaise zum Fondue mache, gebe ich immer noch etwas Sojasauce dazu, probier es aus!

Und jetzt kommt wieder ein Klo-Lektüre-Tip: »iDoof youDoof wiiDoof« von Oliver Kuhn, Alexandra Reinwarth und Axel Fröhlich. Der Vorläufer war »Arschgeweih«, Neuzeitphänomene unter dem schnoddersatirischen Brennglas, denn als solches kann man eine Lupe ja verwenden. Ein paar Beispiele:

»Gestik. Was mich nervt, sind Leute, die auf ihr Handgelenk deuten, wenn sie nach der Uhrzeit fragen. Ich deute doch auch nicht auf meinen Po, wenn ich nach der Toilette frage.«

Sofort hat man mehrere Filme vergleichbarer Situationen vor Augen.

Oder: »Acne. Dieses schwedische Unternehmen ist derzeit die absolute Jeans-Trendmarke. Acne wurde zunächst als Werbeagentur gegründet, die unter anderem Puppen und Computerspiel-Charaktere entwarf. Die ersten Jeans waren eigentlich als Werbegeschenk gedacht, wurden aber schnell weltweit Kult. Der Name Acne ist ein Akronym, das für die Unternehmensphilosophie steht: ›Ambition to create novel expressions.‹ Ich finde den Namen trotzdem nicht so schön. Hier noch ein paar weitere Namen, die sich aus meiner Sicht nicht für Trendmarken eignen: Eczem, Sheise, Asch, Koze, Kicht, Golera, Süffilis, Tribber.«

Das sind ganz klassische Comedy-Techniken, aber eben auf heutige Phänomene angewandt.

Einer geht noch: »Bahn-Ticket-Automaten: Bis ich es geschafft habe, auf dem Touchscreen das richtige Ticket aus Abermilliarden unterschiedlicher Tarifvariationen anzutippen, ist der Zug weg. Na ja, nicht immer. Meistens hat er ja genug Verspätung.«

Und ein letzter: »Blog. Obwohl ich immer gut in Volleyball war, bleibe ich beim Bloggen jedes Mal im Netzt hängen.«

Das ist auf jeden Fall was für den Weihnachtswunschzettel!

Liebe Grüße
Jürgen

@ @ @

Hi,

hier die anderen Fotos. Zu dem ersten würde doch der Titel »Catporn« passen. Das ist übrigens unsere Katze. Micha hatte es mir geschickt, und ich wurde schon eifersüchtig. ☺

Liebe Grüße
Gaby

This is what movie heroes looked like when I grew up.
And this is what movie heroes looked like when you grew up.

@ @ @

Hi Gaby,

das erste Bild hat mir schon jede Menge Denksport beschert. Erst habe ich gelesen: »Catpom« und gegrübelt, was das mit Pommes zu tun hat, dachte dann an »Fritz the cat«, den berühmten Crumb-Comic (wegen Pommes-Fritz, das hab ich gleich mal gegoogelt, gibt es natürlich schon). Sehr viel später las ich dann, dass da steht: »Catporn«. Das hab ich aber auch nicht verstanden. Die Katze macht doch nix, oder bin ich blöd? Du wirst mich sicher aufklären. Bis dahin nenne ich es: Suchbild der Woche: Welches Körperteil gehört nicht zur Katze? (Lösung: der kleine blaue Werkzeugkasten rechts hinten.) »Clint und der Vampir« ist wunderbar, und die Grabplatte von Jack Lemmon verstehe ich wieder nicht. Gerade habe ich wieder eine Antwort an Dich als Fehlermeldung zurückbekommen, das schicke ich dann morgen noch mal als Extramail raus, jetzt muss der dicke Mann essen gehen, bevor er vom Fleisch fällt.

Liebe Grüße
Jürgen

@ @ @

Lieber Jürgen,

so, ich habe jetzt mal die Notizen zum Symposium fertig geschrieben. So habe ich alles manifestiert, da ich es bestimmt sonst wieder vergesse, und Du kannst es Dir durchlesen, wenn Du magst. Zum Teil ist es natürlich recht traurig, aber auch sehr lehrreich. Denn man lernt nicht nur aus den schönen Dingen.

Die liebsten Grüße
Gaby

SYMPOSIUM FÜR ANGEHÖRIGE ONKOLOGISCHER PATIENTEN

Als ich dort im Hörsaal D, Klinikum rechts der Isar, saß, fiel mir vor allem eins auf: Es gibt zu dem Thema Trauer und Begleitung und Umgang mit Kranken großen Handlungsbedarf. Die Angehörigen/Zugehörigen werden oftmals allein gelassen und haben viele Fragen, mit denen sie allein dastehen. In der Pause sprachen mich viele an. Eine fragte mich über meinen zentralen Halskatheter (ZVK) aus. Denn ihr Mann sei gerade in die Klinik gekommen, habe Thrombose, und sie müssten sich nun für die Chemobehandlung entscheiden, ob sie sich lieber einen Port oder ZVK legen lassen sollten. Ich erklärte ihr, dass bei einer Leukämiebehandlung ein ZVK wegen der hohen Infektionsgefahr gelegt werden muss. Da ist ein Port nicht erlaubt. Da ein ZVK im Gegensatz zu einem Port, der in die Haut hineinoperiert wird, schnell gezogen werden kann.

Als Erster sprach Prof. Dr. Herschbach (Direktor des Roman-Herzog-Krebszentrums, Klinikum rechts der Isar): Angehörige sind Eltern, Geschwister, Ehepartner, die ganze Familie. Sie haben nicht nur die Sorge zu tragen, nein, sie müssen auch den Haushalt führen, die Anforderungen bei der Arbeit erfüllen sowie das Versorgen des Erkrankten. So sind sie manchmal belasteter als der Patient selber. Denn der Patient wird versorgt, es wird sich um ihn gekümmert, während für den Angehörigen niemand da ist.

Susanne Hillmann (Patientenfürsprecherin im Klinikum rechts der Isar) sprach dann über die Situation der Angehörigen: Sie wird vom Personal geholt, wenn sie glauben, dass der Patient oder der Angehörige Hilfe braucht. Und wenn man jemanden vor Ort haben muss, der da ist, Zeit hat und zuhören kann. Sie ist dafür da, bei Konflikten die Situation wieder ins Gleichgewicht zu bringen. Denn sie ist das freie, unabhängige Gegenüber. Die Angehörigen und Zugehörigen sind gleich wichtig.

Zitate von ihr:

»Leben ist, was uns zustößt, während wir uns etwas ganz anderes vorgenommen haben« (Henry Miller).

»Leben ist kein ruhiger Fluss, stets gefährdet, kein Paradies, wo Lamm und Wolf nebeneinander liegen.«

»Bei vielen liegt eine Fassungslosigkeit am Anfang vor. Da fegt etwas durchs Leben, was sie nicht bestellt haben.«

»Tumorerkrankung heißt nicht Ende des Lebens, es heißt Leben, nur anders. Auch wenn unser Verstand das begreift, dauert es doch, bis unser Herz es wahrhaben will.«

Frau Hillman erklärte weiter: »Angehörige und Zugehörige befinden sich oft in einem Zustand der Hilflosigkeit. Sie wollen Informationen vom Personal. Fühlen sich vernachlässigt und oft nicht genügend einbezogen. Dies führt zu Spannungen. Sie fühlen sich oft abgeschoben und einsam. Manche sind aber auch still und fügen sich ein. Dies sind unsere Traumangehörigen, die aber oft nach dem Klinikaufenthalt dann die Beschwerdebriefe schreiben.

Angehörige wollen sich nicht als Fremdkörper fühlen, sie wollen einbezogen und nicht vergessen werden. Sie werden dann oft besonders auffällig und ziehen uns sogar in Beziehungskonflikte mit hinein. Das können wir aber nicht auch noch zusätzlich leisten, diese aufzuarbeiten.«

Nun durften Fragen gestellt werden:

Eine Frau sagte, dass sie sehr enttäuscht über ihren Mann und ihre Kinder sei, die gar nicht auf ihre Krebserkrankung eingingen. Und sie fragte, was Frau Hillmann für einen Rat hätte.

Da stand eine andere Frau auf und riet ihr, offen mit ihrem Mann und ihren Kindern zu reden und sich mitzuteilen. Ich meldete mich und berichtete, dass ich die Erfahrung gemacht habe, dass es Menschen gibt, die einfach immer die richtigen Worte finden und einen aufbauen und positive Kraft geben, und andere, die mit der Situation überfordert sind. Diese meiden den Kontakt aus einer Hilflosigkeit und Angst heraus, weil sie nicht wissen, wie sie mit einem umgehen sollen. Eine Bekannte sagte zum Beispiel zu meiner Mutter: »Ich hatte richtig Angst, Michael oder Sie zu treffen, weil ich nicht wusste, was ich sagen sollte.«

Es ist auch schwer für viele, denn wir brauchen ja kein Mitleid – das hilft uns nicht weiter!

Es gibt wohl eine Vorschrift, dass jedes Krankenhaus eine Patientenfürsprecherin bzw. -sprecher einstellen muss. Diese Vorschrift wird wohl aber oft nicht erfüllt. Selbsthilfegruppen können die Arbeit der Patientenfürsprecherin übernehmen.

Ich meldete mich nach dem kurzen theoretischen Beitrag von Dr. Martina Mayer (wissenschaftliche Mitarbeiterin) über den Umgang mit den Angehörigen im Krankenhaus mit dem Vorschlag zu Wort, einen Flyer für Angehörige zu entwerfen, den sie am ersten Tag erhalten. Mit Informationen wie günstige Übernachtungsmöglichkeiten (wie z. B. im Ronald-McDonald-Haus oder der José-Carreras-Stiftung), Adressen von Stiftungen und Hilfsorganisationen, Sprechstunden der Ärzte für Angehörige, Infos zum Sozialbüro mit Öffnungszeiten und die Möglichkeit, einen Schwerbehindertenausweis im Haus zu beantragen usw. Da wir diese Informationen selber Stück für Stück über andere Patienten erhalten haben. Sie fand die Anregung gut.

Dr. Pia Heussner (Psycho-Onkologin, Klinikum Großhadern) berichtete dann über die Belastungen von Kindern krebskranker Erwachsener.

Kinder fühlen sich oft an der Krebserkrankung ihrer Eltern schuldig. Es ist wichtig, ihnen diese Sorge zu nehmen und sie nicht glauben zu lassen, weil ich nicht brav genug war oder ihr nicht genug geholfen habe ist meine Mama jetzt krank.

Man sollte mit den Kindern offen über die Erkrankung sprechen und nicht glauben, dass das Kind dadurch traumatisiert werden könnte. Es gibt noch keinen bekannten Fall, wo ein Kind durch die Krebserkrankung seiner Eltern traumatisiert wurde.

Schlimmer ist es, wenn Eltern versuchen, die Erkrankung vor dem Kind zu verheimlichen. Als ob sie sich dafür schämen müssten und es etwas ganz Schlimmes sei. So gibt es Mütter, die sich ihrem Kind nie kahlköpfig zeigen, immer eine Perücke tragen und glauben, ihr Kind würde nichts merken. Dies weiß aber schon längst Bescheid.

Auf der Krebsstation im Klinikum Großhadern spielen die Kinder gern die Situation am Playmobil-Krankenhaus nach und sind dabei fröhlich und ungezwungen. Man sollte sich auch darüber bewusst sein, dass Kinder in ihren Emotionen sehr wechselhaft sind. Während sie vor fünf Minuten noch schrecklich über die Mama geweint haben, springen sie jetzt schon wieder fröhlich im Garten herum. Es sollten da also keine Reaktionen des Kindes überdramatisiert werden.

Für ältere Kinder ist es wichtig, dass man erklärt, dass sie lieber nicht im Internet zu der jeweiligen Erkrankung Informationen suchen sollen, da dort oft schreckliche Dinge stehen, die ihre Angst noch verschärft. Sondern die Informationsbroschüren zu den jeweiligen Erkrankungen, die im Krankenhaus ausliegen, mit nach Hause nehmen sollten.

Im Klinikum Großhadern, berichtet Frau Heussner weiter, gibt es Familienzimmer, wo Väter und Mütter sich mit ihren Kindern zurückziehen und spielen können. Es wurde von der José-Carreras-Stiftung gespendet. Bei uns gibt es das leider nicht. Ich sprach mit der Geschäftsführerin des Roman-Herzog-Krebszentrum und der Patientenfürsprecherin in der Pause, und sie wollen sich darum kümmern, dass es so etwas in Zukunft auch bei uns im Krankenhaus gibt. Die Patientenfürsprecherin will mich dazu noch am Montag kontaktieren. Denn das Problem für Langzeitpatienten mit Kindern ist, erklärte ich ihnen, dass diese ihre Eltern oft im Zimmer mit neutropenen Patienten nicht besuchen dürfen oder sich im Krankenhaus sehr langweilen. Schön wären auch Picknicktische im Außenbereich.

Zudem fiel mir bei dem Beitrag ein, dass Bennet mit seinen Kumpels ganz offen über meine Erkrankung sprach und sich mit ihnen austauschen konnte. Denn es gibt so viele Familien, bei denen jemand in der Familie an Krebs erkrankt ist oder war. Und so berichtete er mir dann aufgeregt die anderen Geschichten. Wie falsch, dachte ich, wäre es gewesen, ihn nicht mit einzuweihen.

Welche Möglichkeiten der sozialen Unterstützung gibt es? (Renate Zellner, Sozialberatung, Klinikum rechts der Isar)

Es gibt die Möglichkeit der Beantragung eines Schwerbehindertenausweises, der vor Kündigung schützt und einem Steuerermäßigungen verschafft, sowie die Beantragung von Rehabilitationen, wobei es wichtig ist, bei einem Wunschrehabilitationszentrum wie anthroposophischen etc. den Satz: »Ich verweise auf mein Wunsch und Wahlrecht und möchte in …« anzugeben, da es sonst abgelehnt würde.

Nach der Reha kann man eine Anschlussheilbehandlung fortsetzen. Beide werden beantragt und bezahlt von der Rentenversicherung, Knappschaft oder Krankenkasse.

Psychotherapeutische Arbeit mit Angehörigen, Dr. Gerard Tchitchekian (Psychotherapeut, CIPM – Medizinisches Versorgungszentrum)

Er berichtete, dass nur 5% der Angehörigen psychotherapeutische Beratung in Anspruch nehmen, obwohl der Bedarf viel größer ist. Wichtig sei es, darauf zu achten, dass der Therapeut speziell in Sachen Trauerarbeit ausgebildet sei. Davon gibt es nur wenige.

Wie können Selbsthilfegruppen helfen?
(Johannes Kaeser, ILCO Selbsthilfegruppe München)

Hier stellten sich einige Selbsthilfegruppen vor. Der Vorteil einer Selbsthilfegruppe war, dass sie den Patienten Mut machen konnten, wenn sie als selbst Betroffene ihnen erklären, wie man weiterhin ganz normal leben und Ausflüge unternehmen kann. Das Leben noch genießen. Die Nachteile sind die Konkurrenz unter den Gruppen und die verschiedenen Mitgliedsbeiträge.

Informationen zu Hospizen oder allen anderen Informationen wie Selbsthilfegruppen gibt es bei der bayerischen Krebsgesellschaft oder im Selbsthilfezentrum in der Westendstraße.

Gespräch mit einer betroffenen Angehörigen

Die Mutter dieser Frau ist Ende der 90er an Darmkrebs und ihr Vater vor fünf Jahren an Lungenkrebs verstorben. Nach dem Tod ihrer Mutter erlitt sie einen Zusammenbruch. Sie hörte Melodien, ihr war kalt, sodass sie sich in die Badewanne legen musste, um sich zu wärmen.

Für sie war es ein Schock, wie das Aussehen ihrer Eltern sich verändert hatte. Bei ihrer Mutter war es ein sehr schleichender Prozess, sie starb zwei Jahre nach Befund, während ihr Vater innerhalb von sechs Wochen verstorben ist. Er war ein ganz fideler Mann, und die Diagnose und sein körperlicher Zerfall kamen so schnell und überraschend, dass es für sie ein schwerer Schlag war. Als sie darüber berichtete, wie sie nur stumm bei ihrem Vater am Bett saß und er seinen Kopf auf ihre Schulter gelegt hatte, brach sie in Tränen aus.

Der Vorteil bei ihrem Vater war, dass sie ein wundervolles Hospiz hatten. Ihre Mutter verstarb im Krankenhaus.

Die Frau ging nach ihrem Zusammenbruch in psychologische Betreuung und bemerkte, dass Therapeuten sich besser mit Mutter-Tochter-Beziehungen oder Partnerschaftskonflikten auskennen als mit dem Thema Trauer. Sie macht sich heute noch Vorwürfe und fragt sich, ob sie ihre Eltern genug begleitet hat. Und sie fragt sich auch immer wieder, was sie hätte besser machen können. Sie meinte: »Ganz richtig macht man es wahrscheinlich nie. Es ist eine riesige Verantwortung als Angehöriger.«

Zwei Frauen, deren Männer im Sterben liegen, meldeten sich zu Wort. Die erste erzählte, dass ihr Mann ein Sarkom, einen Gehirntumor, hat und er es nicht wahrhaben will sterben zu müssen. Er trägt die Hoffnung in sich, dass es bei ihm anders ist. Sie würde ihm diese Hoffnung auch nicht nehmen. Dann fing sie an zu weinen und erklärte, dass auch sie spürt, kurz vor dem Zusammenbruch zu stehen. Daraufhin fragte Herr Prof. Dr. P. Herschbach, ob sie jemanden habe, der für sie jetzt am Wochenende da sei, und bot sich an, nach der Veranstaltung mit ihr zu reden. Zudem bot er ihr an, die Psychoonkologische Ambulanz des Klinikums rechts der Isar anzurufen.

Der Mann der zweiten Frau liegt im Christophorus-Hospiz, wo er wohl gut betreut wird. Aber auch diese Frau fühlt, wie sie kurz vor dem Zusammenbruch steht und merkt, wie ihre Kräfte schwinden.

In der Pause hatte mich noch eine Frau angesprochen, die gehört hatte, wie ich darüber berichtet habe, dass sich Freunde wegen meiner Erkrankung zurückgezogen haben, da sie mit der Situation nicht umgehen können. Sie erklärte mir, dass sie erlebt habe, wie sie von jemandem angeraunzt wurde, sie solle doch nicht so neugierig sein, als sie sich nach dem Befinden seiner Frau erkundigt hatte. Das hatte sie sehr getroffen. Sie gab mir den Ratschlag, dass ich auf die Freunde wieder zugehen und ihnen die Angst nehmen sollte.

@ @ @

Hi Gaby,

Deine Zusammenfassung des Symposiums ist toll. Ich würde mir sogar bei einigen Sachen noch mehr Infos wünschen, z. B. bei der Frage ZVK oder Port: Was für einen Zweck erfüllen die Dinger? Oder auch die Ausbildung zur Patientenfürsprecherin würde mich interessieren, vielleicht kannst Du mit der Frau ein ausführliches Interview machen? Ich denke, dass da noch einige Aspekte vertiefenswert wären, z. B., warum die Kinder von Langzeitpatienten nicht zu den Neutropenen dürfen. Auf jeden Fall ist es ein ganz wichtiges Kapitel unseres Buches!

Liebe Grüße
Jürgen

@ @ @

Hallo,

hab Dich heute bei Tietjen und Hirschhausen gesehen. Schöne Sendung! Und hier zwei Anekdoten, die hier wirklich passiert sind und die ich ganz lustig finde:

Ich liege in meinem Krankenbett und surfe im Internet, als die Schwester hereinkommt und mich während des Blutdruck- und Temperaturmessens fragt: »Haben Sie einen Zugang?« »Ja!«, erklärte ich stolz, »über WI-FI, ich glaube, es heißt auch Hot Spot, und man kann ihn im Telekomladen kaufen.« Da wundere ich mich, dass sie während meines stolzen Berichtes zu lachen anfängt und ihr Lachen immer lauter wird und sagt: »Nicht den Zugang! Ich meine einen venösen.« So ging sie mit schallendem Gelächter hinaus und meinte: »Der war nicht schlecht!«

Und dann kam ein Arzt in den Patientenaufenthaltsraum mit einem TK (Thrombozytenkonzentrat) in der Hand und fragte: »Frau Sonnenberg, haben Sie einen Ständer?« »Nein«, antwortete ich. Da rief er Schwester

Josefa: »Schwester Josefa, warum hat Frau Sonnenberg keinen Ständer?« »Äh, ich weiß nicht!«, erwiderte sie. »Sie braucht einen Ständer!«, sagte der Arzt. »Ja, ich erledige das!«, sagte die Schwester. Und da dachte ich mir, wäre ich jetzt ein Mann, wäre das doch eine recht lustige und peinliche Situation.

Ach, und dann habe ich noch zwei Sachen im Internet gefunden, die zwar nichts fürs Buch sind, aber die ich einfach gerne mit Dir teilen möchte.

Hier einmal zur weihnachtlichen Stimmung ein lustiges Robbie-Williams-»I Dreamin of A White Christmas«-Video. Für solche Sachen liebe ich einfach die Briten! Falls Du es nicht abrufen kannst, einfach den Titel eingeben: http://www.youtube.com/watch?v=hyk0b0cOogk

Und eine Neuheit: Air Swimmers! Die finde ich richtig cool. Beim Anschauen habe ich mir vor allem vorgestellt, wie man krebskranke Kinder damit zum Lächeln bringt.

http://www.youtube.com/watch?v=RwrHwgkqQrk

Einen schönen Adventssonntag und liebe Grüße
Gaby

@ @ @

Hi Gaby,

die Geschichten sind süß. Macht es nicht Spaß, den Alltag auf kleine magische Momente abzuklopfen? Die zweite Geschichte schreit förmlich nach alternativen Verläufen. Stell Dir vor, der Arzt wäre hereingekommen und hätte gesagt: »Frau Sonnenberg, haben Sie einen Ständer?« Und Du hättest gesagt: »Nein, Sie?« Das wäre es doch. Auf Tour passiert so was dauernd. Ich stand mal mit meinem Tourleiter im Tourbus am Straßenrand, und wir suchten irgendwas auf dem Handy. Da klopft ein

Radfahrer an die Scheibe, ich mache sie runter, und er ranzt uns an: »Sie haben jetzt den Motor schon ziemlich lange an, wollen Sie den nicht mal langsam ausmachen?« Und mir fiel einfach nichts ein. Und wenn es nur gewesen wäre: »Sie haben wohl keine Familie, der Sie auf den Sack gehen können, wie? Schrecklich, was soziale Isolation aus Menschen machen kann. Mein Beileid.« Den Rest des Tages habe ich mich über meine fehlende Schlagfertigkeit geärgert. Ein andermal lief es besser. Ich stehe im Aufzug, will in den dritten Stock des Hotels, eine Mutter hält ihren Dreijährigen an die Knöpfe und versucht ihn dazu zu bewegen, die Vier zu drücken, das Blag kriegt es aber nicht auf die Reihe. Ich sagte: »Muss ich jetzt warten, bis Ihr Kind alt genug ist, einen Fahrstuhl zu bedienen, oder darf ich die Drei selber drücken?« Fahrstühle sind überhaupt ein gutes Pflaster. Ich stand mit Tourleiter und Gitarrist in einem, zusammen mit einer Mutter mit einer vielleicht fünfjährigen, süßen Tochter. Die fragt mich: »Sind das deine Bodyguards?« Und ich antworte wie automatisch: »Ja, aber die sind nicht sehr gut, die werden immer verprügelt.« Das Beste waren natürlich die dummen Gesichter meiner Jungs. Den Robbie-Film hab ich schon mal gesehen. Steckt viel Arbeit drin. Aber daneben gab es noch andere schöne Weihnachtsfun-Filme, gib doch mal »Bumbum de natal, farting jingle bells« ein! Der Fischfilm ist einfach zauberhaft. Und jetzt probiere ich einfach noch mal, Deinen Server zu überlisten.

Liebe Grüße
Jürgen

@ @ @

Hi,

ich schicke Dir jetzt mal ein paar Bilder von mir. Eins kurz vor der Erkrankung bei einem Kochkurs in Thailand und gleich welche während meiner Erkrankung. Bin schon ganz gespannt auf Deine E-Mails und ärgere mich, dass unser blöder Server spinnt.

Liebe Grüße
Gaby

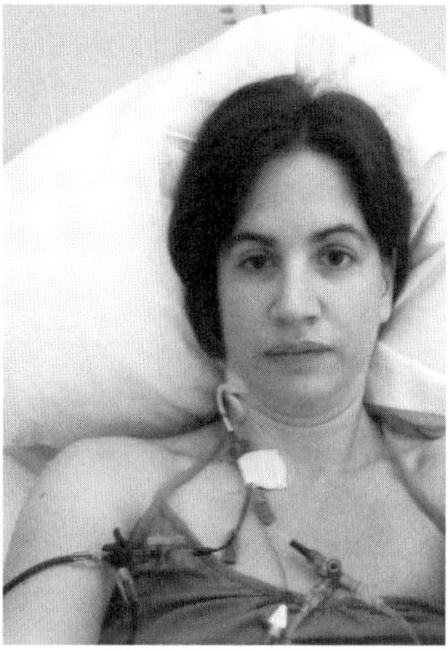
Erste Tage

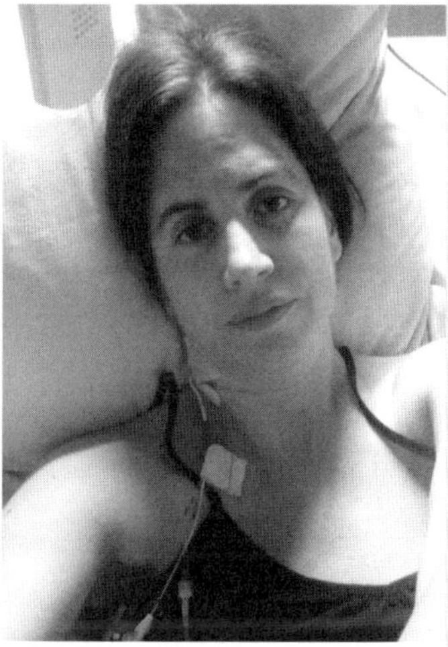
Da ging es mir nicht gut.

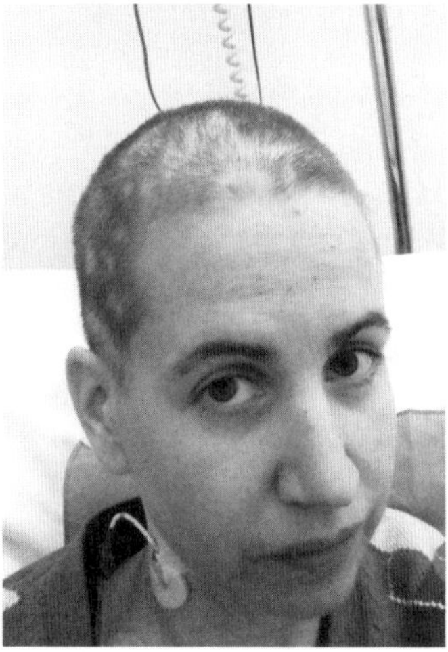
Schwester Andrea hat mir nach beginnendem Haarausfall die Haare kurz geschoren.

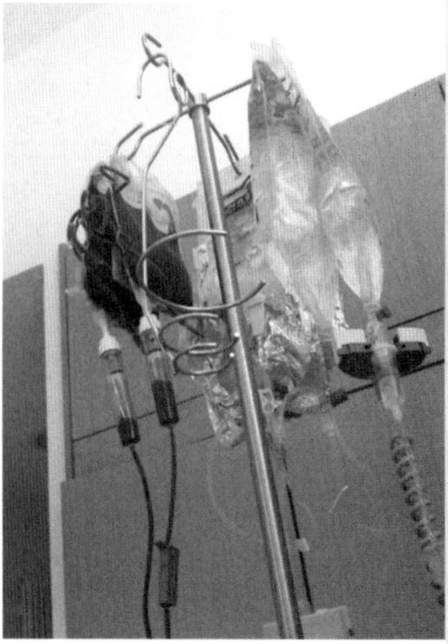
Der Spruch der Schwester war immer: »So, ich muss mal wieder Ihren Christbaum schmücken.«

Ich darf zu Julias Schulanfang aus dem Krankenhaus. Rechts neben mir ist übrigens meine Mutter.

@ @ @

Hallo Jürgen,

un-fucking-fassbar funny gefällt mir! Wenn man in so teuren Restaurants war und das Essen einen noch nicht mal vom Hocker gehauen hat, ist das ärgerlich. Oder wenn man danach an die nächste Currywurstbude fährt, weil die Portionen zu klein waren und man noch Hunger hat. So ein Gespräch habe ich tatsächlich mal belauscht, und sie hatten vorher 200 Euro für ein Dreigängemenü ausgegeben.

Danke für die Buchtipps! Übrigens gibt es tatsächlich das Buch »Das kleine Busenwunder« von Tina Grube. Ich hatte da was durcheinandergebracht. Natürlich nicht von Miriam Pielhau! Ich bin wie der junge Vater bei »Modern Family«, der gerne mal was durcheinanderbringt und dadurch oft lustige und peinliche Sachen sagt. Oder George Costanza bei Seinfeld. Da erkenne ich mich auch manchmal wieder.

Zum Beispiel fragte ich gestern zwei Schwestern, ob ich ihnen etwas von der Krankenhaus-Cafeteria mitbringen soll, und sie sagten: »Gerne, zwei Leberkässemmeln wären super!« Nun wollten sie mir das Geld geben, und ich sagte großzügig: »Nein, das bezahle ich. Ich wollte mich ja sowieso immer mal bedanken.« Da erwiderte die Schwester: »Nein, das brauchen Sie doch nicht.« Und da ratterte es bei mir im Kopf, und ich überlegte hin und her: »Mmh, bringe ich sie jetzt in Verlegenheit, wenn ich für sie bezahle, und eigentlich müsste ich dann anderen Schwestern ja auch was geben. Oh, was mach ich bloß?«

So nahm ich das Geld, steckte es in meine Geldbörse und sagte: »Okay, dann beim Abschied.« Nun überlegte ich die ganze Zeit auf dem Weg zur Cafeteria und zurück, ob es richtig war. Sicherlich würden sie mich jetzt als furchtbaren Geizhals sehen. Und dann fiel mir mit Schrecken ein, dass ich gar nicht geguckt hatte, wie viel Kleingeld sie mir gegeben hatte. War es abgezählt gewesen, oder hatte sie mir zu viel gegeben? Na ja, es wird schon abgezählt gewesen sein. Sie weiß doch, wie viel eine Leberkässemmel kostet, und sie hatte mir ja Kleingeld und keinen Schein gegeben.

Als ich nun den Schwestern die Leberkässemmeln brachte, sie sich bedankten und ich mich wegdrehte, fragte Schwester Josefa: »Haben die fünf Euro gereicht?« Oh, war mir das peinlich! Nicht, dass ich ihnen die Semmel nicht spendiert hatte, jetzt unterschlage ich auch noch von den hart arbeitenden, schlecht verdienenden Schwestern das Geld. Ich sagte hastig: »Ja, ja das Geld hat gereicht. Hier!« und gab ihr mehr zurück, na ja, sechzig Cent, als es eigentlich gekostet hatte.

Das beschäftigte mich den ganzen Abend und den nächsten Morgen. Meine Zimmernachbarin, meine Mutter und mein Mann mussten sich nun von mir ständig anhören:

»Hätte ich ihr die Leberkässemmeln bezahlen sollen? Was denken sie jetzt von mir? Was soll ich tun? Sie morgen noch mal fragen, ob ich ihnen eine Leberkässemmel mitbringen soll, und dann bezahlen?

Und als ich dann wieder mal meine Lieblingssendung »Seinfeld« anschaute, dachte ich: »O mein Gott, Gaby, du bist wie George Costanza.«

Tja, mit dem »Was gebe ich den Schwestern?« ist das sowieso so eine Sache. Stecke ich ihnen schon während meines Aufenthalts Geld zu, mit dem leisen Hinweis: So, und jetzt aber schön nett sein! Oder warte ich bis zum Abschied?

Ich habe mich entschlossen, bis zum Abschied zu warten. Also ein halbes Jahr lang. Selbst gebackenen Kuchen oder Schokolade brachten wir schon mal mit. Aber das ist ja auch was anderes.

Allerdings habe ich auch mitbekommen, wie gerade ältere Damen Fünfeuroscheine in Umschläge steckten und verteilten. Die Freude darüber war dann immer sehr groß. Also, was ist da richtig?

Dieselbe Frage stellt sich bei den Ärzten. Was schenke ich ihnen als Dank dafür, dass sie mein Leben gerettet haben? Da fängt man ja erst einmal an, sich die Frage zu stellen, wie viel das eigene Leben wert ist. Ein Wein, eine Pralinenschachtel oder ein Käfer-Präsentkorb? Mein Mann sagt: »Wir leben nicht mehr im Mittelalter, wo Ärzte mit einem Fasan und einer Flasche Wein bezahlt wurden. Die verdienen genug Geld. Fast 100.000 Euro hat bisher unsere Krankenkasse deine Behandlung gekostet ...«

Okay, aber Danke möchte man doch trotzdem sagen und nicht nur mit einem Händeschütteln. Also, da wünschte ich mir eine Krankenhausetikette oder so was. Vor allem, gebe ich dem Professor dasselbe wie den Ober- und Stationsärzten und den Medizinstudenten im praktischen Jahr? Eine Kaffeekasse gibt es im Arztzimmer nicht, und Geld wäre, glaube ich, da auch Quatsch. Ich erinnere mich, wie ich in einem thailändischen Nobelhotel dem Chefkoch nach einem Kochkurs Trinkgeld geben wollte und er es empört ablehnte. Na ja, dachte ich, das war jetzt so, als wenn du versucht hättest, Schuhbeck oder Lafer Trinkgeld zu geben.

Aber deswegen genieße ich auch Dreisternehotels. Da kommt man wenigstens nicht in die Verlegenheit, darüber nachdenken zu müssen, wie viel Trinkgeld man wem gibt. Zudem komme ich mir dann beim Verteilen von Trinkgeld nicht immer so krösushaft vor, und wenn ich nichts gebe, nicht so geizig.

Einmal durfte ich doch tatsächlich mit George Clooney fliegen und beobachtete, wie sein Freund und Manager oder wer auch immer für ihn die Trinkgelder verteilte. Der Mann, der sie in die Lounge führte, hier hast du Geld. Der sie ins Flugzeug brachte, danke, auch für dich was. Und so weiter. Zuerst dachte ich, der hat es gut, dass es für ihn jemand übernimmt, und dann dachte ich mir, es kann schon ganz schön teuer werden, wenn man prominent ist. Und Mensch, du hast dem Flughafenpersonal noch nie Trinkgeld gegeben, außer auf der Toilette, wenn dort ein Schälchen stand.

Liebe Grüße
Gaby

@ @ @

Hi Gaby,

Hab gleich mal gegoogelt und kopiere Dir eine von mehreren Seiten:

> Neulich erzählte mir jemand, es sei üblich, nach einem Krankenhausaufenthalt der Schwesternschaft einen Umschlag mit zehn Euro oder so »für die Kaffeekasse« zuzustecken. Das hab ich ja noch nie gehört! (Hab allerdings auch keinerlei Krankenhauserfahrung, toi toi toi.) Ist das wirklich üblich? Aber woher soll man so was wissen? Auf diese Idee wär ich niemals gekommen, wenn das Gespräch jetzt nicht zufällig mal drauf gekommen wäre.
> Ist das für euch tatsächlich ganz normal und üblich? Macht ihr das? Und wer hat euch in dieses ungeschriebene Geheimnis eingeweiht, wenn's denn so ist?
>
> Antwort
> Ja, das kenne ich auch; und habe auch schon selbst für die Kaffeekasse gespendet.
> Allerdings waren »meine« Krankenschwestern supernett, haben oft ins Zimmer geschaut, ob alles o.k. ist etc.
> Und ganz ehrlich, lieber spende ich für die Kaffeekasse von einem freundlichen Pflegepersonal, als einer Bedienung, die kein Lächeln für den Gast übrig hat, das schon fast obligatorische Trinkgeld zu geben.
>
> Antwort
> Als ich nach meiner Bandscheiben-OP wieder entlassen wurde, hab ich den Schwestern auch zehn Euro für die Kaffeekasse gegeben, aber gesagt hatte mir niemand was, ich hab das von mir aus getan, da die alle sehr nett und hilfsbereit waren.
>
> Antwort
> Als ich mein erstes Spitalpraktikum machte, gab es ab und zu Patienten, die uns zu ihrem Austritt entweder Geld oder

Pralinen oder Kuchen oder sonst was daließen. Gefreut hat man sich natürlich immer. ☺ Wie weit herum das üblich ist, weiß ich nicht. Ich denke, es ist einfach eine kleine Aufmerksamkeit, wenn man mit dem Pflegepersonal zufrieden war (was ja der allgemeine Grund fürs Trinkgeldgeben ist).

Antwort
Natürlich freut sich das Krankenhauspersonal darüber. Ob Geld für die Kaffeekasse, ein Päckchen Kaffee oder was zum Schlemmen, es ist alles willkommen (ich bin Krankenschwester).

Antwort
… wenn sich die Pflegepersonen als bevormundende Drachen entpuppen, dann kannst du das Trinkgeld getrost stecken lassen.

Antwort
Ich kenne das auch. Je nach Aufenthaltsdauer zehn bis fünfzig Euro für die Kaffeekasse. Bei den Gehältern im Pflegebereich finde ich das auch nur fair.

Antwort
Ich kenn das nur so, dass man einige seiner Blumensträuße/Süßigkeiten (was man so geschenkt bekommt) für sie dalässt … müssen die sich dann irgendwie aufteilen, ;-) aber Geld geben ist mir neu …

Antwort
Fünf bis zehn Euro sind für die Station üblich. Wenn sich eine Krankenpflegeschülerin oder ein Zivi besonders gekümmert hat, dann das Gleiche für die noch mal.
Wenn nichts gegeben wird, ist das auch in Ordnung, machen die wenigsten. Erwünscht sind stattdessen aber auch Kaffeepäckchen, guter Tee oder ein Frühstück – ein Kuchen, eine Palette belegter Brötchen aus der Cafeteria etc.

Ich habe es bei mir oder bei meinen Eltern, wenn die im Krankenhaus waren, auch immer so gemacht, dass ich der Stationsschwester unter Zeugen (wir sind alle nicht perfekt) was für die Kaffeekasse gegeben habe, ich hab da immer etwas mehr gegeben, wegen Promi und geizig und so. Du brauchst Dir keine Gedanken zu machen, ob Du jetzt ganz was Tolles geben musst, weil Du so lange da warst, Hauptsache, es ist eine nette und ehrliche Geste. Vielleicht besorgt Micha Dir ein schönes Sparschwein, wo Du mit Filzer selber draufschreibst: »Schwesternleberkässemmelschweinderl«, und da tust Du hundert Euro rein und vielleicht noch ein paar Fläschchen Sekt, das ist dann ein schöner Ausstand. Du bist aber auch echt süß, wie Du Dich mit so was rumquälst, geht mir aber genauso in allen Situationen, die mir fremd sind, offenbar können die meisten Menschen nicht gut zugeben, dass sie keine Ahnung haben, wie man sich in diesem Moment verhält. Vielleicht ist es wirklich das Beste, Du fragst die Oberschwester, wie das denn Patienten mit vergleichbarer Geschichte in der Vergangenheit gemacht hätten, Du hättest keine Erfahrung damit, das Leben gerettet zu kriegen, und ob sie Dir da mal einen Tipp geben könnte. Und auf jeden Fall kannst Du allen ein Buch versprechen, wann immer es erscheint, und den Ärzten auch, und das reicht dann auch, die Chefs kriegen kein Trinkgeld, genau wie beim Friseur. Diese Mail schicke ich jetzt an Dich und an Micha, dann kriegst Du sie auf jeden Fall. Und wenn Euch die Idee mit dem Schwein gefällt und es zeitlich knapp wird, kannst Du ja auch sagen, Du kommst noch mal vorbei, um Dich zu bedanken, praktisch »privat«.

Liebe Grüße
Jürgen

@ @ @

Hallo Jürgen,

super Idee mit dem Schweinderl. Aber ich glaube, so werde ich es machen. Eine Palette mit Brötchen aus der Cafeteria und das Schweinderl. Dann können nämlich die jungen Ärzte und Medizinstudenten auch was mitessen. Prosecco ist natürlich auch immer nett. Dann können sie anstoßen, dass sie jetzt einen Patienten weniger zu versorgen haben. ☺

Ich bin gerade dabei, meine Vorstellung vom Sinn des Lebens und dem Leben nach dem Tod aufzuschreiben, und schicke es Dir dann, wenn es fertig ist. Übrigens habe ich alle zwei E-Mails bekommen. Hurra! Ich hoffe, es war kein Zufall und Tomi hat das Problem behoben.

Ich wünsche Dir eine schöne Nacht und danke Dir noch mal für den Tipp,

Gaby

@ @ @

Moin Gaby,

schön, dass Dir die Schweine-Idee gefällt und dass die Funkstrecke wieder steht, wie wir Fernmelder früher gesagt haben. Wo Du gerade dabei bist, das Leben nach dem Tode begrifflich zu umreißen: Willst Du Dich nicht im Moment lieber auf das – hoffentlich ganz lange – Leben vor dem Tode konzentrieren? Du hast doch, könnte ich mir vorstellen, in dieser langen und harten Krankenhauszeit ganz oft gedacht: »Wenn ich das überstehe, will ich das und das anders machen!« Im Umgang mit dem Partner zum Beispiel. Ich hatte gerade bei »Frei von der Lippe« einen Paartherapeuten als Gesprächsgast, der mir die 5-zu-1-Regel erklärte: Auf eine Kritik am Partner müssen fünf Lobe kommen. Selbstverständlich hat das erst mal den Komiker in mir auf den Plan gerufen, und ich sagte: »Sie meinen also so:

Schatz, toll, dass du den Wagen gewaschen, den Müll runtergebracht, den Kühlschrank voll Bier gemacht, Schnitzel mit Fritten und die Fenster endlich mal geputzt hast, aber deine neue Frisur ist echt Scheiße!« Und da finde ich just diese 5-zu-1-Regel in einem sehr schön gemachten Faltblatt der Techniker-Krankenkasse, war wohl eine »Stern«-Beilage, keine Ahnung, mit guten Gedanken für jeden Tag, unter »Liebe und Partnerschaft«. Zusammen mit: »Wie schön, dass es dich gibt, ein Gedanke, der jede Beziehung verbessert. Sie müssen das nicht wörtlich sagen: Eine Umarmung oder ein Lächeln tut's auch. Und: Seien Sie freigebig: Anderen Gutes zu tun, fördert nachweislich das eigene Wohlbefinden.« Aber das machst Du ja.

Unter »Ich und die anderen« findet man: Jeden Tag einmal mit den Kollegen lachen. Ein herzhafter Lacher entspannt und baut Stress ab. Und da zähle ich Dir gleich mal ein paar meiner Lieblingsverladen auf:

- »70 % aller Männer befriedigen sich unter der Dusche selbst, 30 % singen. Weißt Du, was sie singen?«
  »Nein.«
  »Aha.«

- »Bei dem Spiel geht es darum, Alternativlösungen zu finden. Du kommst in einen Laden, möchtest eine Schere kaufen und der Verkäufer ist taub. Wie machst Du ihm verständlich, was Du möchtest?«
  (Das Gegenüber macht dann in der Regel mit der Hand Schneidebewegungen.)
  »Gut. Jetzt kommst Du in ein Zoogeschäft, möchtest einen Hund, der Verkäufer ist blind, was machst Du?«
  »Wauwau.«
  »Gut. Du hättest auch einfach sagen können: Ich möchte einen Hund kaufen.«

- »Ich habe einen Zwerg auf der Hand, kneif den mal in die Nase.«
  Dann greift der andere irgendwo in die Luft, und Du sagst: »Der ist aber nur so groß« (halb so hoch, wie der andere in die Luft gekniffen hat), sodass deutlich wird, dass unser Opfer den imaginären Zwerg ins Genital gezwickt hat.

- Der Blinde in der Kneipe.
  Du sagst: »Ich bin ein Blinder in der Kneipe, und Du spielst den Wirt, o. k.?« Du schließt die Augen, tastest dem Opfer mit beiden Händen im Gesicht rum und sagst: »Sind Sie der Wirt?«
  Er wird sagen: »Ja.«
  Dann Du: »Ich wollte nur sagen, es ist kein Papier auf dem Klo.«

- »Wie landet die Alitalia?«
  Dazu brauchst Du ein Einwegfeuerzeug, damit fährst Du mit dem Rädchen nach unten so über den Tisch, dass es Funken gibt. Fertig.

Und meine liebste Nummer, die ich immer mit Kollegen in Funk und Fernsehen mache, unter anderem mit Ina Müller.

- Du sagst: »Wir spielen Plural bilden. Im Deutschen gibt es sieben verschiedene Möglichkeiten, den Plural zu bilden. Ich nenne Dir jetzt vier Wörter im Singular, und Du wiederholst diese vier Wörter in derselben Reihenfolge, aber im Plural und mit Artikel, o.k.? Hier kommen sie: Der Arzt, der Bursche, die Bürste, die Schwester.« Womöglich fragt er noch mal nach, dann wiederholst Du die vier Wörter noch mal. Und dann sagt Dein Opfer (hoffentlich): »Die Ärzte, die Burschen, die Bürsten, die Schwestern.« Meist begreift man erst nach dem zweiten oder dritten Mal, was man da gesagt hat. Den kannst Du ja heute und morgen auch noch ausprobieren, natürlich wieder mit Handy. Mach's mit einer Schwester, ich garantiere Dir, das wird ein Brüller.

Jetzt hänge ich Dir noch die Mail von Miriam Pielhau dran, die ein Buch über ihren Brustkrebs geschrieben hat und die ich bat, einen Beitrag für uns zu mailen, und dann verabschiede ich mich für sechs Tage bis zum 23. Dezember, fahre ohne Laptop mit meiner Frau an die Ostsee, und dann gibt es nur Lesen, Spielen, Essen, Sport. Dir schon mal schöne Heimkehr und nicht so viel Stress mit den Weihnachtsvorbereitungen. Wenn mit den Gags was unklar ist, ruf an, das Handy habe ich natürlich dabei, kann auch Mails lesen, nur das Antworten klappt irgendwie sehr oft nicht.

> Am 14.11.2011 um 18:12 schrieb Jürgen:
>
> Liebe Miriam,
>
> danke schön auch noch mal herzlich fürs Kommen und Freunde-Mitbringen und die tollen Plätzchen. Ich mache gerade mit einer früheren Spieleautorin von »Geld oder Liebe«, die an Leukämie erkrankt ist, ein Krankentrostbuch, d. h., sie mailt mir das, was ihre Familie und Freunde ihr an Geschichten, Witzen, Buchtipps, Aufmunterung schicken, und ich ihr alles, was mir so einfällt. Du hast doch sicher eine kleine Geschichte aus Deiner Krankheitszeit, die Dich zum Lachen gebracht hat. Kann total kurz sein, vielleicht auch ein Kochrezept, sicher hast Du sogar was Kleines aus Deinem Buch, was man zitieren könnte, ich sammele im Moment einfach alles.
>
> Liebe Grüße
> Jürgen
>
> @
>
> Guten Morgen, mein lieber Jürgen,
>
> * das Trost-Projekt – beim Einschlafen gestern lange drüber nachgedacht. Was Kurzes ist mir (noch) nicht eingefallen, aber ich denke weiter und weiter … ich füge Dir hier einfach mal einen Kapitelausschnitt aus dem Buch an. Zeitpunkt: Haare waren schon weg. Dieser Moment war der Wende-

punkt, der wieder viel Leichtigkeit zurückerobert hat. Vielleicht hilft das ja?

Mache mir aber weiterhin Gedanken. Zu Rezepten müsste ich so etwas »Unkreatives« beitragen wie »Hühnersuppe« – die, die man auch bei Grippe selbst kocht und verabreicht. Die hab ich körperlich UND seelisch in den schwierigen Momenten am besten vertragen. Aber so was in der Art habt ihr bestimmt, oder? Wenn nicht ... auch dieses Rezept anbei.

Rezept für GROOOOSSEN Topf Hühnersuppe (für geschundene Körper & geschundene Gemüter)

1 Suppenhuhn (etwa 2,5 kg), Salz, 1 Bund Suppengrün, 2 Lorbeerblätter, 5 Pfefferkörner, 1 Zwiebel, 2 Stängel glatte Petersilie
Einlage: 3–4 mittelgroße Möhren, 250 g TK-Erbsen, 200–225 g Fadennudeln, frisch gemahlener Pfeffer, 1/2 Bund glatte Petersilie
Huhn innen und außen waschen. Schwänzchen (Bürzel) abschneiden. Huhn in einen Topf mit kaltem Wasser geben und zum Kochen bringen. Suppengrün und Suppengewürze direkt dazu. Mindestens 1,5 Std. lang (besser 2 Std.) gemütlich köcheln lassen. Eventuell Schaum mit einer Schöpfkelle hin und wieder abschöpfen. Dann bleibt die Suppe klar. Nach einer Stunde klein geschnippeltes Einlagegemüse dazu. Kurz vor Schluss die Nüdelchen. Huhn entnehmen. Fleisch vom Knochen lösen und in kleinen Stückchen der Suppe wieder beigeben. Dann heiß und dampfend servieren. Gute Besserung!

Und dann hier noch ein Auszug aus »Fremdkörper«.
(Haare sind schon weg ... eines Morgens im Bett ...)

»Mann.« Pause. »Mann, Mann, Mann.« Thom hält wieder inne. Vermutlich, weil ich reagieren soll. Ich kann noch nicht. Ich träume noch ein bisschen. »Mann, sind *wir* doof. Was für eine verschenkte Chance.« Ich habe nicht den Hauch einer Ahnung, wovon mein Liebster spricht. Bemühe mich aber um eine zügige Kontaktherstellung zwischen meinen Synapsen. Denn auch die sind noch im Standby-Modus. Das mag an der nachtschlafenen Uhrzeit liegen. Nicht zu früh, um aufzustehen. Und auch noch nicht spät genug, um sich zu schämen. Also sieben Uhr morgens. Der Ort: unser Bett. Mein Sprachzentrum gähnt sich als Erstes wach und blubbert drauflos: »Was meinst du? Was ist denn danebengegangen?« – »Na, unsere einzigartige Geschäftsidee. Wir haben nicht nur Wochen, wir haben Monate verpasst. Aber es könnte jetzt auch noch funktionieren.« – »Hab ich damit zu tun, oder ist das eine deiner vielen Ideen, wie wir mit wenig Aufwand und einer hohen Wahrscheinlichkeit sehr reich werden. Ohne Lotto?« Thom triumphiert. Er hat meine ungeteilte Aufmerksamkeit, wenngleich ich ihm diese nur mit einem von der Kopfkissenfalte geteilten Gesichtsausdruck beweisen kann. »Also, pass auf ... dass ich da nicht früher draufgekommen bin: Wir kaufen ganz viele kleine runde Spiegelchen. Dann musst du natürlich immer eine Taschenlampe zur Beleuchtung dabeihaben. Dann kleben wir die Spiegel auf deinen Kopf und vermieten dich als .... tataaaa: Discokugel.« Kaum hat er seinen wirklich patentwürdigen Einfall formuliert, untermalt er ihn, indem er meinen Part spielt und seinen Kopf rhythmisch hin und her bewegt. Mit einer imaginären Leuchte in der linken Hand. Ein lauter Gelächterschwall explodiert aus mir heraus. Dieses Bild ist so absurd und meine eigene Vorstellungskraft noch so stark – kein Wunder: Bis eben war ich ja auch noch im Traumland –, dass ich mich liegend schlapplachen muss. Mit Tönen aus dem Mund und Tränen aus den Augen. Und er mit mir mit. Ich richte mich auf und folge seinem Beispiel. Immer noch wellenartig gackernd und glucksend, wiege und kreise ich meinen nackten Kopf und flöte: »Night fever, Night feveeer...« – »We know how to do it ...« Thom singt es mit und küsst mich auf den Mund: »Guten Morgen, Mädchen.« – »Danke schön, Liebster.«

> Wir freuen uns. Tage, die mit kaputtlachen anfangen, kann man auch im weiteren Verlauf sonst kaum kaputt machen.
>
> Hilft Dir etwas davon?
>
> Herzlichste Grüße und eine gute Woche
> Miri

So, und zum Schluss für heute noch eine kleine literarische Aufgabe. Ich wünsche mir eine Geschichte mit Dir und George Clooney auf Eurem gemeinsamen Flug, irgendwas, wie Du versucht hast, ihn anzubaggern, oder dass Du die Stewardess gebeten hast, ihm den Kaffee servieren zu dürfen, irgendwas.

Ganz liebe Grüße
Jürgen

@ @ @

Hi Jürgen,

o ja, ich berichte gerne über meinen Flug mit George Clooney. Immerhin habe ich danach wochenlang nichts anderes getan. Bis mein Mann einmal sagte: »Jetzt reicht es aber. Grumpf!«

Ich hatte es natürlich auch genossen, von ihm zu schwärmen, da Micha wochenlang vorher auch nichts anderes getan hatte. Denn er war mit der wunderschönen Kate Walsh, die eine Ärztin bei »Grey's Anatomy« spielte und später zu »Private Practice« wechselte, geflogen und hatte sich in sie verliebt. Immer wieder schwärmte er mir davon vor, wie sie direkt neben ihm gelegen hat, welche Gespräche sie geführt hatten, wie sie roch, was für eine tolle Stimme sie hat und auch noch wie toll sie ausgesehen hat, als sie schlief. Und daran erinnerte er sich natürlich noch am besten, wenn ich in seinen Armen lag. So schwärmte mein Mann mit einem glückseligen Gesichtsausdruck: »Ich sagte zu ihr, Sie sind ja privat noch viel hübscher als in der Serie. Und sie antwortete mir: Ja, sie mussten mich runterschminken, da ich nicht besser aussehen durfte als die Hauptdarstellerin.«

Natürlich war ich ein bisschen eifersüchtig, und als er wieder einmal betonte, wie eng sie beieinandergelegen haben, konnte ich mir die Bemerkung nicht verkneifen: »Hat sie dich auch schnarchen gehört?« Dann war Ruhe. Ja, man kann schon fies sein. Aber das Leben ist ja gerecht. Nur, zu diesem Zeitpunkt wusste ich das noch nicht. Ich würde nämlich auch bald in diesen tranceähnlichen Zustand des Schwärmens versetzt werden, weil ich mit jemanden fliegen würde, den ich ganz toll finde. Nämlich George Clooney!

Es fing alles in New York an. Zum ersten Mal waren wir für eine Woche ohne Kinder unterwegs, hatten die Stadt erkundet und mal Zeit für uns gehabt. Als wir also nun so in der Lounge saßen und auf unseren Rückflug warteten und ich gerade Micha stolz das Nackenkissen, das ich noch schnell im Duty Free gekauft hatte, zeigen wollte, betrat George Clooney mit drei Freunden und einem Steward den Raum und durchquerte ihn schnell, um in einen privaten Bereich am anderen Ende zu gelangen. Den Ausdruck in meinem Gesicht hat Micha in diesem Moment fotografiert und das Foto mit der Überschrift »LOVE that is the facial expression when George Clooney enters the room« bei Facebook gepostet.

Ich glaube, mein Leuchten in den Augen und der leicht dümmliche Gesichtsausdruck sagen alles aus. So kann man wahrscheinlich nur gucken, wenn man total in jemanden verschossen ist.

Nun muss ich dazu erklären, dass wir an diesem Tag das große Glück hatten, First Class zu fliegen. Da Micha beruflich viel unterwegs ist und durchschnittlich dreißig Tage im Jahr nonstop im Flugzeug verbringt, bekommt er manchmal netterweise von der Lufthansa ein First Class Upgrade, und dieses Glück hatten wir auf unserem Rückflug von New York nach Zürich. Als ich die First der Swiss Air betrat, war ich überwältigt. Es war gerade mit viel Liebe alles neu renoviert und gestaltet wurden. Acht große Sitze, die zu Betten ausgefahren werden konnten, befanden sich direkt in einer Kabine hinter dem Piloten, und Micha und ich schienen außer einem schlecht gelaunten Geschäftsreisenden allein in diesem Wunderland zu sein. Wo die Stewardess einem gleich nach Eintritt die Jacke abnimmt, einem Nüsschen und Champagner reicht sowie einen flauschigen Schlafanzug und Pantöffelchen.

Und als wir es uns nun im Mittelgang auf unseren Sitzen schön gemütlich machten, wurde George Clooney mit seinen Freunden hereingeführt. Dieses Glücksgefühl kann ich kaum beschreiben! Jackpot! Micha und ich schauten uns an. Er wusste, wie sehr ich mich gerade freute. »Wahnsinn!«, dachte ich. »Ich werde jetzt auf engstem Raum acht Stunden lang mit George Clooney verbringen. Wir sind quasi zusammen eingesperrt, und das noch in der Luft. Er kann noch nicht mal abhauen!« George verstaute sein Handgepäck und schwärmte mit seinen Freunden von der neu gestalteten ersten Klasse und nahm den Sitz neben meinem Mann ein.

O nein! Warum musste ich blöde Kuh mich auf die rechte Seite setzen? Neben den Griesgram, der noch nicht einmal zurücklächeln würde, wenn ich ihn fünf Minuten mit einem breiten Grinsen penetrant anschauen würde. Aber Plätze tauschen kann ich ja jetzt auch nicht mehr. Das wäre zu peinlich! Na ja, dann muss ich mir eben meinen Mann wegdenken und mir vorstellen, ich würde direkt neben George Clooney liegen.

George und seine Freunde aßen Nüsschen, tranken Champagner, legten ihre Füße mit Schuhen auf den Sitz vor ihnen und hatten Spaß. Sie brachten eine unwahrscheinlich gute Laune mit. Einmal rief einer seiner Freunde, der Schauspieler Richard Kind: »Ask the rich guy behind us!« »I'm not rich!«, erwiderte Micha lachend. Nun, man hätte jetzt erzählen können, dass wir nur durch ein Upgrade First fliegen. Aber man muss ja nicht alles erzählen.

Das war dann auch schon die einzige Kommunikation, die während des Fluges zwischen uns stattfand. Ich verfluchte mein schlechtes Englisch, denn auf Deutsch hätte ich mich bestimmt mal getraut, etwas zu sagen. So beobachtete ich George mit seinem unwiderstehlichen Lächeln und seinen coolen Bewegungen und hätte dabei am liebsten meinen Mann von seinem Sitz geschubst. Vor allem, als er noch anfing zu singen und vor sich hin zu summen! Er hat ja beim Sprechen schon eine tolle sexy Stimme. Dabei darf man sich nicht die deutsche Synchronstimme vorstellen, die ist seiner kein bisschen ähnlich. Er hat eine viel tiefere, erotischere Stimme, und er kann tatsächlich auch noch singen! Und anscheinend singt er gerne.

Wenn mich ein Mann erobern will, muss er mir nur was vorsingen, und ich schmelze wie Butter in der Sonne dahin. Und wenn er dazu noch wirklich gut singen kann, muss ich mich beherrschen, ihm nicht direkt um den Hals zu fallen und ihn abzuknutschen. Es ist einfach um mich geschehen. Und ich habe dann wahrscheinlich wieder denselben blöden Gesichtsausdruck wie auf dem Foto.

Die ersten zwei Stunden gab es Essen und gute Weine. Okay, ich trinke keinen Tropfen, weil mir dann auf einem Langstreckenflug schnell schlecht wird. Aber die meisten geben sich gut die Kante und legen sich dann schlafen. So auch George und seine Freunde. Nach dem Essen fragte die Stewardess, ob sie unsere Betten machen solle, und so zogen wir unsere Schlafanzüge an und legten uns hin. Ach nein, vorher gingen wir noch auf die Toilette. Erst George und dann ich. Und ich muss sagen, dass ich normalerweise sehr penibel mit öffentlichen Toiletten bin und ich sie erst einmal desinfiziere oder Papier drauflege, aber hier wäre es ja einer Sünde gleichgekommen. Als ich da saß, dachte ich nur: »Ich sitze gerade auf demselben Klo, auf dem George Clooney mit seinem nackten Hintern drauf saß. WOW!« Übrigens hatte George die Toilette sehr sauber hinterlassen. Er scheint kein Stehpinkler zu sein. Einmal bin ich auf einem Businessflug von L. A. nach Frankfurt nach einem ziemlich bekannten deutschen Schauspieler auf die Toilette gegangen, und der ganze Sitz war besprenkelt. Ich musste mit Toilettenpapier erst mal den Sitz sauber machen. Aber nun gut. Mein Mann meinte, ich hätte ihn damals ansprechen sollen und sagen: »Können Sie bitte das nächste Mal die Toilette sauber hinterlassen.« Aber so gemein bin ich dann doch nicht, ihn vor seinen Sitznachbarn bloßzustellen.

Aber zurück zu George. Eigentlich leide ich ja unter Flugangst, aber auf diesem Flug natürlich nicht. Da stellte ich mir vor, wie ich ihm bei einem Absturz helfen würde, die Sauerstoffmaske aufzuziehen, und in einem Rettungsboot zusammen mit ihm tagelang auf dem Meer zu treiben oder gemeinsam an die Himmelspforte zu klopfen. Und dabei würde er mich natürlich immer anlächeln! Eigentlich könnte er gut Zahnpasta- und nicht nur Kaffeewerbung machen.

Leider hatte ich zu diesem Zeitpunkt einen fürchterlichen Husten. Ich verfluchte es! Ich glaube, es gibt nichts Unerotischeres als eine Frau mit Hustenattacken. Also, falls George nach dem Flug husten musste, war ich schuld!

So lagen wir dort zugedeckt, George und mich trennte nur mein Mann, und wir schliefen alle ein. Vorher hustete ich natürlich noch ein paarmal.

Fünf Stunden später wachte ich auf und erinnerte mich, dass ich ja mit George Clooney im Flugzeug saß, und blickte verschlafen zur Seite. Er war schon hellwach und frühstückte gut gelaunt. Der Stewardess erzählte er gerade, dass er weiter nach Lugano fliegt. Er schwärmte von der Gegend dort und erzählte, dass er dort ein Haus besitzt. Ich stand auf, um mich auf der Flugzeugtoilette frisch zu machen, und als ich mit meiner Zahnbürste in der Hand, die Haare offen und im Schlafanzug, an ihm vorbeiging, um zu meinem Sitz zurückzukehren, fragte ich mich, was er wohl über mich denken würde. Ich hatte mich nicht getraut, ihn anzuschauen. Doch als die Stewardess ihm seinen O-Saft servierte, hätte ich ihn ihr am liebsten aus der Hand gerissen, um ihre Rolle zu übernehmen.

Als wir in Zürich landeten, gingen wir zusammen in die Lounge, um auf unsere Weiterflüge zu warten. Er nach Lugano und wir nach München. Er und seine Freunde wurden wieder in einen separaten Raum geführt, und Micha und ich saßen allein in dem Nebenraum. Ich war traurig, da ich mir sicher war, ihn nie wiederzusehen. Doch da kam George zu uns ins Zimmer. Mein Mann schaute mich wieder wie das erste Mal an. Mann, war das alles ein Highlight! George ging an den Tresen, sang wieder mit seiner tollen Stimme vor sich hin und machte sich einen Kaffee. Und ich überlegte wirklich für einen kurzen Moment, ob ich hingehen sollte und die Werbung nachspielen, wo die Frau ihn am Kaffeeautomaten erotisch anspricht, ob er George Clooney sei, und als er stolz und geschmeichelt: »Ja!« sagt, sie ihm seinen Kaffee wegnimmt, Danke sagt und geht. Aber ob er das witzig gefunden hätte?

So saßen wir auf unserer Couch wie im Kino und beobachteten ihn, wie er vor uns am Tresen stand, an seinem Kaffee nippte und Pralinen naschte und wohl keine Angst vor uns hatte. Nun, er hatte uns ja auch schon die letzten

Stunden schnarchen und husten gehört, und wir hatten kein Wort miteinander gewechselt.

Wir gingen dann noch gemeinsam auf die Toilette, schauten uns wieder nicht an. Und saßen nun nur von einer dünnen Wand getrennt nebeneinander auf dem Klo. Dann mussten wir unsere Weiterflüge antreten. Tja, das waren dann auch schon meine Stunden mit George. Über neun Stunden, in denen wir uns nicht einmal in die Augen geblickt oder ein Wort gewechselt haben. Aber trotzdem war es irgendwie eine intime Zeit. Zumindest haben wir uns gegenseitig schon im Schlafanzug gesehen und dieselbe Toilette benutzt. ☺

Das war meine Geschichte vom Flug mit George Clooney.

Liebe Grüße
Gaby

@ @ @

Hi Gaby,

wir sind aus Warnemünde zurück, es war ein wunderbarer Urlaub! Ich habe fünf Kilo abgenommen, ungelogen. So eine Magen-Darm-Grippe schlägt alle Diäten auf dem Markt. Und als ich gerade Land sah, im wahrsten Sinne des Wortes, hat es meine Frau erwischt. Nun sind wir zu Hause und fiebern unserem Festmahl mit dünner Brühe und Toast entgegen, lecker kochen kannst du natürlich knicken. George Clooney war auch nicht in Warnemünde, beziehungsweise Jennifer Aniston, Sandra Bullock oder Ally McBeal. Dafür hat Deine Geschichte sehr viel Atmosphäre und eine Menge witzige Momente. Ich hätte mir ja noch gewünscht, wie Du in Deiner Phantasie Szenen ausspinnst und den Leser ein bisschen in die Irre führst, aber die Wendung mit dem Schauspieler* hat schon fast was von Fanny Müller!

* dessen Namen wir leider hier nicht nennen dürfen

Zum Schluss noch ein Rezept (Du liebst ja Rotes), das Ingo Oschmann heute, also Heiligabend, als Vorspeise für seine Eltern kocht und das er mir sehr ans Herz gelegt hat. Werde es probieren, sobald die Chance besteht, dass es drin bleibt. Es stammt aus Tim Mälzers »Born to cook II«.

SPINATSALAT MIT GEBRATENEN TOMATEN.

4 EL weißer Balsamico
100 g junger Ziegenkäse
Olivenöl, Salz, schwarzer Pfeffer
400 g Frühlingsblattsalat (ich denke aber, Rucola geht auch)
6 mittelgroße Eiertomaten
4 EL Zucker

Essig und 5 EL heißes Wasser in einem kleinen Topf aufkochen und mit dem Ziegenkäse und 4 EL Olivenöl verrühren. Mit Salz und Pfeffer würzen.
Spinat putzen, waschen und trocken schleudern.
Tomaten quer halbieren. Die Schnittflächen in den Zucker drücken. Restliches Öl in einer Pfanne erhitzen und die Tomaten mit den Schnittflächen nach unten in die Pfanne geben. So lange braten, bis die Tomaten hellbraun karamellisieren.
Spinat mit der Käsesauce und den Tomaten auf Teller geben und mit grobem schwarzem Pfeffer bestreut servieren.

Klingt doch super, oder? Und jetzt wünsche ich Euch ein tolles Weihnachtsfest, danach melde ich mich wieder.

Alles Liebe
Jürgen

@ @ @

Lieber Jürgen,

vielen Dank für Deine Geburtstagsglückwünsche. Gestern haben wir Dich bei der Pokernacht gesehen und viel Spaß dabei gehabt! Du hast dich ja super geschlagen!

Thema Partnerschaft. Oje, da hast Du jetzt ein großes Fass aufgemacht. ☺ Ich habe wie wild drauflos geschrieben, weil mich das Thema sehr interessiert und ich wahrscheinlich ganze Bücher darüber schreiben könnte. Ich habe Dir mal mitgeschickt, was mir zu dem Thema eingefallen ist, vielleicht kann man es ja irgendwie gebrauchen, und ich überlege mir, wie man vielleicht Gags daraus machen könnte.

Zum Thema Partnerschaft:

Ich bekam von einem alten Freund einen Überraschungsbesuch im Krankenhaus, und der Arme hatte schlimmen Liebeskummer. Wir unterhielten uns dann drei Stunden darüber, wie Beziehungen und Partnerschaften funktionieren. Die 5-zu-1-Regel finde ich übrigens Quatsch. Wie Du es schon richtig erkannt hast, wenn die Kritik wirklich verletzend war, könnten auch zehn Lobe vorher gesagt worden sein, deswegen würde sie trotzdem überlegen, wo sie die Nummer ihres Anwalts hinterlegt hat.

Meine Frauenärztin erzählte mir einmal: »Sie glauben nicht, wie viele Frauen mit vierzig von ihrem Mann verlassen werden.« Nun, ich werde in zwei Jahren vierzig. Also warten wir's mal ab. ☺ Und jetzt versuche ich mal zusammenzufassen, über was mein Freund und ich uns in den drei Stunden im Krankenzimmer zum Thema Partnerschaft unterhalten haben …

Also, wie funktioniert eine harmonische Partnerschaft:

1. Den richtigen Partner aussuchen. Um natürlich vielen Konflikten aus den Weg zu gehen, ist es von großem Vorteil, den richtigen Partner für sich auszuwählen.

Manche haben irgendwie immer das richtige Händchen dafür, und andere machen es immer wieder verkehrt. Mein Freund, mit dem ich mich nun im Krankenzimmer unterhielt, hatte das Pech, sich immer zu dominante Frauen zu suchen. Schwierige Charaktere, die ihn herumkommandieren und runtermachen. Er wusste auch nicht, woran das lag. Er meinte: »Am Anfang merkt man das doch nicht!«
Wenn man immer wieder den falschen Partner aussucht, steckt oft eine Verarbeitung aus der Kindheit dahinter. So sah ich einmal einen Fernsehbeitrag von einer Frau, die nicht verstand, warum sie immer so Pech mit Männern hat, bis der Psychologe dahinterkam, dass ihre Männer immer dem Charaktertypus ihres schwierigen Vaters entsprachen, der eine sehr dominante Persönlichkeit hatte und ihr oft mitgeteilt hat, dass sie nichts taugt und nie einen Mann finden wird. Sie erhoffte sich wohl, die Liebe ihres Vaters zu erlangen, wenn sie schafft, dass solch ein Typus Mann sie zu lieben lernt.

2. Man ist selbst für sein Lebensglück verantwortlich und kein anderer. Das Motto könnte auch lauten: Habe keine Erwartungen, und du kannst nicht enttäuscht werden. So einfach ist es. Erwartungen zerstören so vieles. Wir kennen es zu Weihnachten, zum Geburtstag und bei ganz alltäglichen Dingen.

3. Lerne, Hilfe anzunehmen. Spätestens wenn man krank ist, sollte man überlegen, ob man sich nicht doch besser Hilfe holt. Haushalt, kochen, Kinder chauffieren, Arbeit, einkaufen, Hausaufgaben der Kinder, Buchhaltung, Freunde und Familie nicht vernachlässigen usw. bringen einen oft in Stresssituationen. Man wird schnell überfordert. Und an wem lässt man es meistens aus, wenn man sich gestresst und genervt fühlt? Klar, am Partner. Da reicht dann schon oft eine Kleinigkeit

von ihm, um die Stresshormone, die sich während des Tages auf Höchstniveau angesiedelt haben, zum Überlaufen zu bringen. Daher wäre mein Rat, jede mögliche Hilfe anzunehmen. Auch ich musste das erst lernen. Denn das Wichtige in einer Partnerschaft ist es, auch mal zuzugeben, dass man nicht Superwoman oder Superman ist und geholfen zu bekommen keine Schwäche darstellt. Zudem habe ich gelernt, die Kinder und der Mann sind die Pflichtebene. Und alles andere ist Luxus. Und den teilt man sich nach Lust und Laune ein. Das nimmt den Druck.
Ach ja, und Gott segne Haushälterinnen und Putzfrauen!

4. Die Schlechte-Laune-Hierarchie durchbrechen. Wer kennt es nicht. Der Chef schnauzt den Angestellten, der Angestellte den Volontär, der den Praktikanten an, der dann die Reinigungskraft, und die lässt es an ihrem Mann oder ihren Kindern aus. Na ja, es muss nicht genau die Reihenfolge sein. Aber in der Tat ist es so, dass Aggressionen, die bei einem ankommen, wieder an den Nächsten weitergegeben werden. Doch wenn man es schafft, diese Kettenreaktion zu unterbrechen, hat man schon viel für ein harmonisches Familienleben erreicht. Entweder wehrt man sich direkt besonnen, nicht aggressiv gegen persönliche Angriffe oder man nimmt sich vor, nicht dasselbe Arschloch wie sein Chef zu sein. Sondern ein glücklicher und zufriedener Mensch, der ein tolles Leben mit einem tollen Partner hat.
   Oder wie der Dalai Lama einmal sagte: Do not let the behaviour of others destroy your inner peace.

5. Lob. Dem anderen sagen, was man an ihm liebt und schätzt. Jede Kleinigkeit, die der andere für einen tut, anerkennen und sich über sie freuen. Immer Danke, Bitte und Habe ich doch gern gemacht sagen und nicht an Höflichkeit verlieren.

6. Im Erwachsenen-Ich miteinander sprechen. Es gibt das Kind-, Erwachsenen- und Eltern-Ich. Am besten wäre es, wenn bei jedem das Erwachsenen-Ich überwiegen würde. Ich habe mal einen Persönlichkeitstest gemacht und bekam gezeigt, dass mein Kind-Ich zu hoch sei. Was zwar für Kreativität spricht, aber auch für Konflikte, da ich schnell schmolle, mich ärgere und manchmal etwas hilflos im Umgang mit bestimmten Situationen bin.
   Viele Partner reden gerne im Eltern-Ich mit dem anderen. Dieses belehrende »ich weiß es richtig, und du machst es falsch«. Das Eltern-Ich verletzt immer und führt beim Partner nur zu Trotz und Missmut.

7. Keine Machtspiele. Die meisten Streitereien entstehen durch Machtspiele. Durch das »Ich möchte mich nicht unterbuttern lassen und habe hier das Recht und Sagen«. Wichtig ist es, ein gleichberechtigtes Team zu sein oder, wenn es die Partner wünschen, die Rollen klar zu verteilen. Es gibt ja manche, die auch glücklich sind, wenn sie geführt werden. Doch ich habe es immer wieder selber erlebt, dass die meisten Krachs im Freundeskreis und auch unsere eigenen ein Stellungskampf in der Familie waren. Dasselbe gilt für die Auseinandersetzungen zwischen Eltern, Kindern und Geschwistern untereinander. Wenn man sich hier bewusst macht, dass man ein Team ist, in dem jeder gleich viel wert ist und jeder gleich viel zu sagen hat, läuft alles viel harmonischer.

8. Dem anderen seine Freiheit gönnen. Jeder braucht seine Freiheit und seine Entfaltungsmöglichkeiten und hat diese nur, wenn er auch mal Zeit für sich hat. Als ich im Krankenhaus monatelang im Zweibettzimmer lag, wurde mir diese Pein schmerzlich bewusst. Ich war mit Jemandem 24 Stunden in einem Zimmer und nie für mich allein. Ich konnte nicht vor mich hersingen,

tanzen oder Selbstgespräche führen. Weil der andere gedacht hätte, was hat die denn für eine Meise.

9. Vieles mit Humor nehmen. Über sich selber lachen können und viele Missgeschicke mit Humor nehmen. Wenn man etwas sieht, was einen normalerweise zur Weißglut bringen würde, sollte man mal versuchen, darüber zu lachen. Mit Humor rettet man jede Situation, und an Humor fehlt es sowieso in den meisten Hütten. Also rein damit. Den kann man wunderbar bei Kindern, Partner und Schwiegereltern anwenden, und die Familienstimmung wird garantiert verbessert. Zusammen lachen ist das Schönste, was es gibt. Man sollte sich und die anderen sowieso nicht so ernst nehmen und das Leben ohnehin nicht.

10. Auch mal den Mund halten. Hier würde doch wunderbar der Kamillenteewitz passen. Aber ehrlich, während wir uns so über Beziehungen im Krankenzimmer unterhielten und meine fast achtzigjährige Mitkranke aufmerksam zuhörte, fragte ich sie, wie sie das eigentlich hinkriegt, dass es so harmonisch in ihrer Familie zugeht. Ihre beiden Söhnen waren geschieden und verstanden sich aber noch beide wunderbar mit ihren Exfrauen, die auch wiederum ihre Exschwiegermutter im Krankenhaus besuchten, und die neuen Freundinnen ihrer Söhne waren sogar mit deren Exfrauen befreundet und schwärmten gegenseitig voneinander. Da sagte sie: »Das Rezept ist: Mund halten, auf keine Seite schlagen, auch wenn es schwerfällt. Auch wenn es einen manchmal fast innerlich zerreißt!« Nun, anscheinend hatte es ja genutzt.

11. Sich nicht aufhetzen lassen. Und das ist wirklich schwer! Da die Pfeile, die abgeschossen werden, doch immer stecken bleiben und irgendwann ihre Wirkung tun. Spätestens wenn man mal auf den anderen richtig

sauer ist. Es gibt Menschen, die sich immer gerne in Beziehungen einmischen, meist selber keine glückliche Beziehung führen, aber einem predigen, wie eine auszuschauen hat. Da werden dann gerne die Fehler vom Partner genau aufgezeigt und einem mitgeteilt, dass man sich so etwas auf keinen Fall bieten lassen sollte, oder kleine Giftspritzen in einzelnen Dosen verteilt.
Schwiegereltern und Eltern geben auch gerne mal ihren Senf dazu. Oder noch andere Verwandte. Manche haben sogar Spaß daran, Beziehungen auseinanderzubringen. Mein Vater sagte einmal zu meiner Mutter: »Unsere Ehe läuft so gut, weil unsere Verwandten so weit weg wohnen.«
Wenn andere gegen den Partner oder die Partnerin hetzen, sollte man immer seinen Partner unterstützen und signalisieren: Wir gehören zusammen und sind eine Einheit. Und ich halte zu ihm/ihr, egal, was ihr sagt.

So, da sprach jetzt Dr. psych. Sonnenberg. Da merkt man, dass ich in dem halben Jahr viel Zeit hatte zum Nachdenken ... Aber es ist das Thema! Immer sehr beliebt bei Freunden! ☺

Und hier noch ein Link, der mir sehr gut gefiel, von Action for happiness. Da geht es um das Thema, anderen etwas Gutes zu tun. Das war wieder so ein Clip, wo es bei mir im Gehirn zu rattern anfing und viele Ideen in meinem Kopf herumschwirrten.

http://www.actionforhappiness.org

Liebe Grüße
Gaby

@ @ @

Hi Gaby,

Jetzt habe ich mich endlich mit Deinem Partnerschaftsessay beschäftigen können, und es hat viel Spaß gemacht, ihn zu lesen. Natürlich stimmt alles, aber es klingt natürlich meist sehr theoretisch. Löse doch die einzelnen Punkte einfach mal in reale Spielszenen mit ausgeschriebenen Dialogen auf, das wird Dir Spaß machen, und dadurch wird es dem Leser und Dir selbst auch klarer werden. Ich bin natürlich gleich auf Punkt fünf angesprungen: Du in dem Doppelzimmer mit der Oma zusammen und Deinem Wunsch nach Gesang, Tanz und Selbstgesprächen. Das ist natürlich nicht ganz die Partnerproblematik mit Freiheit gönnen, die Oma war nicht Deine Partnerin und hätte Dir sicher jede Freiheit gegönnt, sondern der Wunsch nach einer Rückzugsmöglichkeit, einem Raum, in dem man allein ist, unbeobachtet, was gleichbedeutend ist mit unkritisiert, unbenotet, unbeobachtet, also frei. Und da sind wir natürlich bei meinem alten Beziehungsmodell der Fernbeziehung, was natürlich meist aus vielerlei Gründen, auch finanziellen, nicht praktikabel ist, aber getrennte Schlafzimmer empfiehlt jeder Psychologe. Und was sagen die Philosophen?

> Gute Ehen wären häufiger, wenn die Ehegatten nicht immer beisammen wären. – Nietzsche

> Die Ehe ist der erfolglose Versuch, aus einem Zufall etwas Dauerhaftes zu machen. – Albert Einstein

Nietzsche untermauert meine These, Einstein kommentiert Deinen Punkt eins, den richtigen Partner aussuchen. Wo die Liebe hinfällt, weiß man nicht und kann es auch nicht beeinflussen, die arme Frau in Deinem Beispiel ist natürlich ein Fall für die Victimologie, die Opferforschung. Wenn man sich mal ganz unvoreingenommen betrachtet, in wen man sich schon alles verliebt hat, steht die Verheiratung durch die Eltern, wie sie im Orient oder in Asien gepflegt wird, in keinem gar so trüben Licht da, es ist letztendlich das, wofür wir das schöne Wort »Vernunftehe« haben. Romantikfaktor natürlich gleich null, keine Frage.

Aber zurück zu Dir ins Doppelzimmer. Ich nenne Deine Zimmergenossin mal Frau Tschupa.

G: »Frau Tschupa? Frau Tschupa!!«

Frau Tschupa wird wach und schreckt mit einem Röchler hoch: »Was … was ist los?«

G: »Habe ich Sie geweckt? Das tut mir leid. Ich wollte nur fragen, ob es Sie stört, wenn ich ein bisschen tanze.«

T: »Ohne Musik?«

G: »Nein, mit, ich habe doch meinen iPod und die Ohrhörer.«

T: »Ich höre also nichts?«

G: »Nein.«

T: »Dann hätten Sie das doch machen können, während ich geschlafen habe!«

G: »Ich wollte Sie aber nicht erschrecken.«

T: »Aber das haben Sie doch getan, als Sie mich geweckt haben.«

G: »Tut mir leid. Darf ich jetzt tanzen?«

T: »Von mir aus, aber es wird natürlich ein bisschen blöd aussehen. Und jeden Moment kommt der Pfleger rein, den Sie so nett finden, der wird sich dann sein Teil denken.«

G: »Wie kommen Sie denn darauf, dass ich den nett finde?«

T: »Fräuleinchen, einer alten Frau können Sie nichts vormachen, Sie strahlen ihn an, werfen sich die Haare zurück, lassen die Decke ein bisschen fallen, aber tanzen Sie ruhig.«

G: »Jetzt habe ich keine Lust mehr, jetzt möchte ich lieber singen oder Selbstgespräche führen.«

T: »Ach, Selbstgespräche führen? Ich bin Ihnen wohl nicht gut genug zum Unterhalten?«

G: »Sie wollen doch schlafen!«

T: »Nein, jetzt, wo sie mich wach gequatscht haben, habe ich keine Lust mehr.«

Der Pfleger kommt rein: »Einen wunderschönen Nachmittag den Damen, wie geht es uns denn heute?«

T: »Fräulein Gaby möchte für Sie tanzen, glaube ich!«

P: »Häh?«

So weit mal. Die Szene kann natürlich jetzt in jede beliebige Richtung gehen. Es sieht übrigens schon recht bescheuert aus, wenn jemand zu unhörbarer Musik sehr innig tanzt. Maddin Schneider pflegte sich zumindest bis vor ein paar Jahren so auf seine Liveauftritte vorzubereiten, da habe ich das gesehen.

So, und nun habe ich Hunger und wärme mir ein paar Reste von gestern auf!

Liebe Grüße
Jürgen

@ @ @

Hi Jürgen,

S U P E R !!! Ich habe sehr laut gelacht! Tatsächlich haben ich und die achtzigjährige Dame immer vom Professor geschwärmt. Wenn der reinkam, ui, das war immer ein Highlight! Und danach tuschelten wir wie junge Teenager, was für ein toller Mann er doch sei. Charmant, witzig, intelligent usw. Und als die Schwester mir einmal nach der Chefarztvisite den Blutdruck maß und er zu hoch war, sagte sie trocken: »Na, so gut sieht doch der Professor gar nicht aus.«

Aber so eine klasse Szene, wie Du sie geschrieben hast, probiere ich auch mal zu meinen Punkten, die ich aufgelistet hatte, zu schreiben.

Nur, gerade hatte ich mich an den Laptop gesetzt, um über positives Denken und den Vorteil, den so eine Krankheit mit sich bringt, zu schreiben. Denn ich bin zu diesem Thema gerade sehr motiviert, da ich gerade folgendes Gespräch mit meinem Hausarzt hatte.

Achtung, bevor ich dieses Gespräch aufschreibe, muss ich Dich warnen. Denn was jetzt kommt (würg!), klingt sehr nach Selbstlob, und das mag ich eigentlich gar nicht. Doch hier kommt es leider vor. So, here we go ...

> Alle paar Tage muss ich zu meinem Hausarzt, zu dem ich während der Therapie wechselte, da er eine Zeit lang für das bekannte Krebszentrum in New York gearbeitet hat. Und so sitze ich nun so vor ihm, und er fragt mich, wie es mir so geht ...
>
> G: »Gut! Ich futtere nur zu viel. Ich bekomme so Heißhungerattacken, das kommt wahrscheinlich von dem Kortison.«
>
> Dr. S.: »Vor allem auf Süßes?«
>
> G: »Alles!«
>
> Dr. S. (schaut mich verwundert an): »Woher nehmen Sie diese Gelassenheit, diese Kraft her? Sie haben trotz Ihrer Situation so eine enorme positive Ausstrahlung. Das habe ich noch nie erlebt.«
>
> G (gerührt die Achsel zuckend): »Mein Bruder hat mir zum Beginn der Behandlung ›The Secret‹ geschenkt. Dort wird beschrieben, dass jeder positive Gedanke hundertmal mehr Kraft hat als ein negativer. Und es wurde beschrieben, was positives Denken alles in

unserem Körper hervorrufen kann. Natürlich ist vieles auch einfach Schicksal. Aber so kann ich meinen Anteil dazu tun.«

Dr. S.: »Haben die im Krankenhaus sich nicht auch gewundert. Haben die nicht auch etwas gesagt?«

G (zögerlich): »Joaah, sie meinten, ich lächle immer. Und dass Leukämiepatienten oft besser drauf sind als Karzinompatienten.«

Dr. S.: »Glauben Sie mir. Ich habe schon einige Frauen, die an Leukämie erkrankt sind und auch kleine Kinder haben, erlebt, aber davon war keine so drauf wie Sie.«

Dann klingelte sein Handy, und mir trieb es vor Rührung fast die Tränen in die Augen. Es war so nett, was er gerade gesagt hatte. Und nachdem er einer Frau, die sich gerade im Skiurlaub befand, ihre Blutwerte mitgeteilt hat, war mir einfach danach, ihm von unseren Buch zu erzählen, und er war sehr interessiert und meinte dann: »Ich fände es auch sehr schade, wenn Sie diese positive Einstellung nicht weitergeben würden. Sodass andere auch davon profitieren. Es gibt zu jedem fünf negative und positive Gedanken, und Sie haben sich dafür entschieden, die fünf positiven zu haben.«

Und als ich nach Hause kam und Micha von dem Arztgespräch erzählte und ihm sagte, dass ich glaube, dass ich diese Kraft durch seine Unterstützung habe, meinte er: »Nein, die hast du auch ohne mich. Die hattest du schon immer in dir.«

Tja, wie gesagt: Achtung, Geschichte mit Selbstlob! ☺

Gerade fällt mir noch ein Gag zu der Fünf-Lobe-gegen-einen-Tadel-Regel ein:

Der Patient sagt zum Arzt: »Also, Herr Doktor, wie toll Sie meinen eingerissenen Zehennagel, den Kratzer am

Ellenbogen, den Pickel auf der Nase und den blauen Fleck am Knie behandelt haben und wie leserlich Sie das Rezept geschrieben haben. Toll! Aber dass Sie den 25-Kilo-Tumor in meinem Hodensack übersehen haben. Na ja!«

Also, bis dahin!

Liebe, liebe Grüße
Gaby

@ @ @

Hi Gaby,

habe mich wirklich sehr über Deine Mail mit dem Arztbesuch gefreut, und ich hoffe, dass das Stimmungshoch und die gute gesundheitliche Verfassung viele Jahre andauern! Ich hingegen vegetiere nur noch dahin. Gleich nach dem Darmvirus, von dem ich kurz berichtet habe, ereilte mich mein fünfmarkstückgroßer Stressherpes am Hintern, den ich immer kriege, wenn das Immunsystem nachlässt. Das heißt dann immer vier Tage auf dicken Kissen sitzen. Heute ist der dritte Tag, und an dem erwachte ich mit einer derartigen Verspannung der Halsmuskulatur, dass nicht nur Kopfbewegungen schmerzhaft sind, sondern sogar das Schlucken. Weder Liegen noch Stehen noch Sitzen sind beschwerdefrei möglich. Bleibt mir nur noch die Hoffnung, dass morgen, am letzten Tag des Jahres, mal nichts Neues dazukommt, ein Hodenhochstand oder Ähnliches. Und das bringt mich zu Deiner Gute-Nacht-Mail. Gaby!!! Was hast Du für eine Phantasie? Für einen 25-Kilo-Tumor im Scrotum, wie wir Mediziner das nennen, bräuchte der Mann einen eigenen Bollerwagen, in dem das Ungetüm liegt. Ansonsten kann man an dem Witz durchaus arbeiten. Wie findest Du: »Ihren 25-Kilo-Hodentumor gucke ich mir bei Gelegenheit mal an, der läuft uns nicht weg, aber diesen Pickel auf der Nase, den drücke ich Ihnen gleich mal aus, und dann desinfizieren wir das, so was kann nämlich ganz böse Entzündungen geben!«

Liebe Grüße
Jürgen

@ @ @

Hi Jürgen,

wollte mich gerade wieder zum Schreiben ransetzen und musste leider lesen, dass es Dir nicht so gut geht. Aber keine Sorge, ich habe, glaube ich, ein paar Tipps für Dich. Gegen die Verspannung hilft vor allem Wärme. Nimm ein warmes Bad, am besten mit einem muskulaturlockernden Badezusatz, gibt's z.B. von Kneipp, und dann tue Kytta-Wärmesalbe auf die Stellen an der Halsmuskulatur. Lilith hatte das auch mal. Daraufhin habe ich mich beraten lassen. Ihr hat es geholfen.

Und für den Herpes hat Dr. Gaby auch was. Valtrex. Es ist verschreibungspflichtig und gegen akuten Herpes und zur Herpesvorbeugung. Da mein Immunsystem auch oft im Keller ist, muss ich es seit Juni durchgehend zur Prophylaxe einnehmen und vertrage es sehr gut.

Micha hatte auch die letzten zwei Tage einen fiebrigen Magen-Darm-Virus. Ich bin ganz glücklich, dass sich bisher keiner angesteckt hat. Ich versorge immer alle mit einer Elektrolyt-Glucose-Mischung, die gibt es in der Apotheke zum Im-Wasser-Auflösen, und nach jedem Durchfall wird ein Tütchen getrunken. Gegen Übelkeit hilft Vomex. Und wenn Du schon zur Apotheke gehst, würde ich Dir noch Perenterol empfehlen. Denn nach so einem heftigen Magen-Darm-Virus ist die Darmflora gestört. Perenterol ist eigentlich ein Mittel gegen Durchfall, da es aber natürliche, gute Darmflora aufbauende Bakterien enthält, benutzt man es auch für die Regeneration. Morgens und abends eine.

So, dann schreibe ich mal weiter. Danke für die schönen Sachen, die Du mitgeschickt hast, und GUTE BESSERUNG!!! Du tust mir so leid. ☹ Im neuen Jahr wird's wieder besser, wirst schon sehen.

Liebe Grüße
Gaby

@ @ @

Hallo Jürgen,

Ich wünsche Dir einen guten Rutsch und ein tolles neues Jahr 2012. Mit viel Gesundheit ohne Herpes, fiesen Muskelverspannungen und Kotzeritis.

Micha fliegt heute Abend nach Australien und ich zu meinem Bruder nach Rödermark, wo ich Silvester verbringen werde. Und dann fahren wir gemeinsam bis Dienstag in den Europapark, um den 75. Geburtstag meiner Mutter zu feiern.

Ach, noch eine kleine Geschichte, bevor das Jahr zu Ende geht. Micha hatte ein Bild von sich geschickt, mit dem Vermerk »Ich liebe Dich«, und es auf Facebook gestellt. Auf dem Bild hatte er auf einmal eine Glatze. Er erklärte mir, dass er sich solidarisch zeigen wolle, um mich so zu unterstützen. Ich war ziemlich schockiert über meinen kahlköpfigen Mann. Als er mich jedoch beruhigte, lediglich sein Freund Sven, ein genialer Grafiker, hatte Hand an sein Haupthaar gelegt und das Bild in Photoshop bearbeitet, war ich sehr froh, dass es nur eine Fotomontage war. Dann fand ich es sogar sehr lustig! ☺ Und jeder, wirklich jeder ist drauf reingefallen. Die Kommentare dazu sind sehr amüsant. So, jetzt packe ich aber.

Also, komm gut ins Neue Jahr!
Deine Gaby

@ @ @

Hallo Gaby,

vielen Dank für die guten Tipps, Kytta-Salbe hatte ich mir gestern geholt, und sie scheint wirklich zu helfen, Baden ist mit dem Riesenherpes noch nicht drin, und wegen Valtrex werde ich mal meine Ärztin befragen, ich meine aber, ich hatte es schon mal, und es hat die Dauer nicht beeinflusst. Bei dem Hodenfilmchen kann ich nicht gut hingucken, ist wohl für einen Mann noch was anderes, aber auf derselben Seite ist ein Filmchen über Hitlers Hodenproblem, guck Dir den mal an!

http://www.myvideo.de/watch/2442010/Hitler_s_Hoden_Problem

Michas Bild finde ich als Idee und Aktion riesig! Und Euch einen ganz tollen Rutsch und schönen Urlaub. Und ich glaube zwar nicht, dass Du 'ne Eso-Maus bist, aber diese Clips sind wirklich schön, hat mir gerade mein Gitarrist geschickt, schau mal rein!

http://www.youtube.com/watch?v=tYkRPBcOHOY

Liebe Grüße
Jürgen

@ @ @

Hallo lieber Jürgen,

ich hoffe, es geht Dir wieder gut. Hast Du eigentlich schon einmal basische Ernährung ausprobiert? Ich hatte damit mal einer Freundin geholfen. Denn eine Übersäuerung des Körpers ist oft der Grund für viele Schmerzen und Lymphstauungen. Und dieses scheußlich schmeckende Pulver ist hochbasisch und gleicht vieles aus.

Ich bin fertig mit dem, was mir zum positiven Denken einfiel. Ich hoffe, es gefällt Dir. Über Dein Feedback freue ich mich schon.

Ganz liebe Grüße aus dem neuen Jahr
Deine Gaby

POSITIVES DENKEN

Wenn jemanden ein schwerer Schicksalsschlag wie eine Krankheit trifft und man gesagt bekommt, dass jetzt positives Denken wichtig für die Heilung sei, ist das sicherlich leichter gesagt als getan.

Die ersten zwei Wochen nach meiner Diagnose brach ich immer wieder in Tränen aus. Vor allem, wenn die Kinder ins Zimmer kamen oder als mir mitgeteilt wurde, dass ich ein halbes Jahr im Krankenhaus verbringen müsse. Um mir aus dieser depressiven Phase herauszuhelfen, hatte Micha seinen Freund und Kollegen Oliver Brendel angerufen, der Motivationstrainer ist und selber an einer schweren Krankheit erkrankt war, und ihn gebeten, mich anzurufen. Und er sprach mir auf Band, dass er auch die ersten zwei Wochen nur geweint habe und ihm dann klar wurde, dass es für ihn jetzt zwei Wege gibt, die er gehen kann: den WEG DER HOFFNUNG oder den WEG DER SORGE. Und es ist bewiesen:

Die, die den WEG DER HOFFNUNG gehen, werden schneller gesund!

Das hatte mich in der Tat motiviert und eine Kehrtwendung in meinem Denken hervorgerufen. Ich war plötzlich nur noch auf der Suche nach positiven Beispielen, Bildern, die mich aufbauen und mir den Weg ans Ziel zeigen. So schrieb mir jemand so lieb:

> Liebe Gaby, wir wünschen Dir weiterhin Kraft und Optimismus, damit Du Deinen Weg weitergehen kannst in helleren und dunkleren Tagen. Am Ende wirst Du gesund sein.

Oder ich fand Zitate wie:

> Ein Leben besteht aus guten und schlechten Tagen. Doch am Ende wirst du sehen, dass die guten die schlechten weit übertrafen.

Und:

> Leben heißt Leiden, aber gegen jedes Leiden gibt es ein Mittel. – Buddha

Ja, zum Beispiel das Mittel Humor. Stellen wir uns mal zwei Krankenzimmer nebeneinander vor. In dem einen liegen in einem Dreibettzimmer die Kranken, die den Weg der Sorge gehen, die sich gegenseitig in ihrem Leid übertreffen wollen und sich darum streiten, wer wohl von ihnen die geringste Überlebenschance hat und die schlimmsten

Untersuchungen mit den unfähigsten Ärzten über sich ergehen lassen musste. Gut, ein Blasenkatheter ist nicht schön. Aber nun gehen wir ins Nebenzimmer, da hören wir schon Gelächter, weil die achtzigjährige Frau Gerbsch gerade ihren Lieblingswitz zum Besten gegeben hat und die Schwester noch einen draufsetzte. Dabei ist noch Herr Wolf, der kurz vor einer Transplantation steht. Und dann bin ich noch mit im Zimmer und frage: »Ich habe gerade von meinem Bruder die DVD ›The Secret‹ bekommen, wollen wir sie uns zusammen angucken?« Und nach einem »Ja, wieso nicht?« stelle ich meinen Laptop auf den Tisch und starte die DVD. Die 34-jährige Anke, Frau Gerbsch, Herr Wolf und ich schauen uns das Video an. Zum Teil hängen wir an unseren Chemos oder anderen Flüssigkeiten, die wir ständig an unseren Ständern hinter uns herziehen, und es entsteht eine wunderbare Atmosphäre. Nämlich die der Hoffnung und einer besonderen Verbundenheit.

Einmal lag ich mit Lisa im Zimmer, die ein besonderes Schicksal getroffen hatte. Denn ihre Leukämie wurde bei ihr diagnostiziert, als sie schwanger war. Ihr Kind musste per Notkaiserschnitt geholt und mit ihr sofort die Chemo begonnen werden. Jetzt wurde sie gerade auf eine Knochenmarktransplantation vorbereitet. Mit Bestrahlungen und etlichen Untersuchungen. Das Gemeine war, dass ihr auch noch alle Weisheitszähne sowie zwei Backenzähne gezogen werden mussten, da sie sich im Röntgenbild als mögliche Infektionsquelle herausgestellt hatten. Lisa hatte Angst und Wut und weinte viel oder schlug ihr Kissen vor lauter Verzweiflung laut fluchend aufs Bett. »The Secret« wollte sie sich nicht anschauen, da sie an so was nicht glaubte. Aber dann fand ich ein Lied, das ich ihr vorspielte. »Der Himmel soll warten« von Sido.

Sie liebte dieses Lied. Sie sang laut mit und tanzte, sagte, wenn sie von einer neuen Bestrahlung kam: »Ich brauche jetzt erst mal dieses Lied.«

Also fingen wir an, unsere kleine Disco im Zimmer zu veranstalten. Zum Aufstehen hörten wir laut Musik, damit der Blutdruck in Schwung kam, und die Schwestern freute es, dass bei uns gute Stimmung im Zimmer war.

Gegenseitig tauschten wir dabei Fotos aus. Sie hatte mal freiwillig einen Sommer nur für Unterkunft und Verpflegung auf einer Alm gearbeitet und zeigte sie mir fröhlich, in schönen Erinnerungen schwelgend.

Als die Ärztin mit einer Assistentin hereinkam, um bei ihr eine Knochenmarkpunktion durchzuführen und ich die Musik, die ich von meinem Laptop aus abspielte, ausschalten wollte, weil ich dachte, es stört sie, sagte die Ärztin: »Ach schade, ich dachte ich hätte mal eine Punktion mit Musik.« Und so war es der erste Eingriff, der dann auf der Station 3/5 mit Musik durchgeführt wurde.

Erstaunlich, wie Musik positiv beeinflussen kann. Ich höre gerade mein absolutes Lieblingslied dieses Winters in Endlosschleife: »Shake up Christmas« von Natasha Bedingfield.

Was man vermeiden sollte, wenn man sich schon in einer schwierigen Lebenssituation befindet: traurige Musik zu hören. Außer man möchte leiden, das muss ja auch manchmal sein. Ansonsten helfen Gute-Laune-Lieder. Und dabei kann man darüber nachdenken, was die Erkrankung auch für Vorteile bringt. Denn es gibt immer Vorteile, nicht nur Nachteile.

Als mein Arzt zum Beispiel ins Zimmer kam, um Infusionen zu bringen, fragte er mich immer darüber aus, welches Computerspiel ich gerade spiele. Und er meinte, wenn er einmal krank werden würde, würde er sich eine Playstation kaufen und den ganzen Tag spielen. Dann hätte er mal Zeit für so etwas. Und er erinnerte sich, wie er als Kind einmal im Krankenhaus lag und für all die Dinge Zeit fand, zu denen er sonst nicht kam. Da er so viel für die Schule lernen musste oder seine Geschwister ihn störten. Wir kamen auch zu dem Schluss, dass es wunderbar ist, wieder ausschlafen zu können, keinen Leistungsdruck zu spüren. Wirklich wieder einmal Zeit für Dinge zu finden, die einem Freude machen.

Zudem dachte ich mir, andere gehen ein halbes Jahr ins Kloster, um zu sich finden, und ich bin halt im Krankenhaus. Ich ging ab und zu in die Krankenhauskirche, las Bücher, die ich schon immer lesen wollte, und hatte das Glück, meist mit Menschen auf dem Zimmer zu liegen, mit denen ich tiefgründige Gespräche führen konnte. Zudem sah ich ja sowieso mit meiner Glatze wie ein buddhistischer Mönch aus und versuchte, zu meditieren und Gelassenheit und Kraft zu sammeln. Und ich fing sogar mit Sport an und hatte mein eigenes Ergometer aufs Zimmer bekommen, da ich am Programm Sport und Krebs teilnahm, und meinte: »Leute, ich hier werde ich noch fitter herauskommen, als ich es vorher war!«

Als ich im Internet nach schönen Dingen Ausschau hielt, fand ich das: http://www.actionforhappiness.org/10-keys-to-happier-living

Ach, und noch etwas Positives hatte es: Denn als Hypochonder konnte ich nun sagen: Hach, ich hab es doch schon immer gewusst!

Außerdem bekommt man Medikamente verschrieben, die sonst keiner verschrieben bekommt. Wie Tabletten mit Cannabinoiden. Als ich mit einer Ärztin darüber scherzhaft sprach, dass ich jetzt in den USA Marihuana verschrieben bekommen würde, sagte sie mir, dass es hier auch erlaubt ist. Nur in Tablettenform. »Ich kann Ihnen welche aufschreiben, wenn Sie wollen. Wenn Sie sich mal wieder in einem Tal befinden sollten …« »Nein, danke. Ich brauche sie momentan nicht!«, sagte ich. Meine Tochter meinte später: »O Mist, Mama, die hätte ich doch in der Schule verticken können.« Aber ich war Gott sei Dank nie wieder im emotionalen Tal. Zudem hing ich im ersten Zyklus eine Woche lang 24 Stunden an einem Morphiumperfuser und erinnere mich noch an meine wirren Träume über kleine lustige Zwerge und Lachanfälle im Schlaf bis hin zu schrecklichen Albträumen.

Was auch leicht zu Albträumen führt, ist das RTL-Programm. Wenn ein Sender einen Preis für negative Berichterstattung oder Denken bekommen sollte, wäre es RTL. Dass die Depressionsrate in Deutschland so gestiegen ist, ist sicherlich auch deren Verdienst. Gut, der »Tatort« führt auch nicht zu besseren Gefühlen. Besser ist es, sich ausgesuchte Filme als DVD anzusehen oder vorher wirklich zu überlegen, welche Sendungen man sich anschauen möchte. Von »Frauentausch« und »Supernanny« würde ich zum Beispiel abraten.

So, und hier noch eins meiner Lieblingszitate:

Wende dein Gesicht der Sonne zu, und du lässt die Schatten hinter dir. – Aus Afrika.

Alles Liebe
Gaby

@ @ @

Hallo Gaby,

Ganz toll! Es ist wirklich schön und inspirierend, Deine Mails zu lesen, und dabei geht es mir im Moment sowieso gut. (Vorübergehend!, brüllt mein Hypochonder-Alter-Ego dazwischen, aber immerhin.) Das kann man einfach nicht viel besser schreiben.

Den Natasha-Bedingfield-Song hat YouTube aus Urheberrechtsgründen entfernt, da finde ich nur noch eine Art »Making of«, aber dafür eine von diesen wunderbar einfach gemachten Klavierspielanleitungen: http://www.youtube.com/watch?v=C9bmSjYIl8k&feature=related

Das ist natürlich auch eine Möglichkeit: Klavierspielen lernen. Gerade ist bei Yamaha ein relativ kurzes, sehr leichtes Keyboard herausgekommen, das man auch mit Batterien und natürlich Ohrhörern betreiben kann, und es gibt sehr schöne einfache Lehrbücher, mit denen man ohne Lehrer lernt, nach Noten zu spielen. Und nach relativ kurzer Zeit kann man dann in einem bescheidenen Rahmen auch improvisieren, und das führt dann geradewegs zu großen Glücksgefühlen. Und noch mal gesagt: keinerlei Störfaktor für andere. Ansonsten kann ich Dir nur zustimmen: Habe meine Krankenhausaufenthalte auch immer als unverhofftes Time-out für mich selber genutzt, mit viel Lesen, Computerschachspielen, Mnemotechniken (Gedächtnistraining) und Zaubertricks. Wobei ich meine erste Mnemotechnik von einem Zauberer gelernt habe. Sie lernt sich relativ schnell, die beiden Mädels vom Theater an der Kö, die mich während meiner Theaterspielzeit immer von Köln nach Düsseldorf und zurückgefahren haben, hatten es nach einer Woche schon drauf und wollten dann immer mehr lernen.

Ich fang mal mit der Versuchsanordnung an. Stell Dir vor, Ihr seid vier Patienten im Zimmer. Jeder nimmt ein Blatt Papier und einen Stift, und dann schreibt reihum jeder ein Substantiv mit Positionsnummer auf. Von eins bis zwanzig. Also, Du als die Erste sagst: »Nr. 1 Lastwagen.« Das schreiben alle auf. Neben Dir liegt George Clooney mit einem schweren anaphylaktischen Schock, ausgelöst durch eine neue Nespressosorte. Der sagt: »Nr. 2 Sonnenbrille.« Daneben liegt Christian Wulff mit Burnout, der sagt: »Nr. 3 Urlaubsdomizil auf den Kanaren.« Auch dieses schreiben alle auf, im vierten Bett liege ich mit einem Monsterherpes auf beiden Pobacken sowie einem durch die Schonsitzhaltung bedingten leichten Bandscheibenvorfall und sage: »Nr. 4 Wackeldackel.« Und so geht das fünfmal rum, bis jeder das letzte Wort, die Nummer 20, die wieder von mir käme und »Maschinengewehr« lautete, notiert hat. Jetzt kommt der nette Pfleger, in den Du und George verliebt seid, Du gibst ihm Deinen Zettel und sagst: »Frag uns doch bitte mal ab. Also: Welches Wort ist an Position 17, oder an welcher Position steht das Wort ›Duschhaube‹?« Wer, glaubst Du, ist der Einzige, der jedes Wort richtig einordnen kann und auch alle Wörter vorwärts und rückwärts fehlerlos aufsagen kann? Ich natürlich, denn ich beherrsche diese Technik. Wenn es Dich interessiert, erläutere ich sie in der nächsten Mail. Morgen und übermorgen sitze ich allerdings jeweils acht Stunden im Studio und lese zwei Hörbücher ein.

Habe natürlich bei »Action for happyness« reingeschaut, der Redner war echt witzig: Einen Spruch habe ich mir gleich notiert: »Es gibt zwei Typen von Menschen: die einen, die die Menschheit in zwei Typen unterscheiden, und die, die das nicht tun.«

Liebe Grüße
Jürgen

@ @ @

Hi Jürgen,

Entschuldigung, dass ich mich so lange nicht gemeldet habe. Aber es war eine stressige Zeit. Am Freitag hatte ich meine Knochenmarkpunktion, und da mir vorher klar war, wenn sie auch nur eine Blaste finden, werden sie mich sofort wieder ins Krankenhaus bestellen und so schnell nicht wieder rauslassen, wollte ich hier noch vieles erledigen. Ach, und der fiese Magen-Darm-Virus ist auch seit dem Wochenende in unserem Haus. Da musste ich an Dich denken und wie es Euch zu Weihnachten ging. Ihr Armen! Statt Weihnachtsgans nur Zwieback!

Jetzt habe ich wieder mehr Zeit und werde jeden Morgen, wenn alle Kinder aus dem Haus sind, außer sie liegen wie Bennet gerade kotzend auf der Couch, schreiben, und mögen die Blasten nun nur kommen, ich habe alles erledigt.

Da hast Du mich aber neugierig gemacht. Wie merkt man sich denn nun die zwanzig Begriffe auf ihren Positionen? Übrigens musste ich sehr lachen. Die Vorstellung, mit Euch drei Promis mit Monsterherpes, Schock und Burnout zu liegen. Super! Aber wie kriegt man das nun hin? Ich habe ja leider ein schlechtes Gedächtnis. Gestern spielten wir mit Julia, damit sie die Bedeutung von Adjektiven lernt, folgendes Spiel: Der Erste sagt: »Geh weg, kleiner Junge, ein großes Monster kommt!« Der Zweite wiederholt diesen Satz und fügt ein weiteres Adjektiv hinzu. Und so wird der Satz reihum wiederholt und ergänzt. Bis halt so ein Satz wie: »Geh weg, kleiner Junge, ein großes, stinkendes, buntes, furchteinflößendes, liebes, schmutziges, verhaltensgestörtes Monster kommt!« Dann war meistens bei uns Schluss, weil wir alle nicht gerade das beste Gedächtnis haben. Man kann das Spiel mit allen möglichen ausgedachten Sätzen durchführen, wie: »Frau Merkel besucht den netten Herrn Wulff in Bellevue.« Oder so was.

Gerade höre ich eine Gute-Laune-CD, die mir jemand aufgenommen hat, und es startet mit einem »Wir sind glücklich«-Sesamstraßensong. Okay, Marie muss denken, dass es mir so richtig schlecht geht. ☺

Ach, hattest Du mal Zeit »Dixit« zu spielen? Ich finde das Spiel großartig. Da wir gerade über Wortspiele reden. Ich hatte es zu Weihnachten von Micha bekommen, der es aus der Spieleentwicklung kennt, und dachte gleich an Dich.

Heute schicke ich Dir auch mal ein paar Rezepte. Oh, jetzt kommt das Lied: »Ich bin ein Vagabund, meine Welt ist bunt.« Solche Lieder wären was gewesen, als ich auf Morphium war. Aber nun gut. Kennst Du das Buch: »The Brain

Power Cookbook. More than 200 Recipes to energize your Thinking, Boost your Mood, and sharpen your Memory«?

Daraus sind nämlich folgende Rezepte, mit denen man die Merkspiele bestimmt noch besser hinkriegt:

STRAWBERRY SMOOTHIE

2 cups strawberries, hulled
1 cup milk
1 ¼ cups strawberry yogurt

In a blender, combine all the ingredients and blend on high speed until smooth. Pour into 4 glasses and serve immediately. Makes 4 servings.

Und ein weiteres Memory Boosting Meal:

BLUE HAWAII SMOOTHIE

2 ¼ cups frozen blueberries
8 ice cubes
2 cups pineapple juice
1 banana

In a blender, combine all the ingredients and blend until smooth. Pour into glasses and serve immediately. Makes 4 servings.

und

THE BEST CARROT SALAD IN THE HISTORY OF THE UNIVERSE FOR MEMORY BOOSTING

2 pounds carrots, shredded
10 to 14 ounches cranberry lemonade, depending on how juicy you like your salad
1 cup dried unsweetened cranberries
1 cup golden raisins

1 cup coarsely chopped walnuts
⅓ cup sesame seeds
Juice and pulp of 1 lemon
1 or 2 teaspoons orange flower water, to taste

Soak the dried fruit in the lemonade to soften a bit if you like. In a large bowl, combine all the ingredients and toss. Refrigerate and serve cool.

So, jetzt kommt das Lied »Schön ist es, auf der Welt zu sein« mit Roy Black. Arme Marie, ich glaube, sie denkt, ich liege im Sterben.

Liebe Grüße
Gaby

@ @ @

Hallo Jürgen,

komme gerade vom Sport und esse Käsekuchen, Knoblauchgemüsesuppe und Braten mit Rotkohl. Unsere Haushälterin meint es halt gut mit mir. ☺

Beim Training fiel mir ein, dass es im Umgang mit einer Krankheit verschiedene Charaktertypen gibt. Ich hatte gelernt, dass es den Flucht-, Schreck- und Kämpfertyp gibt. Aber es scheint noch einige andere zu geben, so bin ich bei einem Stresstest auf der Seite von Nestlé zum Beispiel der Stresstyp Chamäleon.

Hier kann man die Stresstypentests durchführen:

http://www.netdoktor.de/Gesund-Leben/Stress/Stressmanagement/Welcher-Stresstyp-sind-Sie-10684.html

http://ernaehrungsstudio.nestle.de/TippsTools/Checks/Stresstypentest.htm

http://www.gothaer.de/de/zg/kcpublic/mi/gothaer_magazin_/2009_november_/stress_bewaeltigen/stress-lass-nach.htm

Eine Krankheit zu haben, ist natürlich ein Stressfaktor. Genauso wie Stress eine Krankheit erst verursachen kann. Ich habe dazu ein gutes Buch im Krankenhaus mit dem Titel »Frauen unter Strom« gelesen. Die Oberärztin war gleich daran interessiert. Der Stress für Frauen ist es, viele Jobs gleichzeitig auszuüben, sie sind meist Ehefrau, Mutter, Tochter, Pflegekraft für die Eltern, Schwester, Freundin, Angestellte, Haushälterin, Köchin, Einkaufsberaterin, Cheerleader, Sozialarbeiterin, Chauffeurin, Hausaufgabenbetreuerin, Vermittlerin und Streitschlichterin, Partyorganisatorin, ehrenamtliche Helferin, Innenarchitektin, Friseurin, Hundetrainerin (Gassi gehen inklusive), Krankenschwester und Krisenmanagerin gleichzeitig. (So wird es zumindest in diesem Buch aufgelistet.) Ich finde mich auch in allem wieder, nur Friseurin bin ich nicht. Einmal hatte ich meinem Mann die Haare geschnitten und wurde die nächste Zeit von Michas Kollegen immer folgendermaßen vorgestellt: »Das ist Gaby. Lass dir nie von ihr die Haare schneiden.« Und dabei wurde auf Micha gezeigt.

Heutzutage schüttet der Körper allerdings schon so viel Cortisol aus wie früher nur in Katastrophensituationen. Oft werden von uns ganz alltägliche Dinge wie Diskussionen mit dem Partner, Babygeschrei, einkaufen fahren usw. als Stress angesehen.

Wir stufen heutzutage also Dinge als Katastrophe ein, die keine sind. Nur, das Fatale daran ist, dass der Körper ständig Cortisol ausschüttet, was nicht nur zu Depressionen führen kann, sondern auch dem Körper schadet oder ihn an seiner Gesundung hindert.

Da hilft es nicht, nur Bananen und Schokolade zu essen, sondern seine Einstellung zu ändern und sich jedes Mal zu fragen: Ist dies wirklich eine stressige Situation? Ist mein Leben oder das eines anderen bedroht? Was kann schon Schlimmes passieren? Und wie kann ich es mit Humor nehmen? Sich über Dinge lustig machen, die uns stressen, ist immer ein schöner Weg. Ein anderes Mittel ist, das Kampfschwein in sich zu aktivieren und Glücksgefühle auszulösen, weil man merkt, dass man die Power und Macht hat, gerade eine schwierige Situation zu bewältigen. Da kann man sich dann ruhig selber ständig dafür loben und auf die Schulter klopfen.

Und ein Motto sollte sein: Wozu leiden, wenn es andere Mittel gibt? Bei Eingriffen, die unangenehm sind, sollte man sich zum Beispiel ein Schlafmittel verabreichen lassen. Die schmerzhafte Knochenmarkpunktion wird z.B. gerne ohne Schlafmittel durchgeführt. Man muss regelrecht darauf bestehen, eines zu bekommen.

Das Mittel beruhigt einen zudem. Ich wache jedes Mal beim Punktieren kurz mit einem Schrei auf, höre die beruhigende Stimme des Arztes, der sagt, dass alles gleich vorbei ist, spüre, wie die Schwester meine Schulter streichelt, und schlafe wieder ein. Ansonsten würde ich die ganze Zeit über leicht zitternd und angespannt daliegen und panische Angst vor dem Zeitpunkt des Einstichs haben.

Beim Halskatheterlegen gilt dasselbe. Ich weiß noch, wie ich meinen ersten Halskatheter gelegt bekam und nicht wusste, was mich erwartete. Eine Ärztin, die von zwei Kollegen angeleitet wurde, durfte ihren ersten ZVK legen, und ich hörte – mein Gesicht unter einer Plane, wo nur mein Hals frei lag, als sie die schmerzhafte Betäubungsspritze in den Hals gab – Anleitungen wie: »Ja, richtig in den Muskel hinein. Tiefer, noch tiefer, 9 cm tief.« Und als wir beim ZVK-Legen waren: »Nein, erst die Luft raus!!!« »Das Skalpell andersherum halten! So, jetzt den Schnitt!« »So, und jetzt rein, schnell und mit Druck!« »Nein, die Naht muss anders gemacht werden, sonst gibt es Narben.« Diese kann man jetzt auch, wenn man möchte, an meinem Hals begutachten.

Beim nächsten ZVK-Legen wunderte sich der Arzt, dass ich schon zitternd vor ihm lag, obwohl der Eingriff noch gar nicht begonnen hatte. Hätten sie da meinen Cortisolspiegel gemessen, hätten sie mich wahrscheinlich gleich in die Psychiatrie eingewiesen. Also, wenn es geht, Schlafmittel in die Vene und gut ist. Da muss zwar vorher ein Zugang gelegt werden, aber das ist ja nicht so schlimm. Deswegen am besten schon der Schwester vorher sagen, dass man beim Eingriff schlafen möchte.

So, jetzt gäbe es noch viel zum Thema Stress zu erzählen. Wie bewältigst Du eigentlich Stress? Und was empfinden Männer als Stresssituation? Wenn kein Bier mehr im Kühlschrank ist? Ich mache es wie gesagt jetzt so, dass ich Situationen, außer es handelt sich um besagte fiese medizinische Eingriffe, gar nicht als Stresssituationen einstufe. Ich denke, es ist auch heutzutage Wichtigtuerei und Angeberei, dass alles als stressig angesehen wird. War früher auch in dieser gesellschaftlichen Falle.

Liebe Grüße
Gaby

@ @ @

Hi Jürgen,

glaube, ich habe Dir das hier noch nicht geschickt:

http://www.whudat.de/streetart-they-live-cookie-monster-every-day-life-installations/

Liebe Grüße
Gaby

Schönes Street-Art-Projekt aus Mainz (yay!) von Timm Schneider, der sich ein paar Krümelmonster-Augen anfertigte und damit gewöhnliche Alltagsgegenstände wie Mülleimer, Briefkästen oder Urinale zum Leben erweckt – so simpel wie genial.

@ @ @

Hallo Gaby,

die kleinen Kunstwerke sind zauberhaft und vor allem überaus inspirierend! Aber Deine Schilderung des Halskatheter-Legens durch die Ärztin lässt einem echt die Haare zu Berge stehen! Da musste ich an meine Gastrolle bei »In aller Freundschaft« denken, wo ich als bandscheibenverletzter Fliesenlegermeister auf dem OP-Tisch liege, mit Atemmaske und allem Pipapo, und sich das Ärzteteam über meine Aussichten unterhält. (Sie waren nicht so gut, also die Aussichten.) Da war mir – obwohl nur eine Filmszene – echt unwohl. Zu was Schönerem: Deine Rezepte klingen gut, sind auch für Dich sicher toll, damit Du wieder was auf die Rippen kriegst, für mich ist das eher kontraproduktiv, bin ja finster entschlossen, dieses Jahr auf 87 Kilo zu kommen. Aktueller Stand: 93. Außerdem kriege ich ausgerechnet von Möhren, Rosinen und Walnüssen immer gleich so ein Bitzeln im Mund, also eine leichte allergische Reaktion. Das Adjektivspiel Deiner Tochter ist das gute alte »Ich packe meinen Koffer«, und in diesem Spiel wirst Du, wenn Du die Mnemotechnik beherrschst, unschlagbar sein. O.k., here we go.

Wir bleiben erst mal für den Anfang bei zwanzig Begriffen. Was Du jetzt brauchst, ist eine Verknüpfung der Zahlen von eins bis zwanzig mit einem Bild. Am besten mit dem, das Dir, wenn Du an die Zahl denkst, als Erstes in den Sinn kommt. An was denkst Du bei der Zahl eins? Oder besser gesagt, welches Bild erinnert dich am besten an die Zahl eins? Bei den meisten Leuten ist das etwas Langes, Großes, also etwas, das ein bisschen die Form einer Eins hat, wie eine Fahne, ein Sendemast, ein Kirchturm. Ich habe den Kirchturm. Was siehst Du, wenn Du an die Zwei denkst? Es könnte eine Brille sein, eine Zwillingskirsche, zwei gleich aussehende Kinder, bei mir ist es ein Schwan, weil er von der Seite die Form einer Zwei hat. Bevor Du Dir jetzt für alle zwanzig Zahlen ein Bild suchst, erkläre ich Dir, was der Zweck dieser Bilder ist. Dein Gedächtnis kann sich die Verknüpfung zweier Bilder in Form eines Minifilms besser merken als die Verknüpfung eines Bildes mit einer Zahl. Je grausamer, spektakulärer, auch gerne sexueller dieser kleine Film ist, desto besser bleibt er haften. Nehmen wir also jetzt an, Dein Bild für die Zahl eins ist ein Bleistift, und der erste Begriff von zwanzig, den Du Dir merken willst, ist das Wort Auge. Wie sieht also der Film aus? Genau, Du rammst einem Verbrecher, der Deinem Kind etwas tun will, einen Bleistift ins Auge, Blut und Augenflüssigkeit spritzen, er brüllt und wälzt sich. Dieses starke Bild bleibt wie von selbst im Gedächtnis. Nehmen wir jetzt an, das zweite Wort, das Du Dir merken willst, stammt von einem Einkaufszettel und lautet: »Waschpulver«. Da mein Bild für die Zwei der Schwan ist, sieht mein Film so aus: Der Schwan ist voller Scheiße, also versuche ich, ihn in eine Wanne voll Wasser mit Waschpulver zu zwingen, um ihn abzuschrubben, dabei beißt er mich, ich drehe ihm den Hals um und schrubbe ihn in Ruhe ab. Ich habe das jetzt deshalb eingefügt, damit Du Dir über die Funktion der Merkwörter klar bist. Je mehr Action die Merkwörter versprechen, desto besser kann man verknüpfungstechnisch mit ihnen arbeiten. Mein Bild für die Drei: der Teufel mit seinem Dreizack. Mehr meiner Beispiele verrate ich Dir nicht, um Dich bei Deiner Wahl nicht zu beeinflussen. Die Aufgabe lautet also: Suche Dir schöne, actionpralle Wörter für die Positionen vier bis zwanzig! Um Stress abzubauen, ist übrigens Jonglieren ideal. Im Internet sind bestimmt Lehrfilme für die Grundbegriffe. Zum Üben für den Anfang reichen drei Sockenknäuel. Aber der Versuch, das auf die Reihe zu kriegen, fordert so Deine Konzentration, dass Du alles vergisst, was Dich bis gerade noch aufgeregt hat. Und hier kommt noch ein Filmchen, wo sich einer aber ganz viel Arbeit gemacht hat. Und nun viel Spaß mit den Begriffen. http://vimeo.com/35055590

Liebe Grüße
Jürgen

@ @ @

Hi Jürgen,

ja, da war ich ja wieder schusselig und hatte vergessen, meinen Namen auf die Grußkarte zu schreiben. Fiel mir auch später ein. Bin gerade an den Merkwörtern dran und schick sie Dir gleich. Wenn Du mir noch Begriffe schickst, die ich mir merken soll, verknüpfe ich sie gleich mit einer Geschichte. So wie Du es gemacht hast. Den vollgeschissenen Schwan, den Du mit Waschpulver sauber schrubbst, kriege ich nicht mehr aus dem Kopf. Sehr lustig! ☺

Ich schick Dir liebe Sonntagsgrüße und schreibe mal an meinen Merkwörtern weiter. Möchte nicht wissen, was ein Psychiater zu meinen Symbolen, die ich mir ausgesucht habe, sagen würde. ☺

Gaby

PS: Blasten sind die bösen Krebszellen im Blut. Also mutierte Blutzellen. Ich hatte myeolische Blasten, also myeolische Leukämie, AML. Ich lag übrigens mit der Mutter einer Autorin auf einem Zimmer, die dieselbe Erkrankung hatte. Durch die Hochdosischemo wurden die Blasten, die im Knochenmark gebildet werden, zerstört. Dafür wird das Knochenmark fünfmal auf ein Minimum heruntergefahren. Sodass man dann nur noch 0,1 % Leukozyten hat usw. Und ich und die Frau hatten das Glück, dass dabei alle Blasten zerstört wurden. Wäre nur eine Blaste übrig geblieben, hätten wir eine Knochenmarktransplantation gebraucht. Die Rückfallquote ist zwar viel höher bei diesem Verfahren als bei einer Transplantation, aber der Professor hatte sich für dieses Verfahren entschieden, da eine Transplantation immer mit hohen Risiken verbunden ist und der Körper nicht so stark wie bei einer Transplantation belastet wird. Bei der Transplantation werden ja alle Stammzellen vor dem Eingriff mit Hochdosischemo und starker Ganzkörperbestrahlung getötet, bevor man die vom Spender bekommt, und dazu besteht noch die Abstoßungsgefahr.

@ @ @

Hi Jürgen,

Oh, bei dem Video ist ja George Clooney dabei.

Also, ich fange an, mir für die Zahlen etwas vorzustellen, und zwar nehme ich das, was mir spontan in den Kopf kommt und oft etwas absurd ist. Dafür aber meist komisch oder seltsam und somit einprägend.

Die Zahl 4: Eine Frau mit vier Brüsten. Angeordnet wie die Augen eines Würfels vorne auf ihrem Körper. Ich frage mich zwar gerade, wie wir Frauen ausschauen würden, wenn uns auch noch Brüste an anderen Stellen gewachsen wären. Aber nun gut, ist ja Gott sei Dank nicht so.

Zahl 5: Ein Mann, der am Galgen baumelt. Die Beine leicht angezogen.

Zahl 6: Ein Autositz mit dickem Sitzkissen.

Zahl 7: Das Zeichen von Pro Sieben.

Zahl 8: Zwei Köpfe von oben gesehen, die sich gerade küssen.

Zahl 9: Schaukelstuhl mit einem schönen großen, weichen Kopfkissen.

Zahl 10: Eine dünne Frau steht neben einem dicken Mann, die mich beide angrinsen.

Zahl 11: Zwei Klobürsten. Frag mich nicht, warum.

Zahl 12: Der Glöckner von Notre-Dame.

Zahl 13: Jetzt frage ich mich gerade, wie es ausschauen würde, wenn wir dreizehn Brüste hätten. Aber nun gut, mmh, die dreizehn, was nehme ich da? Dreizehn kleine Kätzchen!

Zahl 14: Einen tropfenden Wasserhahn.

Zahl 15: Eine Bulldogge, die ein Halsband mit fünfzehn Spikes trägt.

Zahl 16: Ein Armband mit sechzehn grünen Diamanten.

Zahl 17: Eine Geburtstagstorte, denn an dem Tag habe ich Geburtstag.

Zahl 18: Eine Kloschüssel, auf die achtzehn Blatt Toilettenpapier gelegt sind.

Zahl 19: Eine Waldelfe, die ein Kostüm trägt, das aus neunzehn Blättern besteht.

Zahl 20: Ein See mit zwei Schwänen. Wurde durch dich beeinflusst. ☺

So, und jetzt nennen mir meine Kinder ein paar Begriffe, die ich mir merken soll:

Schulranzen, Kloake, Herz, Papa, Mama, Zaun, Laptop, Fernsehen, Lampe, Tannenbaum, Schraube, Telefon, Couch, Decke, Bierglas, Deutschland, Blume.

Und jetzt geht's los. Also je grausamer, absurder oder sexueller, desto besser, sagtest Du. Dann probiere ich es mal.

Position 4: Eine nackte Frau mit vier Brüsten trägt einen Schulranzen auf ihrem Rücken und überquert einen Zebrastreifen, nachdem ein Schülerlotse für sie die Autos anhielt. Die Fahrer schauen erstaunt, und es kommt zu ein paar Auffahrunfällen mit Schleudertrauma.

Pos. 5: Der Mann am Galgen baumelt über einer Kloake. Es stinkt fürchterlich, und Schlangen schießen mit zischenden Geräuschen aus der Kloake, umschlängeln den Mann, dessen Blut aus dem Mund tropft, und fahren in den Himmel.

Pos. 6: Ein großes Herz sitzt angeschnallt auf einem Autositz und fährt bei der Formel eins mit. Michael Schumacher versucht es gerade zu überholen. Dabei pocht es wie wild.

Pos. 7: Papa arbeitet bei Pro Sieben. Na, das passt ja gerade.

Pos. 8: Mama küsst George Clooney.

Pos. 9: Ein kleines Mädchen schaukelt auf einem Schaukelstuhl. Vor ihr steht ein spitzer Zaun. Sie fällt nach vorne, und ihr Kopf wird von einer Spitze aufgespießt.

Pos. 10: Die dünne Frau und der dicke Mann schauen sich auf dem Laptop grinsend »Die lustigen Musikanten« an.

Pos. 11: Zwei sprechende Klobürsten machen im Fernsehen Werbung für einen Fruchtjoghurt.

Pos. 12: Der Glöckner von Notre-Dame wird gerade durch die dunkle Kathedrale gejagt. Er hält eine Lampe in der Hand, rutscht aus und fällt in ihre Scherben. Seine Hände und Knie bluten. Die Hunde, die ihn verfolgten, sind nur wenige Meter entfernt.

Pos. 13: Dreizehn kleine Kätzchen mit Weihnachtsmannmützen hängen an einem Tannenbaum, der nach einem Kurzschluss in Flammen aufgeht. Die rote Farbe der Mützen, die im Feuer schmilzt, läuft über ihre süßen Gesichter.

Pos. 14: Eine Schraube liegt in einem Waschbecken. Stetig tropft Wasser auf die Schraube von einem tropfenden Wasserhahn. Doch auf einmal kommt aus ihm gelb-grünlicher Schleim, und die Schraube leuchtet radioaktiv.

Pos. 15: Es klingelt ein Telefon, die Bulldogge mit den fünfzehn Spikes am Halsband rennt zu ihm und hebt den Hörer ab. Durch den Hund strömen 100.000 Volt, und er liegt tot mit verbranntem Fell auf dem Boden.

Pos. 16: Eine Frau, die nichts trägt außer einem Armreif mit sechzehn grünen Diamanten, räkelt sich erotisch auf einer Couch und sagt: »Ich bin heiß, ruf mich an!«

Pos. 17: Weinend liege ich in eine Decke gehüllt vor dem Kaminfeuer. Niemand hatte an meinen Geburtstag gedacht. Neben mir liegen ein paar Schachteln Tabletten und zwei Flaschen Whisky.

Pos. 18: Ein Bierglas steht auf dem Klorand. Ein unrasierter Mann mit einer Zigarettenkippe im Mund pinkelt im Stehen hinein.

Pos. 19: Die Waldfee ist stolz, in einem deutschen Wald zu leben, und gründet die Vereinigung deutscher reinrassiger Waldelfen und ruft von einer deutschen Eiche: »Heil, ihr deutschen Waldfeen!« (Ich hab's jetzt erst mal so gelassen, da ich ja auch Witze über Hitler mag. Aber ich denke, das sollten wir noch fürs Buch abändern.)

Pos. 20: Zwei verliebte Schwäne, die eine Blume an ihrem Kopfgefieder tragen, schwimmen über den See. Da taucht auf einmal ein riesiges Seemonster hinter ihnen auf und verschlingt sie mit einem Bissen.

Hey, das hat ja total Spaß gemacht. Ist auch ein klasse Spiel!

Schönen Abend und ganz liebe Grüße
Gaby

@ @ @

Hi Gaby,

das sind ganz schöne Merkwörter, und obwohl grundsätzlich jedes Wort mit etwas Übung funktioniert, wirst Du auf Dauer, und wenn es mal auf Geschwindigkeit geht, d.h., wenn Du nicht länger Zeit zum Verknüpfen hast, als Du brauchst, um das Wort aufzuschreiben, weil dann schon das nächste kommt, merken, dass einige Konstruktionen zu kompliziert sind. Nehmen wir Deine Nummer 13. Dreizehn kleine Kätzchen. Dreizehn ist nicht unbedingt eine Zahl, die man mit Kätzchen assoziiert, so wie Kleeblatt mit vier, Hand mit fünf, sieben mit den Sieben Schwaben und ihrem Spieß. Ich habe bei dreizehn an Freitag den 13. gedacht, und wer hieß noch Freitag? Der schwarze Gefährte von Robinson Crusoe. Und schon habe ich eine verwegen aussehende Gestalt mit Lendenschurz und Speer. Bei zehn habe ich Moses mit seinen zehn Geboten auf den Tafeln, die entweder runterfallen und kaputtgehen, oder er zerschlägt sie auf jemandem. Der Glöckner und der tropfende Wasserhahn sind gut, aber die Bulldogge mit dem Armband ist wieder so ein Fall. Geburtstagstorte wunderbar, persönliche Daten sind immer gut, bei vierzehn habe ich den Kölner Dom, denn ich wohne in Köln am Theodor-Heuss-Ring 14. Bei fünfzehn habe ich einen nackten Fuß, denn man sieht fünf Zehen. Deine Bilder sind genau richtig, grausam, gewalttätig, einprägsam, manchmal zu lang, aber die Richtung stimmt, wobei ich die Waldfee aus historischen Gründen lieber »holla« rufen lassen würde, als »heil«. Bei sieben hast Du, fällt mir gerade ein, das Zeichen von Pro Sieben, also etwas Abstraktes. Ich bin da mit meinen sieben Zwergen, die um Schneewittchens Sarg rumstehen, immer sehr gut gefahren. Zum Üben nimmst Du Dir am besten irgendein Buch und schreibst die ersten zwanzig Substantive, die auf irgendeiner Seite stehen, ab und versuchst die Verknüpfung wirklich innerhalb der Schreibzeit zu schaffen. Am Anfang geht das nicht, schon klar, aber es muss das Ziel sein, denn nur dann wirst Du in fröhlicher Runde alle verblüffen. Die Methode funktioniert auch gut mit dem Einkaufszettel, mir hat sie mal bei »Wer zuletzt lacht« den Arsch gerettet, als der Monitor mit dem Namen des nächsten Künstlers ausfiel, ich mir aber mit der Methode alle Künstler gemerkt hatte und wusste, dass jetzt Gabi Decker dran war.

Gestern habe ich auf den Stresstestseiten ein paar schöne schnelle Entspannungsübungen gefunden, zum Beispiel: Hinlegen, Hand auf den Bauch, bis fünf durch die Nase einatmen und sich dabei einen Geruch vorstellen, in meinem Fall Rosmarin und Knoblauch in heißem Olivenöl, und dann mit leicht gespitzten Lippen durch den Mund ausatmen, wobei man eine Kerze ausbläst in seiner Vorstellung. Sehr sinnlich und wirksam.

Und noch ein Rezept von gestern: Für eine Person: Eine Stange Lauch putzen und in zwei Zentimeter lange Stücke schneiden, in Öl fünf Minuten dünsten, mit Salz und einem Hauch Zucker würzen, einen guten Schuss Sahne und einen guten Esslöffel Tafelmeerrettich aus dem Glas untermischen und das Ganze mit Zitronensaft abschmecken. Nicht zu lang köcheln lassen, es wird schnell matschig. Dazu ein indisches Hack-Gemüse-Omelett. Eine kleine Gemüsezwiebel klein schneiden und in Butterschmalz oder Öl andünsten, einen gehäuften Esslöffel indische milde Currypaste aus dem Asialaden dazu, mit den Ziebeln verrühren und noch etwas dünsten lassen, Hack dazu, Hitze erhöhen und anbraten, eine kleine rote Paprika gewürfelt dazu und auch anbraten, dann 4 Eier mit Sahne, etwas Worcestersauce, Pfeffer, Salz und 2 EL geriebenem Edamer Käse verschlagen, über die Hackmasse geben und die Pfanne abdecken, sodass die Masse gut stocken kann, wenn oben nichts mehr flüssig ist, die Pfanne wenden, mit großem Deckel oder Teller, und von der anderen Seite noch etwas bräunen lassen. Wenn man es etwas schärfer will, eine kleine halbe frische Chilischote mit Kernen in Stückchen zu den Zwiebeln geben, außerdem kann man das Hack noch mit reichlich Cumin, also Kreuzkümmel, würzen, schmeckt noch authentischer. Und noch eine schnelle Suppe für vier kleine Portionen:

Eine halbe Gemüsezwiebel würfeln und in Öl andünsten, eine halbe Sellerieknolle schälen und würfeln, dann dazu und auch etwas schmoren lassen, Wasser in den Topf, bis alles zwei Finger hoch bedeckt ist, Hitze hochstellen, wenn's kocht, Hühnersuppenstreuwürze dazu, bis die Brühe schmeckt, ca. 10 Minuten köcheln, bis die Selleriestücke weich sind, vom Herd nehmen und gründlich pürieren. Und jetzt kommt der Knaller: Vorher hast Du ein daumenspitzengroßes Stück Wasabi hergestellt (kennst Du vom Sushi beim Japaner), aber bitte selbst frisch mit Wasabipulver aus dem Asialaden und wenig Wasser anrühren. Das vermischt Du mit einem kleinen Tetrapack Sahne, die Sahne dabei leicht anschlagen, das Ganze in die Suppe, es kann auch noch ein bisschen Milch rein und ein Schuss Sojasauce sowie der Saft einer halben kleinen Zitrone. Und etwas frischer schwarzer Pfeffer. Und schön schaumig schlagen mit dem Zauberstab. Dieses Menü hast Du in zwanzig Minuten fertig, und es schmeckt wirklich besonders. Die Suppe ist übrigens meine Erfindung. Und nun viel Spaß bei allem!

Liebe Grüße
Jürgen

@ @ @

Hi Jürgen,

vielen Dank für die Erklärungen und die Rezepte, aber eben klingelte der Postbote und brachte ein Paket, das das Power-Kids-Programm enthält. Ein Abnehmprogramm für Kinder zwischen acht und zwölf Jahren. Ich muss dazusagen, dass meine zwei Kleinen einiges zu viel auf den Rippen haben. Gegenüber meiner Großen, die schon seit über zwei Jahren strenge Vegetarierin ist und in Sachen Ernährung ein Vorbild für die ganze Familie. Sie kann dazu auch noch super kochen. Aber Julia und Bennet haben aus Kummer, Stress oder einfach, weil sie gerne – vor allem gerne – ungesunde

Sachen essen, zu viel drauf. Bennet, der gerade zwölf Jahre alt geworden ist, hat bestimmt zwanzig Kilo zu viel, und Julia, die vor Kurzem sieben wurde, wiegt nun auch schon 36 Kilo. Also schon ein Gewicht, wo man von Lehrern, Erziehern und Ärzten angesprochen wird. Jetzt hoffe ich, dass uns das PowerKids-Programm weiterhelfen wird. Das mit Stickern, Plakaten, die man ins Zimmer hängt, einer DVD und einer wöchentlichen TV-Sendung motivieren soll. Dazu gibt es nach dem zwölfwöchigen Programm ein Geschenk, das verpackt daliegt und auf dem mit großen Lettern drauf geschrieben steht: Erst nach Beendigung des Programms öffnen.

Nun könnte man denken, wir sind intelligente Menschen und ernähren unsere Kinder auch gesund. Aber ich habe bisher noch keinen kennengelernt, der dem Charme der beiden widerstehen konnte. So wie sie von Essen schwärmen oder ihre Augen leuchten und sie vor Freude im Raum herumhüpfen, wenn ihnen jemand eine Tafel Schokolade überreicht, wurde bisher jeder weich und hatte Spaß daran, sie zu verwöhnen. Sollte man Bennet fragen, wie der Urlaub war, erzählt er nicht, wie schön die Spaziergänge am Meer waren, nein, er erzählt, was es zu essen gab. Mit einem Gedächtnis, das einen staunen lässt, und schwärmt von den Zubereitungen oder den Sinneseindrücken, die die Gerichte bei ihm hinterlassen haben. Auch wenn er bei einem Freund übernachtete, wurde mir danach vorgeschwärmt, wie gut die Mutter kochen könne. Was für leckere Waffeln oder Rührei es zum Frühstück gab und wie selbst die in den Ofen geschobene Fertigpizza gut geschmeckt hat.

Tja, Du merkst, das wird nicht einfach, da Einhalt zu gebieten. Es muss im Kopf klick machen, wie bei Lilith. Aber über deren Willen und Vernunft sind wir alle platt, das schaffe ja selbst ich nicht.

So, und jetzt komme ich wieder zum Thema Stress. Denn natürlich spüre ich, dass die Kinder in Stresssituationen, so wie ich auch, noch mehr essen als sonst. Dazu gehört natürlich der Stress in der Schule, Leistungsdruck und sozialer, wie anerkannt und gemocht werden von Freunden, sowie die Erkrankung der Mutter.

Leicht war es für die Kinder sicherlich nicht, auf ihre Mama ein halbes Jahr zu verzichten und vor allem Angst um sie zu haben. Die sonst aktive Mama daliegen zu sehen, kraftlos, abgemagert, an Bluttransfusionen und Chemos hängend, und das Verbot, die Mutter zu berühren, wegen der Infektionsgefahr.

Und da kann ich nur jedem raten, psychologische Hilfe in Anspruch zu nehmen. In fast jedem Krankenhaus gibt es Psychoonkologen, die auch mit Familientherapeuten zusammen arbeiten. Die Familienrunde mit ihnen, wo ich mit Maske – wegen der Neutropenie – dabeisaß und jeder über seine Sorgen und Ängste sprechen konnte, half uns allen. Und als die Therapeutin Micha fragte: »Und wie tanken Sie auf?«, und Lilith sagte: »Bei Aral!«, lachten alle.

Die Therapeutin betonte, wie wichtig es ist, dass sich keiner schuldig fühlt, und ob sie wüssten, welche Erkrankung ich hätte. Lilith hatte schon viel im Internet recherchiert und konnte es genau beschreiben, während Julia im Kindergarten, wo auch ein Kind an Leukämie erkrankt war, stolz von den Chemozwergen, die gegen die Bösen im Blut kämpfen, erzählte.

Sie gab Lilith den Tipp, sich nicht Informationen aus dem Internet zu holen, da sie oft sehr erschreckend und verängstigend seien, sondern sich die Informationsbroschüren aus dem Krankenhaus mitzunehmen. Meiner Mutter gab ich auch gleich so eine mit, und es half ihr, die Erkrankung nüchterner zu sehen.

Schlimm ist es ja auch, wenn man nach Büchern zum Thema sucht. Da ist ja eine Geschichte dramatischer als die andere. Ungefähr aufgemacht wie eine RTL-Reportage. Die Zuschauer sollen denken, ach Gott, nein, wie furchtbar. Und eigentlich müsste jedem Buch eine Packung Taschentücher beigelegt sein. Und wem hilft es, außer der Taschentücherindustrie? Meiner Familie schon mal nicht.

Als ich die José-Carreras-Gala im Krankenhaus sah, rannen mir dreimal die Tränen über das Gesicht. Sie ließ mich wieder in das Tal gleiten, in dem ich lange nicht mehr war. Und vor allem überkam mich pure Angst. Ständig Berichte über Kinder und Erwachsene, die einen Rückfall erlitten haben. Mütter mit Kindern, die das gleiche Schicksal erlebt haben, und als sie eine Mutter mit drei Kindern, die dasselbe Alter wie meine hatten, zeigten und ihre Tochter traurig sagte: »Es war schon schlimm, dass die Mama so lange weg war«, brach ich in Tränen aus. Wenn ich daran zurückdenke, werden meine Augen jetzt noch feucht.

Ich war sehr froh, dass Micha und die Kinder sich die Sendung nicht angeschaut hatten. Es hätte vieles kaputt gemacht, was wir an Stärke, Hoffnung und positivem Denken aufgebaut haben. Ich fragte mich auch, warum Carreras nicht einmal lächelt und die Leute besucht, als ob sie gerade etwas ganz Fürchterliches durchleben. Das hilft doch keinem. Im Gegenteil. Na ja, wahrscheinlich dem Spendenkonto. Er bedankte sich auch bei Désirée, mit welcher Sensibilität sie durch den Abend geführt hat. Auch sie durfte nicht einmal lächeln oder etwas von Hoffnung und Frohsinn verbreiten. Am nächsten Tag sprachen in Kassel einige meine Mutter an: »Hoffentlich hat Gaby die Sendung nicht gesehen. Das war ja traurig.« »Doch, hat sie!«, meinte meine Mutter.

Genauso ist es mit Kinderbüchern zu diesem Thema, wie »Wann kommst du wieder, Mama? Ein Bilderbuch über

Krebs«. In düsteren Farben gehalten und von einer Traurigkeit, die alle übermannt, wenn man das Buch mit den Kindern liest.

Oder »Mein wunderschöner Schutzengel. Als Nellys Mama Krebs bekam«, herausgegeben von Brustkrebs Deutschland e.V. Meine Kinder sagten: »Mama, nein, lies es uns nicht weiter vor, dass macht uns nur ängstlich und traurig!« Und ich dachte mir: Da hat mein Mann mal wieder recht gehabt, als ich mit den Büchern nach Hause kam und er sagte: »Nee, lass mal. Das haben wir hinter uns. Die Kinder sind so gut drauf, und wir kommen jetzt alle mit der Situation so gut klar. Da reißt du nur wieder ein Loch auf. Das schadet mehr, als dass es hilft.« Hab die lieben Grüße am Ende vergessen, wollte ja nicht unhöflich sein. ☺

Also hier sind sie für Dich:

DIE LIEBSTEN GRÜSSE
GABY

@ @ @

Hi Gaby,

wow, ich gucke mir solche Galas auch nicht an, weil sie mich runterziehen, aber ich habe mir nie Gedanken darüber gemacht, was diese Shows bei Betroffenen wirklich anrichten. Das wäre vielleicht mal eine Diskussionsrunde wert: Kann der traditionelle deutsche Betroffenenton solcher Veranstaltungen, die zwar sicher Geld bringen, emotional nicht eher schaden? Ein Grund mehr, nach was Aufbauendem zu suchen. Ich war heute den ganzen Tag beim Rundfunk, um für meine vier Konzertwochen in Berlin zu werben. Und da hatte der Sender eine sehr hübsche Idee: Jürgens Flunkerfunk. Ich erzähle Dinge, und die Leute sollen raten, ob es wahr oder erfunden ist. Und das spiele ich jetzt mit Dir: Welche Behauptungen stimmen? Die Auflösung kommt am Ende der Mail. Und nicht nachgucken! Selber raten! Und die Fragen sind nicht so leicht zu beantworten wie bei diesem Lösungsbeispiel: Letztens war ich mit einem alten Kumpel einen trinken, und wir kamen wie üblich auf das Thema Schuhe, und nach anderthalb Stunden sagte ich: »Wollen wir ein zweites Bier trinken, oder bist du auch so müde?« Von den drei Behauptungen sind zwei unwahr, klar. Aber jetzt wird's ernst.

1. Ich habe schon mit Tina Turner zusammen gesungen.

2. Ich hatte Madonnas Kopf auf meinem linken Schlüsselbein.

3. Ich bin 68 geworden, ich weiß, ich sehe jünger aus, ich habe junge Haut, ich halte sie schön feucht, das kommt vom vielen Weinen.

4. Meine Mutter erzählte mir, dass mein Vater nach meiner Geburt gesagt habe: »Der sieht aber komisch aus.« Wie kann man so etwas einer jungen Mutter sagen?! Unfassbar.
Das ist das eine, das andere ist: Wie kann man das seinem 35-jährigen Sohn erzählen? Wie soll ich auf diese Information reagieren? Mich entschuldigen, oder was?

5. Mein Publikum ist zum überwiegenden Teil weiblich. (Wahr) Wenn ich in eine Stadt komme, säumen Frauen die Straßen zur Halle. Viele von ihnen halten Kinder hoch.

6. Ich bin nicht gut mit technischen Sachen; als ich meine erste Mikrowelle ausprobierte, hatte ich keine Ahnung, wie lang das Ding braucht. Ich habe einen Pott Suppe reingestellt und bin in Urlaub gefahren. Nein, ein Scherz, wahre Geschichte, ich dachte, man kann Brötchen darin fertig backen, leg das rein, geh aufs Klo, irgendwann dachte ich, das ist aber jetzt merkwürdig, seit wann habe ich Röstaromen im Stuhl, riecht wie ein Dachstuhlbrand, renne in die Küche, steht das Ding in hellen Flammen.

7. Ich war bei Calli Calmund zum Geburtstag eingeladen. Er hat die Geburtstagstorte komplett allein aufgefressen. Irgendwann wurde dann die Stripperin vermisst, die drin saß.

8. Autobahnraststätte. Ich sitze auf dem Klo, will mir gerade ein paar Telefonnummern notieren, kommt aus der Kabine nebenan ein Zettel unter der Wand durch: Bitte Autogramm. Habe ich draufgeschrieben: Hier kackt Otto.

9. Da stehe ich im Hotelfahrstuhl auf dem Weg in den vierzehnten Stock. Eine attraktive Frau steigt zu, lächelt mich an und sagt: »Ich bewundere Sie seit vielen Jahren. Haben Sie Lust, noch auf mein Zimmer mitzukommen?« Ich sage: »Toll, und was hab ich davon?« Nein, ein Scherz. Ich bin natürlich mitgedackelt, und dann hab ich mit ihr die Minibar ausgesoffen und bin abgehauen. Bisschen Spaß will man ja auch haben.

10. Meinen sechzehnten Geburtstag habe ich in einer Stripteasebar gefeiert, im erzkatholischen Aachen.

11. Meinen ersten Joint habe ich beim Bund geraucht, als Leutnant, mit einem Fahnenjunker, dem ich dann die Lederjacke abgekauft habe, die ich auf meinem ersten Open-Air-Festival trug, mit Deep Purple, T-Rex und Champion Jack Dupree.

12. Ich habe Gitarre beim Bund von einem Kriegsdienstverweigerer gelernt. Der erste Song war »Blowing in the wind«, der zweite »Universal Soldier«.

13. Ich habe mal in Kiel bei einem Elvis-Presley-Imitationswettbewerb den zweiten Platz gemacht.

14. Mein nächstes Buch fängt so an:
Kurz nach sechs übergibt sich mein Nachbar in der Wohnung über mir. Ich weiß nicht, warum. Normalerweise macht er das erst um sieben. Sein Würgen ist mein Wecker. Andere empfinden die Hellhörigkeit eines Plattenbaus als Nachteil; ich mag das. Nach Uhr und Kalender kann jeder leben. Sonnabend z. B. ist, wenn der Vater unter mir seine pubertierende Tochter zusammenschreit. Dann hat er wieder entdeckt, dass ihr Zimmer einem Saustall gleicht. Seine Tiraden enden regelmäßig mit den Worten: »Ick könnte kotzen!«, was er aber nie tut, als wüsste er, dass ihm das in der Wohnung über mir schon jemand abnimmt.

15. Das Vorwort meines nächsten Buches beginnt mit: Sie glauben doch wohl nicht, dass ein Arsch wie ich eine Geschichte ordentlich erzählt, oder?

16. Ich habe mehr Alben herausgebracht als die Beatles.

17. Ich habe mich in Las Vegas heimlich zum Priester weihen lassen.

18. Ich hatte mit jedem der herkömmlichen Verkehrsmittel mindestens einen Unfall.

19. Ich trage Hawaii-Unterhosen.

20. Ich habe Nacktfotos für »Playgirl« gemacht, mit einer Hand auf dem Genital allerdings. Immerhin war es nicht meine Hand.

Na, wie war die Quote? Und hast Du heute schon zwanzig Begriffe behalten geübt?

Liebe Grüße
Jürgen

(Lösungen und Kommentare auf Seite 199)

@ @ @

Hi Jürgen,

haha. Sehr schöne Idee vom Sender. Also, bei Deinem ersten Beispiel würde ich sagen, dass es schon mal falsch ist, dass Du Bier getrunken hast. Denn ich habe in Erinnerung, dass Du gar kein Bier trinkst. Oder? Und falls doch, glaube ich nicht, dass Du nach 1,5 Stunden mit einem Freund nur ein Bier getrunken hast. Und dann habt ihr bestimmt nicht über Schuhe, sondern höchstens über Frauen und ihre Schuhe gesprochen. So, und nun tippe ich mal weiter, welche Aussagen falsch und welche richtig sind. Also, here we go:

> 1. Ich habe schon mit Tina Turner zusammen gesungen.

Antwort: Warum nicht? Kann ich mir gut vorstellen. Du hattest so viele berühmte Gäste. Ich sage JA!

> 2. Ich hatte Madonnas Kopf auf meinem linken Schlüsselbein.

A: Puuh, war sie mal auf einer Deiner Nachfeiern und sturzbetrunken, oder habt ihr zusammen ein Spiel wie Twister gespielt? Ich sage hier mal: NEIN. (Hätte ich jetzt eine Karte gewonnen?)

> 3. Ich bin 68 geworden, ich weiß, ich sehe jünger aus, ich habe junge Haut, ich halte sie schön feucht, das kommt vom vielen Weinen.

A: Oh, da sind ja gleich zwei Lügen drin. Dass Du viel weinst und 68 geworden bist. Also, NEIN!

> 4. Meine Mutter erzählte mir, dass mein Vater nach meiner Geburt gesagt habe: »Der sieht aber komisch aus.« Wie kann man so etwas einer jungen Mutter sagen?! Unfassbar. Das ist das eine, das andere ist: Wie kann man das seinem 35-jährigen Sohn erzählen? Wie soll ich auf diese Information reagieren? Mich entschuldigen, oder was?

A: So was kann ich mir gut vorstellen. Ich habe auch mal zu einer frischgebackenen Mutter gesagt: »Oh, sieht der süß aus, wie ein kleines Äffchen!« Ich muss dazusagen, dass ich Babyaffen echt süß finde. Die Mutter fand es nicht so toll. Habe aber, falls die Geschichte wahr ist, vollstes Verständnis für Deinen Vater. Also, JA!

> 5. Mein Publikum ist zum überwiegenden Teil weiblich. (Wahr) Wenn ich in eine Stadt komme, säumen Frauen die Straßen zur Halle. Viele von ihnen halten Kinder hoch.

A: Und was sagst Du dann zu den Müttern? Der sieht aber komisch aus? Ich denke mal: NEIN! ☺

> 6. Ich bin nicht gut mit technischen Sachen; als ich meine erste Mikrowelle ausprobierte, hatte ich keine Ahnung, wie lang das Ding braucht. Ich habe einen Pott Suppe reingestellt und bin in Urlaub gefahren. Nein, ein Scherz, wahre Geschichte, ich dachte, man kann Brötchen darin fertig backen, leg das rein, geh aufs Klo, irgendwann dachte ich, das ist aber jetzt merkwürdig, seit wann habe ich Röstaromen im Stuhl, riecht wie ein Dachstuhlbrand, renne in die Küche, steht das Ding in hellen Flammen.

A: Mmh, kenne jemanden, bei dem die Mikrowelle wirklich Feuer gefangen hat. Aber durch Brötchen dürfte das eigentlich nicht passieren, oder? Bennet hatte schon Sandwiches reingetan, damit sie nicht so kalt sind. Also, NEIN!

> 7. Ich war bei Calli Calmund zum Geburtstag eingeladen. Er hat die Geburtstagstorte komplett allein aufgefressen. Irgendwann wurde dann die Stripperin vermisst, die drin saß.

A: Ah, da muss ich gerade daran denken, dass ich vor drei Tagen durch Hugendubel gewandert bin und sah, dass Calmund ein Diätbuch herausgebracht hat. Vielleicht war es ja die Tortendiät. Aber ich denke da auch mal: Nein. Wahrscheinlich hätte er der Stripperin ein Stück übrig gelassen.

> 8. Autobahnraststätte. Ich sitze auf dem Klo, will mir gerade ein paar Telefonnummern notieren, kommt aus der Kabine nebenan ein Zettel unter der Wand durch: Bitte Autogramm. Habe ich draufgeschrieben: Hier kackt Otto.

A: Und wahrscheinlich hängt er sich das Autogramm dann ins Klo. Ist doch eigentlich eine schöne Begebenheit und kann dann beim Geschäfte machen sehr inspirierend sein, wenn man dann auf so ein Autogramm guckt. Ich hätte das bei George Clooney machen sollen. Also, ich glaube jetzt einfach mal: JA! Es stimmt!

> 9. Da stehe ich im Hotelfahrstuhl auf dem Weg in den vierzehnten Stock. Eine attraktive Frau steigt zu, lächelt mich an und sagt: »Ich bewundere Sie seit vielen Jahren. Haben Sie Lust, noch auf mein Zimmer mitzukommen?« Ich sage: »Toll, und was hab ich davon?« Nein, ein Scherz. Ich bin natürlich mitgedackelt und dann hab ich mit ihr die Minibar ausgesoffen und bin abgehauen. Bisschen Spaß will man ja auch haben.

A: Puuh, Jürgen. Was soll ich denn da denken? Ich glaube, Du würdest Nein sagen. Wenn Du die Minibar vorher ausgesoffen hättest, würde ich Ja sagen.

> 10. Meinen sechzehnten Geburtstag habe ich in einer Stripteasebar gefeiert, im erzkatholischen Aachen.

A: Ich glaube, das hatte ich schon einmal in einem Interview gehört. Dein Vater hatte dich dahin mitgenommen, gell? Also, JA!

> 11. Meinen ersten Joint habe ich beim Bund geraucht, als Leutnant, mit einem Fahnenjunker, dem ich dann die Lederjacke abgekauft habe, die ich auf meinem ersten Open-Air-Festival trug, mit Deep Purple, T-Rex und Champion Jack Dupree.

A: Da würde ich jetzt spontan Ja sagen. Kann ich mir sehr gut vorstellen. ☺

> 12. Ich habe Gitarre beim Bund von einem Kriegsdienstverweigerer gelernt. Der erste Song war »Blowing in the wind«, der zweite »Universal Soldier«.

A: Wahr!

> 13. Ich habe mal in Kiel bei einem Elvis-Presley-Imitationswettbewerb den zweiten Platz gemacht.

A: Wenn Du den Maffay kannst, kannst Du auch den Elvis. Vielleicht hast Du den ersten Platz gemacht, und das ist die Lüge. Aber so sage ich JA!

> 14. Mein nächstes Buch fängt so an:
> Kurz nach sechs übergibt sich mein Nachbar in der Wohnung über mir. Ich weiß nicht, warum. Normalerweise macht er das erst um sieben. Sein Würgen ist mein Wecker. Andere empfinden die Hellhörigkeit eines Plattenbaus als Nachteil; ich mag das. Nach Uhr und Kalender kann jeder leben. Sonnabend z.B. ist, wenn der Vater unter mir seine pubertierende Tochter zusammenschreit. Dann hat er wieder entdeckt, dass ihr Zimmer einem Saustall gleicht. Seine Tiraden enden regelmäßig mit den Worten: »Ick könnte kotzen!«, was er aber nie tut, als wüsste er, dass ihm das in der Wohnung über mir schon jemand abnimmt.

A: Das würde nach einem sehr, sehr guten Buch klingen. Hoffe es! Sage Ja!

> 15. Das Vorwort meines nächsten Buches beginnt mit: Sie glauben doch wohl nicht, dass ein Arsch wie ich eine Geschichte ordentlich erzählt, oder?

A: Nein, das glaube ich nicht.

> 16. Ich habe mehr Alben herausgebracht als die Beatles.

A: Ich weiß leider nicht, wie viele Alben die Beatles veröffentlicht haben. Googeln ist bei diesem Spiel wahrscheinlich auch verboten. Also, muss ich tippen. Ich denke mal, ja!

> 17. Ich habe mich in Las Vegas heimlich zum Priester weihen lassen.

A: Geht das dort auch? Eine Blitzweihe? Ah, Micha, der gerade mal neben mir wach geworden ist und den ich im Halbschlaf fragen konnte, sagt Ja. Ich hätte Nein getippt. Können da auch Frauen geweiht werden? Micha ist leider wieder eingeschlafen.

> 18. Ich hatte mit jedem der herkömmlichen Verkehrsmittel mindestens einen Unfall.

A: Ja, Du bist bestimmt wie die meisten künstlerisch Begabten etwas schusselig, so wie ein kleiner Professor. Und ich weiß ja, dass Du kein Auto fährst. Also ja. Würde mich zumindest beruhigen, da ich auch schon mehrere Unfälle gehabt habe. ☺

> 19. Ich trage Hawaii-Unterhosen

A: Nun, dass weiß ich wirklich nicht. Vielleicht kann das der Herr, der Dich auf der Toilette nach einem Autogramm gefragt hat, beantworten. Wären es denn Boxershorts? Die stören ja oft in der Hose. Wenn ich mir das gerade vorstelle, süß! Aber ich sage mal: Nein.

> 20. Ich habe Nacktfotos für »Playgirl« gemacht, mit einer Hand auf dem Genital allerdings. Immerhin war es nicht meine Hand.

A: Oh, zu gönnen wäre es Dir ja. ☺ Vielleicht hatten die ja mal eine lustige Serie. Mmh, aber ich denke, denke, denke Ja! Und zwar mit einer großen aufblasbaren Hand auf dem Genital oder irgendwas Witzigem.

So, wie viele Karten hätte ich gewonnen?

Liebe Grüße
Gaby

@ @ @

> Hi Gaby,
>
> Und jetzt kannst Du den Zettel mit Deinen Vermutungen mit den Auflösungen vergleichen!
>
> 1. Unwahr. Sie war im Radio, ich saß auf dem Klo.

Falsch gelegen. Okay.

> 2. Wahr. Bei »Wetten dass« rutschte sie von Thommy weg und kuschelte sich an mich, was ihn doch ein bisschen ärgerte.

Ah, »Wetten dass«. Wie schön. Aber leider lag ich falsch. Darum hat Dich bestimmt jeder beneidet.

> 3. Unwahr. Ich werde dieses Jahr 64.

Ja, ich wusste, dass Du nicht 68 geworden bist. Du siehst aber auch jünger als 64 aus, war gerade überrascht, und dann dachte ich mir, ja, klar stimmt ja.

> 4. Leider wahr.

Yes, noch ein Punkt. Wie gesagt habe ich vollstes Verständnis für Deinen Vater. Bennet sah übrigens auch sehr komisch aus, da er die Neugeborenenakne hatte und alle schauten mich mitleidig an, wenn sie den ersten Blick auf ihn geworfen hatten.

> 5. Ein Scherz.

Und wieder mal gewonnen. Yippieh!

> 6. Wahr.

Nein, da liege ich falsch. Also, Bennet, nie wieder Sandwiches in die Mikrowelle. Vor Kurzem habe ich übrigens gelernt, dass man das D bei »Sandwiches« nicht mit ausspricht.

> 7. Scherz.

Ha, noch ein Punkt! Gotcha!

> 8. Scherz.

Mist, schon wieder falsch. Dabei gibt es doch solche Menschen. Grummel!

> 9. Scherz.

Da bin ich jetzt aber beruhigt. ☺ Ja, richtig getippt.

> 10. Wahr.

Yes, got it.

> 11. wahr.

Sehr schön, richtig. Joints sind bei meiner Vierzehnjährigen gerade übrigens ein großes Thema. Angeblich rauchen nur ihre Freunde sie und sie nicht. Nun, ich will es mal hoffen.

> 12. Wahr.

Wusst ich's doch. ☺

> 13. Unwahr, könnte aber stimmen, zumindest bei Balladen.

Mist, falsch.

> 14. Unwahr, so beginnt der Roman »Fun man« von Christian Eisert.

Auch falsch, jammer. Aber das Buch sollte ich mal lesen.

> 15. Unwahr, so beginnt das Vorwort von »Das Nilpferd« von Stephen Fry.

Yep, richtig.

> 16. Wahr.

Juchhu, richtig getippt.

> 17. Ein Scherz.

Grrr, dabei gibt es das doch. Okay, falsch. ☹

> 18. Wahr. Drei Autounfälle (als Beifahrer), mit dem Segelboot gekentert, ein Zugzusammenstoß, in einem Flieger gesessen, wo das Fahrwerk nicht gesteuert werden konnte und die Löschzüge schon an der Piste standen. Ein Motorrad gegen die Wand gefahren, mehrere Fahrradunfälle und zu Fuß eine Kellertreppe runtergefallen.

Okay, richtig. Auch wenn ich komplett untertrieben habe. ☺ Da kann man ja froh sein, dass Du noch bei uns weilst.

> 19. Scherz

Noch ein Punkt für Gaby!

> 20. Scherz

Da habe ich noch mal geloost. Also, hier null Points.

Ich komme also von möglichen zwanzig Punkten bei diesem Spiel auf zwölf Punkte. Schlecht, oder? ☺ Hat Spaß gemacht, jetzt mache ich welche für Dich. Bis gleich!

Liebe Grüße
Gaby

@ @ @

Hi Gaby

Hab mich gleich in Deine Mail mit den Wahr-unwahr-Behauptungen eingeklinkt und fange an zu raten.

WAHR ODER UNWAHR?

1. Ich bin vor einem Klassikkonzert hinter einen Garderobentresen, der leer stand, gehüpft und habe meine und die Jacke einer Freundin aufgehängt, weil so viel an der richtigen Garderobe los war. Da kamen plötzlich alle möglichen Leute

auf mich zu gestürmt und drückten mir ihre Jacken und Pelzmäntel in die Hand. Die ich auch schön aufhängte, da ich ja nett und hilfsbereit bin. Als das Konzert zu Ende war, war diese Garderobe gesperrt, und erst als die Mäntel aller echten Garderoben ausgegeben worden waren, durften die Leute, die laut fluchend nach mir suchten, nach einem Entgelt ihre Sachen wiederbekommen. Ich sagte meiner Freundin: »Ich warte lieber mal draußen, und du holst unsere Sachen!«

A: Das klingt gar nicht so unwahrscheinlich, trotzdem glaube ich es nicht!

2. Michael lernte mich kennen, da ich am Ufer des Rheins auf einen Ast, der sich über dem Wasser befand, klettern wollte, abrutschte und hineinfiel. Gott sei Dank war das Wasser dort nicht tief. Doch es war Dezember. So wickelte er mich in seine große Jacke und bot mir an, mich nach Hause zu fahren.

A: Das ist zu romantisch, um wahr zu sein, und ich kenne am Rhein auch keinen Baum, der solche Äste hat, also: Gelogen!

3. Als ich von Thailand nach Hause flog, probierte ich das vegetarische Menü, das ich mir bestellt hatte. Da es mir nicht besonders schmeckte, bot ich es Micha an, der dann auf einen murmelgroßen Stein biss, der sich im Essen befand, und sich einen Zahn abbrach.

A: So was zieht doch eigentlich einen Schadensersatzanspruch mit Prozessandrohung nach sich, oder? Trotzdem sagt mein Bauch: Stimmt!

4. Ich habe mir ein George-Clooney-T-Shirt machen lassen und trage es gern zu Hausarbeiten.

A: Traue ich Dir zu, ja.

5. Ich hatte Micha bei RTL abgesetzt und mir vorher einen Doppelwhopper bei Burger King geholt. Als ich gerade genüsslich in den Hamburger biss, klopfte es ans Fenster. Ich

drehte mich zur Seite und sah direkt in Hugo Egon Balders grinsendes Gesicht. Ich kurbelte die Scheibe hinunter, und er fragte, ob ich hier noch lange stehen würde, ich stünde nämlich auf seinem Parkplatz. Als ich meinte, dass ich sofort wegfahre, meinte er, dass ich ruhig noch aufessen könnte.

A: Hugo hat, seit Du verheiratet bist, nur für SAT.1 gearbeitet, das ist also gelogen.

6. Als ich einmal tanken wollte, war ich so neben der Kappe, dass ich ständig so wendete, dass wieder die falsche Tankdeckelseite an der Tanksäule war. Irgendwann gab ich es auf und fuhr weiter. Die Kinder meinten: »Mama, das war jetzt wie bei Mr. Bean.«

A: Ja, das glaube ich.

7. Ich esse nur Bio wie Claudia Schiffer.

A: Komisch, in Frage fünf hast Du noch einen Doppelwhopper gegessen. Also ist das hier auch gelogen.

8. Ich habe bei einer Aufführung, bei der ich eine Opernarie vortrug, plötzlich laut aufstoßen müssen.

A: So was kenne ich von Auftritten auch, glaube ich also.

9. Ich hatte mich mit den Kindern im australischen Dschungel verfahren, und Michael musste besorgt die Ranger rufen.

A: Ja, das ist die logische Folge der Tankstellengeschichte.

10. Und zum Schluss: Ich bekam Julia auf dem Krankenhausflur.

A: Das ist gut! Das ist auch total unglaubwürdig, also sage ich Ja!

@ @ @

> Und jetzt kommt die Auflösung:
>
> 1. Wahr, ich war sechzehn. ☺

Das fängt ja gut an!

> 2. Unwahr.

Ah, mein erster Punkt!

> 3. Wahr.

Mein zweiter Punkt!

> 4. Unwahr.

Eigentlich habe ich das auch nicht geglaubt, aber zu spät.

> 5. Wahr.

Aber wieso sollte Hugo bei RTL einen Parkplatz haben, wenn er nicht für die arbeitet? Pilawa ist von SAT.1 weggegangen, u.a. weil man ihm keinen Parkplatz geben wollte!!

> 6. Wahr (zur Entschuldigung, da habe ich noch gestillt und stand unter Stress).

Na also, dritter Punkt.

> 7. Unwahr.

Jetzt läuft es, Punkt 4!

> 8. Unwahr.

Scheiße.

> 9. Wahr.

Punkt 5.

> 10. Wahr.

Punkt 6...

@ @ @

> Und wie viel Punkte hast Du? Ich sage mal, als Preis würde es für jedes richtig geratene Rätsel ein Glas frisch gepresste Limonade geben. Von Cranberryjuice bis Orange. Oder so was. ☺
>
> Liebe Grüße
> Gaby

So, wenn Du bei zwanzig Fragen zwölf richtig hast, und ich bei zehn Fragen sechs, sind wir beide genau gleich blöd oder schlau oder gleich gute Lügner, wie man's nimmt. Aber das ist schon erstaunlich. Das kann man natürlich sehr schön bei einer kleinen Feier spielen: Jeder braucht nur eine Behauptung, er muss jeden Gast fragen, und wer am Schluss die meisten falschen Antworten bekommen hat, ist der Abendsieger!

So, jetzt muss ich mich um mein kleines tagesaktuelles Solo für die heutige Lesung in Meißen (extrem süßes Städtchen übrigens) kümmern, morgen geht's zurück nach Berlin, bin aber schon um 18.00 Uhr im Theater, ein Stück, bei dem Ingolf Lück Regie führt, bin mal gespannt.

Liebe Grüße
Jürgen

@ @ @

Hallo Jürgen,

gut geraten. Bei Hugo hatte ich mich nicht richtig ausgedrückt. Ich hatte Micha bei der MMC in Hürth rausgelassen, wo er als RTL-Verantwortlicher zu »Freitag Nacht News« zur Typhoon musste. Dort hatte Hugo Egon Balder immer noch sein Büro, weil sein letztes RTL-Projekt der Pilot »Happy Birthday« mit Kurt Krömer war. Das war übrigens im Jahr 2000, da waren wir schon ein Jahr verheiratet. Ätschi Bätsch! ☺ Dafür musste ich aber jetzt Micha fragen.

Also sagen wir mal, Du kriegst einen halben Punkt!

Anbei noch zwei lustige Bilder.

Viel Spaß noch in Meißen und liebe Grüße
Gaby

1 2 3 4 5 6 7 8 9 10 11 12 13 14 15

Re-post when you find the mitsake

@ @ @

Hallo Jürgen,

ach, ist das schön. Wochenende und wieder Zeit zum Schreiben. Bin gerade dabei, Zitate und Sprüche herauszusuchen, die für mich wichtig sind, und stieß dabei auf diese Seite. Nachdem ich es gelesen hatte, dachte ich mir nur: Wow, was für ein beeindruckender, inspirierender Mensch.

http://www.journalist-und-optimist.de/steve-jobs-80-zitate-fuer-die-ewigkeit-in-deutsch-und-englisch/

Bis gleich
Gaby

@ @ @

Hallo Jürgen,

heute habe ich mal ein besonderes Rezept für Dich. Es beinhaltet viele Zutaten und ergibt eine Suppe, die dabei hilft, gesund zu werden. Brigitte Nielsen würde sie vielleicht Liebessuppe oder Glückssuppe nennen. Wer weiß. Aber wichtig sind folgende Zutaten: Weisheit, Liebe, Glaube, Hoffnung, Glück, Demut, Trost, Zeit für sich nehmen, Geduld, Sorglosigkeit, der innere Frieden, Frohsinn, Freude an Bewegung, Humor, Ruhe, Lebensfreude, Schicksal annehmen, positives Denken, Gelassenheit, Kraft, keine Angst vor dem Tod, Harmonie, in der Gegenwart leben, der Glaube an sich selbst, Zufriedenheit, Vertrauen, lernen, Freunde haben, Hilfe annehmen, ein Ziel haben, träumen, wachsam sein, den Kampf gewinnen. Und Du nimmst von jeder Zutat gerade so viel, wie Du brauchst. Als Hilfestellung habe ich dazu meine Lieblingssprichwörter und Zitate dazugeschrieben. Wie ich die Suppe für mich zubereitet habe und wie sie mir geholfen hat, erzähle ich Dir morgen. Und jetzt guten Appetit!

Gabys Lieblingssprichwörter und Zitate

LIEBE
(Es gibt sicherlich nichts Schöneres im Leben, als von jemanden geliebt zu werden. Vor allem dann, wenn es einem schlecht geht.)

Gibt es schließlich eine bessere Form, mit dem Leben fertigzuwerden, als mit Liebe und Humor? – Charles Dickens

Geliebt zu werden macht uns stark. Zu lieben macht uns mutig. – Laotse

Gebt denen, die hungern, von eurem Reis; gebt denen, die leiden, von eurem Herzen. – Aus Asien

Liebe und Freundlichkeit sind die besten Gewürze zu allen Speisen. – Aus China

Die Herzen sind so ungleich wie die Gesichter.
– Aus Japan

GLAUBE
(Der Glaube kann Berge versetzen. Immer daran denken!)

Das Wunderbarste an Wundern ist, dass sie manchmal wirklich geschehen. – Gilbert Keith Chesterton

Der Zweifel ist das Wartezimmer der Erkenntnis.
– Aus China

HOFFNUNG
(Die Hoffnung niemals aufgeben. Ein Priester erzählte einmal, dass er sich fragte, warum er dasselbe regnerische Wetter im Frühling besser erträgt als im Herbst. Es sind

doch die gleichen Temperaturen. Dann wurde ihm klar, es ist die Hoffnung, dass es bald besser wird. Der Sommer naht.)

Wenn die Hoffnung aufwacht, legt sich die Verzweiflung schlafen. – Asiatische Weisheit

Jede dunkle Nacht hat ein helles Ende.
– Persisches Sprichwort

Hoffnung und Mut sind zwei helle Diamanten in der Krone des Erfolgs. – Aus Indien

Es ist besser, ein kleines Licht zu entzünden, als über große Dunkelheit zu fluchen. – Konfuzius

Hoffnung ist wie der Zucker im Tee: Auch wenn sie klein ist, versüßt sie alles. – Chinesisches Sprichwort

GLÜCK
(Eine Portion Glück braucht man immer.)

Ein Tor zum Glück oder Unglück gibt es nicht; beide kommen, wenn du sie einlädst. – Aus Japan

DEMUT
(Mit Demut sein Schicksal annehmen.)

Schmerz und Freude liegen in einer Schale; ihre Mischung ist des Menschen Los. – Johann Gottfried Seume

Vor der Erleuchtung: Holz hacken und Wasser tragen.
Nach der Erleuchtung: Holz hacken und Wasser tragen. –
Buddhistische Weisheit

Ein Mensch lernt wenig von seinem Siege, aber viel von seiner Niederlage. – Aus Japan

TROST
(Wie wunderbar sind tröstende liebe Worte.)

Es kommt immer ganz anders! Das ist ein wahres Wort und im Grunde zugleich der beste Trost.
– Wilhelm Raabe

Alle Dunkelheit der Welt kann das Licht einer einzigen Kerze nicht auslöschen. – Chinesisches Sprichwort

ZEIT FÜR SICH
(Spazieren gehen, die Sonne und den Wind spüren und dem Rauschen der Blätter lauschen.)

Mit den Menschen ist es wie mit den Blumen:
Sie brauchen nicht nur Wasser, sondern auch Sonne.
– Julius Langbehn

Wenn man Wunderbares betrachtet, ohne sich zu wundern, schwindet das Wunder von selbst. – Aus Japan

Gönne dir einen Augenblick der Ruhe, und du begreifst, wie närrisch du herumgehastet bist. – Lao Tse

GEDULD
(Heilung braucht seine Zeit.)

Gib deinem Wunsche Maß und Grenze, und dir entgegen kommt das Ziel. – Theodor Fontane

Der Mensch von heute hat nur ein einziges wirklich neues Laster erfunden: die Geschwindigkeit.
– Aldous Huxley

Dem Geduldigen laufen die Dinge zu, dem Eiligen laufen sie davon. – Aus Indien

Ob du eilst oder langsam gehst, der Weg bleibt immer der gleiche. – Chinesisches Sprichwort

Die Geduld nicht verlieren, auch wenn es unmöglich erscheint – das ist Geduld! – Aus China

Wer sich abhetzt, wird nie Vollkommenheit erlangen. Dazu gehören Ruhe und Stille. – Aus Ägypten

SORGLOSIGKEIT

Es ist gut, manchmal die Sorgen so zu behandeln, als ob sie nicht da wären; das einzige Mittel, ihnen ihre Wichtigkeit zu nehmen. – Rainer Maria Rilke

Wirf deine Gedanken wie Herbstblätter in den blauen Fluss, schau zu, wie sie hineinfallen und davontreiben – und dann: Vergiss sie. – Zen-Weisheit

Wende dich ab von den Sorgen, überlass alle Dinge dem Schicksal; freu dich des Guten, das heute dir lacht, und vergiss darüber alles Vergangene.
– Aus Tausendundeiner Nacht

EINS SEIN – GESCHEHEN LASSEN – DER INNERE FRIEDEN

Den Puls des eigenen Herzens fühlen. Ruhe im Innern. Ruhe im Äußern. Wieder Atem holen lernen, das ist es.
– Christian Morgenstern

Nicht außerhalb, nur in sich selbst soll man den Frieden suchen, wer die innere Stille gefunden hat, der greift nach nichts, und er verwirft auch nichts. – Buddha

FROHSINN

Herzensfreude ist Leben für den Menschen. Frohsinn verlängert ihm die Tage. – Jesus Sirach

Das schönste Geschenk an den Menschen ist die Fähigkeit zur Freude. – Luc de Clapiers Vauvenargues

Freude ist eine gesunde Kost. – Aus China

Das Lächeln, das du aussendest, kehrt immer zu dir zurück. – Sprichwort aus Indien

Die Welt ist voll von kleinen Freuden, die Kunst besteht nur darin, sie zu sehen! – Aus China

FREUDE AN BEWEGUNG

Verloren sei uns der Tag, an dem nicht einmal getanzt wurde. – Friedrich Nietzsche

HUMOR

Jedes Lachen vermehrt das Glück auf Erden.
– Jonathan Swift

Lachen ist Therapie, es lässt die Luft aus allem Feierlichen und Pompösen. – Peter Ustinov

Jede Minute die man lacht, verlängert das Leben um eine Stunde. – Chinesisches Sprichwort

In seinem Lachen liegt der Schlüssel, mit dem wir den ganzen Menschen entschlüsseln. – Thomas Carlyle

SEELENFRIEDEN – SEELENRUHE

Selig ist der Mensch, der mit sich selbst in Frieden lebt.
Es gibt auf Erden kein größeres Glück. – Matthias Claudius

Wenn Licht in der Seele ist, ist Schönheit im Menschen.
Wenn Schönheit im Menschen ist, ist Harmonie im Haus.
Wenn Harmonie im Haus ist, ist Ordnung in der Nation.
Wenn Ordnung in der Nation ist, ist Frieden in der Welt.
– Aus China

Du bist nicht auf der Erde, um unglücklich zu werden. Doch Glück ist allein der innere Frieden. Lern ihn finden. Du kannst es. Überwinde dich selbst, und du wirst die Welt überwinden. – Buddha

IN DER GEGENWART LEBEN – UND SOMIT GLÜCKLICH SEIN

Laufe nicht der Vergangenheit nach. Verliere dich nicht in der Zukunft. Die Vergangenheit ist nicht mehr. Die Zukunft ist noch nicht gekommen. Das Leben ist hier und jetzt. – Lao Tse

LEBENSFREUDE

Der Mensch bedarf, um innerlich frei zu werden, einer Dosis Leichtsinnigkeit und Übermut. – Jakob Bosshart

Wenn Ihnen das Leben eine Zitrone überreicht, machen Sie Limonade daraus. – Unbekannt

Das Leben meistert man lächelnd oder überhaupt nicht. – Chinesisches Sprichwort

Die Lebensspanne ist dieselbe, ob man sie lachend oder weinend verbringt. – Aus Japan

SCHICKSAL ANNEHMEN

Der Veränderung die Tür verschließen, hieße das Leben selber aussperren. – Walt Whitman

Erst am Ende unseres Weges stehen die Antworten. – Lao Tse

Der Ozean kennt keine völlige Ruhe – das gilt auch für den Ozean des Lebens. – Mahatma Gandhi

Ein Edelstein wird ohne Reiben nicht blank, ein Mensch ohne Prüfung nicht vollkommen. – Chinesisches Sprichwort

Wasser ist gleichzeitig geordnet und flexibel. Es behält seine Identität, doch es passt sich den Umständen um sich herum an. – Japanisches Sprichwort

Keine Speise wird gar und kein Brot wird gebacken ohne Feuer, und doch will der Mensch reif werden ohne Leid. – Chinesisches Sprichwort

POSITIVES DENKEN

Der Optimist hat nicht weniger oft unrecht als der Pessimist, aber er lebt froher. – Charles Rivel

Du bist dort, wo deine Gedanken sind. Sieh zu, dass deine Gedanken da sind, wo du sein möchtest. – Rabbi Nachman von Bratzlaw

Die Seele hat die Farben deiner Gedanken. – Marc Aurel

Ein Licht, das von innen her leuchtet, kann niemand auslöschen. – Aus Kuba

Das, was du heute denkst, wirst du morgen sein. – Buddha

GELASSENHEIT

Das Rezept für Gelassenheit ist einfach: Man darf sich nicht über Dinge aufregen, die nicht zu ändern sind. – Helen Vita

Der Mensch kann nicht tausend Tage ununterbrochen gute Zeiten haben, so wie die Blume nicht hundert Tage blühen kann. – Aus China

Der Gelassene nutzt seine Chance besser als der Getriebene. – Aus China

KRAFT – SICH NICHT UNTERKRIEGEN LASSEN – DURCHHALTEN

Am Baum der guten Vorsätze gibt es viele Blüten, aber wenig Früchte. – Konfuzius

Die wirksamste Medizin ist die natürliche Heilkraft, die im Innern eines jeden von uns liegt. – Hippokrates

Tu, was du kannst, mit dem, was du hast, da, wo du bist. – Aus China

Kraft kommt nicht aus körperlichen Fähigkeiten. Sie entspringt einem unbeugsamen Willen. – Mahatma Gandhi

Die Kunst ist, einmal mehr aufzustehen, als man umgeworfen wird. – Winston Churchill

Nur die Hälfte des Weges zurücklegen und dann schwach werden, das ist es, was du am meisten fürchten sollst. – Fernöstliche Weisheit

Fürchte dich nicht vor dem langsamen Vorwärtsgehen, fürchte dich nur vor dem Stehenbleiben. – Asiatische Weisheit

Der Mann, der den Berg abtrug, war derselbe, der anfing, kleine Steine wegzutragen. – Aus China

Wer andere besiegt, hat Muskelkräfte. Wer sich selbst besiegt, ist stark. – Lao Tse

Auch der weiteste Weg beginnt mit einem ersten Schritt. – Konfuzius

KEINE ANGST ZU STERBEN
(Loslassen können.)

When I die, it will change my life! – Tomi Ungerer

Der Mensch ist dort zu Hause, wo sein Herz ist, nicht dort, wo sein Körper ist. – Mahatma Gandhi

Teile dein Wissen mit anderen. Dies ist eine gute Möglichkeit, Unsterblichkeit zu erlangen. – Dalai Lama

Wenn du loslässt, hast du zwei Hände frei.
– Chinesisches Sprichwort

Das Alter ist das Abendbrot des Himmels.
– Aus Indonesien

Lass dir Leben und Tod gleich wichtig sein, und dein Verstand wird ohne Angst sein. – Lao Tse

HARMONIE

Was der Mensch Glück, Wohlbehagen, Gewinn nennt – alles, wonach er sich sehnt und was er sich wünscht, ist, Harmonie zu erlangen. Sie erwächst aus der Stille.
– Hazrat Inayat Khan

Die höchste Stufe menschlicher Bildung ist die vollkommene Ausgeglichenheit der Seele und der maßvolle Lebenswandel. – Konfuzius

DER GLAUBE AN SICH SELBST – LIEBE DICH SELBST
(Was manchmal nicht so leicht ist, wenn man durch Krankheit entstellt oder gezeichnet ist.)

In jedem Geschöpf der Natur lebt das Wunderbare.
– Aristoteles

Die Lotusblume entspringt aus dem Schlamm.
– Chinesisches Sprichwort

Der Mensch bringt sein Haar täglich in Ordnung – warum nicht auch sein Herz? – Asiatische Weisheit

Geistige Größe kann alle körperlichen Gebrechen unsichtbar machen. – Aus China

Tiefe Weisheit wächst aus starken Zweifeln.
– Chinesische Weisheit

Der Mensch muss lernen, den Lichtstrahl aufzufangen und zu verfolgen, der in seinem Inneren aufblitzt.
– Ralph Waldo Emerson

VERTRAUEN

(Ein gewisses Urvertrauen gibt einem Schutz.)

Wenn die Wurzeln tief sind, braucht man den Wind nicht zu fürchten. – Aus China

ZUFRIEDENHEIT

Große Kunst ist dann erreicht, wenn man nichts mehr weglassen kann. – Chinesisches Sprichwort

LERNEN

(Krank zu sein und somit Zeit zu haben, kann man wunderbar zum Fortbilden verwenden.)

Wir leben nicht, um zu glauben, sondern um zu lernen.
– Dalai Lama

Ein Regen von Tränen ist notwendig für die Ernte des Lernens. – Aus China

Die Unwissenheit ist eine Nacht ohne Mond und Sterne!
– Aus Korea

FREUNDE

Ein Freund ist einer, der alles von dir weiß und der dich trotzdem liebt. – Elbert Hubbard

Ein Sieger hat viele Freunde, der Besiegte hat gute Freunde. – Mongolisches Sprichwort

Es fällt schwer, einen Freund in einem Jahr zu gewinnen; es ist leicht, ihn in einer Stunde zu verlieren. – Aus China

Laute Freunde sind oft leise Feinde. – Konfuzius

Geh zu deines reichen Freundes Haus, wenn du gerufen bist! Zu des armen Freundes Haus geh ungerufen! – Aus Indien

Wer Glück hat, trifft einen Freund; wer Unglück hat, eine schöne Frau. – Chinesisches Sprichwort

Keine Straße ist lang mit einem Freund an deiner Seite. – Japanisches Sprichwort

HILFE ANNEHMEN

Gegenseitige Hilfe macht selbst arme Leute reich. – Aus China

WEISHEIT

Erst wenn man imstande ist, sämtliche Vorurteile zu vergessen, wird man Fortschritte auf dem rechten Weg machen. – Aus China

Das deutlichste Anzeichen der Weisheit ist eine immer gleichbleibende Heiterkeit. – Michel de Montaigne

Wer die Mitte findet, sieht das Ganze. – Aus China

Denk an deine eigenen Fehler im ersten Teil der Nacht, wenn du wach daliegst; denk an die Fehler eines anderen im zweiten Teil der Nacht, wenn du schläfst.
– Fernöstliche Weisheit

EIN ZIEL HABEN

Wo ein Weg, da ein Wille. Wo ein Ziel, da ein Gehen. Ungezieltes Arbeiten macht müde und matt.
– Chinesisches Sprichwort

Wer das Ziel kennt, kann entscheiden. Wer entscheidet, findet Ruhe. Wer Ruhe findet, ist sicher. Wer sicher ist, kann überlegen. Wer überlegt, kann verbessern.
– Konfuzius

TRÄUMEN

Wer wagt, durch das Reich der Träume zu schreiten, gelangt zur Wahrheit. – E. T. A. Hoffmann

Schenke deinen Träumen stets ein offenes Ohr. Sie sind die Tür ewiger Weisheit. – Indische Weisheit

WACHSAMKEIT

Es gibt nur eine Zeit, in der es wesentlich ist, aufzuwachen. Diese Zeit ist jetzt. – Buddha

DEN KAMPF GEWINNEN

Es ist besser, daran zu denken, wie man nicht verliert, als daran, wie man gewinnt. – Aus Japan

Das waren zu viele Zitate, gell? Habe heute den ganzen Tag recherchiert und geschrieben. Jetzt gucke ich erst mal »Dschungelprüfung« und geh ins Bett. Sag mir, wenn es in eine falsche Richtung geht.

Liebe Grüße
Gaby

@ @ @

Hallo Gaby,

meine Herren, das ist ja eine Suppe fürs Guinness-Buch der Rekorde! Aber im Ernst: So viele kluge Zitate auf einem Haufen erschlagen einen natürlich. Aber die Sammlung hat mich auf eine Idee gebracht. Ich habe sie beim zweiten Mal unter dem Aspekt gelesen, welche Sentenz mich zu einer kleinen Geschichte inspiriert, wie Du sie z. B. Lilith vorlesen könntest. Und da bin ich an der hängen geblieben: HOFFNUNG (Die Hoffnung niemals aufgeben. Ein Priester erzählte einmal, dass er sich fragte, warum er dasselbe regnerische Wetter im Frühling besser erträgt als im Herbst. Es sind doch die gleichen Temperaturen. Dann wurde ihm klar, es ist die Hoffnung, dass es bald besser wird. Der Sommer naht.)

Es goss wie aus Eimern. Der Mann stand vor dem Tor und weinte. Er dachte: Scheiß Regen, aber es ist ja sowieso alles Scheiße. Zwei Jahre später stand er wieder vor dem Tor. Es goss wie aus Eimern. Der Mann sah in den Himmel, und seine Tränen vermischten sich mit den Regentropfen. Und er dachte: Gott sei Dank, dann denken die Leute wenigstens nicht: »Wieso heult der Mann?« Bevor er sich auf den Weg zur Bushaltestelle machte, warf er einen letzten Blick auf das Messingschild neben dem Tor. Darauf stand: Justizvollzugsanstalt Moabit.

Ist jetzt kein großer Wurf, inspiriert Dich aber vielleicht, und vor allem: Beim Überlegen, wie man das eine oder andere Wort mit

Inhalt füllen kann, stellt man fest, manche Phrasen sind auch ganz schön hohl, und das ist doch auch ein Gewinn. Ich bin ab morgen eine Woche unterwegs auf Lesereise, dann werde ich sicher nicht immer dazu kommen, zu antworten, aber Du hast ja jetzt gut zu tun!

Liebe Grüße
Jürgen

@ @ @

Hi Jürgen,

ja, ich habe gut zu tun. ☺ Die Idee mit den Kurzgeschichten ist gut. Danke! Das ist eine sehr anrührende Geschichte. Schön dieser Austausch mit Dir. Ich freue mich immer sehr über Deine Mails und finde es schade, dass ich momentan nicht in einem schnelleren Tempo arbeiten kann. Aber Micha ist wieder seit zwei Wochen in den USA, und ich habe allein die Kids zu versorgen, die Buchhaltung und ganz dringend die private Steuer zu erledigen. Aber ich gebe mir Mühe, immer mal zwischendurch Zeit zum Schreiben zu finden. Denn das macht richtig Spaß!!! Im Gegensatz zur Buchhaltung oder Steuer. Die ist wirklich öde, aber treibt einen in den Ruin, wenn man sie nicht macht.

Ich sage Dir hiermit noch mal DANKE, DANKE, DANKE! Es macht wirklich so viel Spaß! Und in meinem Kopf schwirren so viele Ideen, die es noch zu ordnen gilt. Hab eine tolle und erfolgreiche Lesereise und einen schönen Sonntag!

Die liebsten Grüße
Gaby

@ @ @

Hi Gaby,

das klingt nach wenig Muße, was Du im Moment alles an der Backe hast, und unser Projekt soll Dir ausschließlich Freude machen, natürlich auch die grauen Zellen befeuern. Deshalb jetzt nur eine kleine Entspannungsübung für zwischendurch, die ich mal bei Harald Schmidt gesehen habe vor Jahren, hat irgendein Bundeswehrtyp gemacht, und ich mache sie oft und gern.

1. Arme anwinkeln, Schultern hochziehen, bis sich Wülste bilden, Kopf nach hinten und gegen die Wülste drücken, bis der Kopf zittert, Spannung lange halten, dabei atmen, dann Schultern runter und Kopf auf die Brust, rechtes Ohr an rechte Schuler und umgekehrt, die Entspannung fühlen.

Und während ich diese Übung machte, hatte ich wieder eine kleine Idee zu einer Deiner Sentenzen:

Ein Mann hatte viele Jahre Medizin studiert, weil sein Vater schon Arzt war und dessen Vater … man kennt diese Schicksale. Nun war er endlich Kardiologe und wollte eine eigene Praxis eröffnen. Aber wo? Und wie sollte er auf sich aufmerksam machen, ohne dass es so wirkte, als wolle er den Leuten nur an die Brieftasche, die sie über dem Herzen trugen? Er fand eine schöne Praxis, direkt über einem gut gehenden Friseurladen mit dem blöden Namen »Hairgott«. »Nein«, dachte er, »das ist aber eine komische Nachbarschaft, das will ich nicht!« Da fiel ihm seine alte Freundin Gaby ein, eine weise Frau mit der größten Zitatensammlung der westlichen Welt. Sie würde sicher Rat wissen. Er lud sie zu ihrem Lieblingsitaliener ein und bemühte sich, besonders reizend zu sein. Kurz nach dem Tiramisu und bevor sie noch zu einem falschen Eindruck bezüglich seiner Absichten kommen konnte, brachte er die Rede auf seine Probleme, Werbung für seine kardiologische Praxis, der Friseur darunter, und wie aus der Pistole geschossen sagte die weise Frau: »Da fällt mir eine asiatische Weisheit ein, die wie für dich gemacht ist, die schreibst du auf das Praxisschild an deiner Tür, wo jeder Friseurkunde es liest.« Der Arzt tat, wie ihm geheißen, wurde reich und entrichtete pünktlich an jedem Monatsersten die 10 % für die weise Frau. Die Weisheit lautet: Der Mensch bringt sein Haar täglich in Ordnung – warum nicht auch sein Herz?

Liebe Grüße und lass alles schön ruhig angehen!
Jürgen

@ @ @

Lieber Jürgen,

Die Geschichte ist schön, mehr davon bitte! Hier noch was, was ich immer schon mal schicken wollte. So einen ähnlichen Film hattest Du mir zu Beginn des Jahres geschickt. Dieser ist auch sehr schön. Und Du hattest recht. Ich bin keine Eso-Maus. Na ja, vielleicht eine klitzekleine.

Viel Spaß beim Schauen!

http://www.youtube.com/watch?v=xHkq1edcbk4&feature=share

Liebe Grüße
Gaby

@ @ @

Huhu Jürgen,

als ich mich gerade wieder an die Steuer setzen wollte, dachte ich, wie ich mit vielen Krebskranken darüber sprach, wie man sein Leben organisierter und einfacher gestalten kann. Denn die meisten haben den Hang, wie ich, es zu verkomplizieren. Ich habe Dir dazu einen Film aufgenommen. ☺

Obwohl, eigentlich sieht unser Esstisch da noch ordentlich aus. Gleich geht es erst zur Sache, wenn ich anfange zu sortieren. Da wird dann auch der Fußboden vollgepflastert.

Liebe Grüße
Gaby

@ @ @

Hi Gaby,

ich finde Deinen Tisch sehr ordentlich, mein Esstisch sieht viel schlimmer aus, weil ich in meinem Arbeitszimmer gar nicht arbeiten kann, das ist nur noch Materialdeponie. Und auf was reimt sich das? Mentalmagie! Auch hier vielleicht mal ein ganz einfacher Einstieg, mit dem ich Jauch aber schon verblüfft habe: Du suchst Dir aus einem Kartenspiel die vier Siebenen raus und sieben beliebige Karten. Diese beiden Kartenstapel legst Du mit dem Rücken nach oben vor Dich. Auf einen Zettel hast Du vorher geschrieben: Du wirst das Siebener-Häufchen wählen! Nun sagst Du zu Deinem Opfer (ich nenne sie immer Kunden): »Tipp auf einen der beiden Stapel.« Tippt er auf den Haufen mit den sieben verschiedenen Karten, zählst Du ihm (immer noch mit dem Rücken nach oben) die sieben Karten vor und demonstrierst dann, dass der andere Stapel nur vier Karten enthält. Wählt er die vier Siebenen, drehst Du sie mit dem Bild nach oben und sagst, hier sind die Siebenen, der andere Stapel enthält nur andere Karten, und das demonstrierst Du. Egal, was er wählt, die Vorhersage stimmt immer. Viel Spaß! Und auf die Frage, die immer kommt: Was ist, wenn ich den anderen Stapel genommen hätte, sagst Du: »Konntest du nicht, ich habe es dir suggeriert, aber keine Angst, ich mache nicht von all meinen mentalen Möglichkeiten Gebrauch!«

Ich habe mir aus Deinen Sinnsprüchen mal die rausgesucht, die mir am besten gefallen haben, zum Beispiel dieser von Michel de Montaigne: »Das deutlichste Anzeichen der Weisheit ist eine immer gleichbleibende Heiterkeit.« Dazu ist mir gerade zwar keine Geschichte eingefallen, aber es ist eine wunderbare Erwiderung auf Sätze wie: »Was grinst du denn so blöd?« Oder: »Kannst du nicht einmal ernst sein?« Schon die Vorstellung dieses Dialoges mit einem richtigen Kotzbrocken taucht den ganzen Tag in ein rosiges Licht, oder?

Viel Spaß und liebe Grüße
Jürgen

@ @ @

Hi,

sehr gut! Ich hatte noch keine Gelegenheit, den Spruch auszutesten, aber ich warte darauf. Hoffentlich fällt er mir dann auch ein!

Ich wollte Dir noch weiter vorführen, wie chaotisch wir sind und unsere Küche nach dem Kochen aussieht, und dann war ich zu blöd zum Filmen. Kamerafrau hätte ich nicht werden dürfen. Wir machen uns nämlich unter anderem das Leben schwer, weil wir ständig neue Gläser nehmen und gerne erst mal alles stehen lassen, bis man keinen Platz mehr hat usw.

Ich habe Dir das kurze Video trotzdem mal geschickt, weil wir uns ja nicht persönlich sehen können, und so weißt Du, wie ich gerade ausschaue. Dich sehe ich ja ständig im Fernsehen. ☺

Bennet ist im Hintergrund halb nackt zu sehen, da er gerade ins Bett wollte und immer nur in Unterhose schläft. Für solche Details wird mich mein Sohn später hassen. ☺

Ich wünsche eine gute, geruhsame Nacht!
Gaby

@ @ @

Hallo Jürgen,

so, die Steuer habe ich geschafft und wieder einiges Steuertechnisches dazugelernt, wie z. B., dass man als Künstler sogar die Wäsche, die man auf der Bühne trägt, erstens absetzen kann und zweitens sogar die Reinigung dieser Wäsche. Du kannst sogar Deine Waschmaschine absetzen sowie das Waschpulver und den Strom und Wasserverbrauch, den Du zum Waschen Deiner Dienstkleidung verbrauchst. Woher ich das weiß? Aus dem Buch »KONZ – Das Arbeitsbuch zur Steuererklärung«. Neu war mir auch, dass man für ehrenamtliche Tätigkeiten bis zu 500 Euro erstattet bekommt. Sowie Beerdigungskosten und die Fahrten zu einem kranken Elternteil.

So, jetzt aber zum Buch. Ich versuche jetzt auch Deiner Anregung, zu den Schlagwörtern Geschichten zu schreiben, nachzugehen und würde gerne von Dir wissen, ob es in die richtige Richtung geht, bevor ich weiterschreibe. Die Geschichte mit Claudia ist wahr, und ich habe sie niemandem außer meiner Mutter und Micha erzählt. Da ich die Sorge hatte, dass mich die anderen für bescheuert halten. Neugierig gemacht? Na, dann los!

Geschichten zum Gesundwerden

LIEBE

Wie jeden Tag lag sie in ihrem Krankenbett und wusste nicht, ob sie noch den nächsten Tag erleben würde. Sie hatte viel gearbeitet in ihrem Leben. Fünf Kinder großgezogen, die jetzt alle in anderen Städten arbeiten. Mit ihrem Mann zusammen hatte sie ein Blumengeschäft und eine Gärtnerei geführt. Sie liebte Blumen. Doch Zeit für sich hatte sie so gut wie nie gehabt. Sie hatte immer nur funktioniert und es als Aufgabe gesehen, andere glücklich zu machen. »Habe ich nicht etwas verpasst?«, fragte sie sich in Gedanken. »Hätte ich nicht mehr für mich leben sollen?« Sie schaute aus dem Fenster, und es regnete in Strömen. In ihr kamen Erinnerungen auf, wie sie mit ihren Kindern gespielt hatte, als sie noch klein waren, oder wie ihr Mann vor einem großen Meer aus Teelichtern, die er auf den Hof gestellt hatte, und einem großen Strauß selbst gezüchteter Rosen im Arm mit feuchten Augen vor ihr stand und ängstlich flüsterte: »Willst du mich heiraten?«

Nun würde wohl bald alles vorbei sein. »Das ging mir aber jetzt doch zu schnell«, dachte sie traurig. Da ging die Tür ihres Krankenzimmers auf, und ihr Mann trat herein. Mit einem Strauß ihrer Lieblingsrosen in der Hand beugte er sich zu ihr und flüsterte: »Ich liebe dich so sehr, werde bald wieder gesund, mein Schatz. Ich würde dich immer wieder heiraten.« Und dann zeigte er ihr auf seinem Smartphone Nachrichten ihrer Kinder und Enkelkinder, die ihr alle gute Besserung wünschten und versprachen, sie bald besuchen zu kommen. Und ihr Sohn meinte: »Mach dir keine Sorgen, Mama, du hast in deinem Leben so viel Liebe gegeben. Du bekommst sie jetzt von uns allen zurück!« Da durchströmte sie das Gefühl von Glück, und sie fühlte sich geborgen. Eine Sicherheit, die man nur empfinden kann, wenn man geliebt wird. Liebe ist wie ein Deich, den keine Sturmflut brechen kann.

> Geliebt zu werden macht uns stark. Zu lieben macht uns mutig. – Laotse

Mein Fazit: Es gibt sicherlich nichts Schöneres im Leben, als von jemanden geliebt zu werden. Vor allem, wenn es einem schlecht geht.

GLAUBEN

Glauben. Wie vielen Menschen fällt es heute schwer, zu glauben. Sobald sie keiner Kirche mehr angehören oder nur noch halbherzig in einer sind, hört für sie der Glaube oftmals auf. Dabei ist der Glaube nicht nur beschränkt auf Gott, Jesus, Mutter Maria, ein Himmelreich oder eine kirchliche Institution. Nein, es ist ein Urvertrauen. Der Glaube an das Gute. Das der guten Gefühle und der positiven Energie. Und die kann jeder fühlen! Sie existieren und tun uns gut.

Es spricht einiges dafür, dass das Leben nach dem Tod weitergeht. Wie zum Beispiel durch wissenschaftliche Bücher, die Menschen mit Nahtodeserfahrungen unabhängig voneinander befragten. Und die Befragten haben alle dasselbe berichtet (wie z. B. in dem Buch »Das Leben nach dem Tod von Moody«). Ich glaube fest daran, dass der Tod nur ein Übergang in eine höhere Ebene ist und wir uns gerade in einer Art Vorschule befinden.

Glaube kann in uns so viel bewegen, er erweckt in uns so viel Energie und Zuversicht und lässt uns ruhig werden. Ich bin froh, dass ich fast mit Sicherheit sagen kann, da gibt es etwas nach dem Tod.

Es war ein Erlebnis, das ich vor fünfzehn Jahren hatte. Davor muss ich vielleicht noch erzählen, dass ich damals eine gute Freundin namens Claudia hatte. Ich hatte sie kennengelernt, als ich als Kindermädchen für sie gearbeitet habe. Sie arbeitete als Opernregisseurin und hatte manchmal an anderen Theatern zu tun. Wenn ich Ferien hatte, begleitete ich sie und passte auf ihre kleine süße Tochter Nina auf. Nun war Nina schon fünf Jahre alt, und ich arbeitete nicht mehr für Claudia, aber wir hatten noch regelmäßigen Kontakt. Ich verehrte sie sehr. Sie war so eine kluge, liebe Frau mit einer unglaublichen Ausstrahlung. Sie war schon länger an Brustkrebs erkrankt, doch ich wusste nicht, wie schlecht es ihr ging. Eines Morgens lag ich in meiner Kölner Studentenbude, wie das als Studentin so vorkommt, noch um zehn Uhr im Bett und wachte gerade auf, als es mich überkam. Ich sagte: »Claudia!« und lief zum Telefon und rief bei ihr zu Hause an. Dort nahm ihr Mann ab und teilte mir mit, dass sie an diesem Morgen friedlich eingeschlafen ist, und er gab mir die kleine Nina. Ich weiß nicht, ob ich meine Aufgabe, Nina zu trösten und ihr Mut zu machen, gut erledigt habe. Es ging alles so schnell, und ich fühlte mich sehr als Versagerin. Aber von da an wusste ich: Es gibt da etwas.

Eine andere Freundin von ihr berichtete von genau derselben Form der Kontaktaufnahme. Also glauben, keine Angst haben. Sich geborgen und behütet fühlen. Das ist wichtig!

Und da fällt mir noch ein Traum ein, den ich ein paar Tage nach Claudias Tod hatte:

Claudia und ich sitzen uns gegenüber an einer Schulbank und schweben im Weltall. Und ich stelle ihr alle möglichen

Fragen über den Sinn des Lebens und den Tod. Ich kann mich nur noch an eine Antwort erinnern, in der sie mir erklärt, dass jeder nach dem Tod erst einmal mit dem begrüßt wird, an das er glaubt. Um ihm die Angst zu nehmen und ihn zu beruhigen. Aber das war halt nur ein Traum.

> Und noch mal, ihr könnt die Punkte nicht beim Blick nach vorne verbinden, sondern erst, wenn ihr zurückschaut. Also müsst ihr darauf vertrauen, dass die Punkte sich irgendwie in eurer Zukunft miteinander verbinden werden. Ihr müsst auf etwas vertrauen – eure Intuition, euer Schicksal, das Leben, Karma, was auch immer. Diese Einstellung hat mich niemals im Stich gelassen und hat immer den Unterschied in meinem Leben gemacht. – Steve Jobs

HOFFNUNG

Ein Priester erzählte einmal, dass er sich fragte, warum er dasselbe regnerische Wetter im Frühling besser erträgt als im Herbst. Es sind doch die gleichen Temperaturen. Dann wurde ihm klar, es ist die Hoffnung, dass es bald besser wird. Denn der Sommer naht.

> Wenn die Hoffnung aufwacht, legt sich die Verzweiflung schlafen. – Asiatische Weisheit

Mein Motto: Egal, was passiert. Gib die Hoffnung niemals auf. Es wird alles gut werden.

TROST

Es gibt Dinge im Leben, da muss man einfach durch. Auch wenn sie manchmal ganz furchtbar sind. Für mich war ein gewisser schwarzer Humor gleichsam hilfreich, mit etwas Schlimmem fertig zu werden, wie tröstende liebe Worte. Denn sie sind wie Balsam für die Seele.

Es kommt immer ganz anders! Das ist ein wahres
Wort und im Grunde zugleich der beste Trost.
– Wilhelm Raabe

Da fällt mir ein Lied ein, das mir meine Oma immer vorgesungen hat:

Heile, heile, Gänschen, wird alles wieder gut,
die Maus, die hat ein Schwänzchen,
wird alles wieder gut.
Heile, heile, Mausespeck,
in hundert Jahr ist alles weg.

Ja, in hundert Jahren ist spätestens alles vorbei, aber wenn man Glück hat, auch schon in fünfzig.

Hier der Text eines meiner Lieblingslieder:

Otto Reutter
Das Meistercouplet von 1919
In fünfzig Jahren ist alles vorbei

Denk' stets, wenn etwas dir nicht gefällt:
»Es währt nichts ewig auf dieser Welt.«
Der kleinste Ärger, die größte Qual
Sind nicht von Dauer, sie enden mal.
Drum sei dein Trost, was immer es sei:
»In fünfzig Jahren ist alles vorbei.«
Und ist alles teuer, dann murre nicht,
Und holt man die Steuer, dann knurre nicht.
Und nimmt man dir alles, dann klage nicht,
Und kriegst du den Dalles, verzage nicht. —
Nur der, der nichts hat, ist glücklich und frei,
Und in fünfzig Jahren ist alles vorbei.
Und ist auch ein andrer klüger als du,
Dann sei nicht dämlich — und lach' dazu.
Was nützt sein Wissen — stirbt der vorher,

Bist du am nächsten Tag klüger als der.
Wer da weiß, daß er nichts weiß, weiß vielerlei —
Und in fünfzig Jahren ist alles vorbei.
Und geht zu 'nem andern dein Mägdelein,
Dann schick' ihr noch 's Reisegeld hinterdrein.
Und bist du traurig, denk' in der Pein:
»Wie traurig wird bald der andere sein.«
Dem macht sie's wie dir — die bleibt nicht treu,
Und in fünfzig Jahren ist alles vorbei.
Und siehst du 'ne Zeitung, dann schau nicht hin,
Es steht ja doch bloß was Schlechtes drin.
Und schafft dir die Politik Verdruß:
Es kommt ja doch alles, wie's kommen muß.
Heut' haben wir die, morgen jene Partei,
Und in fünfzig Jahren ist alles vorbei.
Und stehst du nervös am Telephon
Und du stehst und verstehst da nicht einen Ton,
Oder bist beim Zahnarzt — wenn er dich greift
Und dich mit dem Zahn durch die Zimmer schleift,
Und er zieht und er zieht und bricht alles entzwei —
In fünfzig Jahren ist alles vorbei.
Und platzt dir ein Knopf — am Hemd zumeist —
Und hast du ein Schuhband, das stets zerreißt —
Und hast 'ne Zigarre du, die nicht zieht,
Und hast du ein Streichholz, das gar nicht glüht:
Nimm' noch 'ne Schachtel, nimm' zwei oder drei,
In fünfzig Jahren ist alles vorbei.
Und fälscht man dir Schokolade und Tee,
Und verspricht man dir echten Bohnen=Kaffee,
Und du merkst, daß der Kaffee — wie schauderbar! —
Eine bohnenlose Gemeinheit war,
Dann schließ' die Augen und sauf' den Brei —
In fünfzig Jahren ist alles vorbei.
Und sitzt in der Bahn du ganz eingezwängt,
Und dir wird noch 'ne Frau auf den Schoß gedrängt,
Und die hat noch 'ne Schachtel auf ihrem Schoß,

Und du wirst die beiden Schachteln nicht los,
Und die Füße werden dir schwer wie Blei:
In fünfzig Jahren ist alles vorbei.
Und führst 'nen Prozeß du — ertrag' die Qual.
Und hörst du 'ne Oper — sie endet mal.
Und hast du Magenweh und mußt 'raus,
Und da ist schon jemand, dann harre aus.
Wie lang es auch dauert, der Platz wird frei —
In fünfzig Jahren ist alles vorbei.
Und bist du ein Eh'mann und kommst nach Haus,
Halb drei in der Nacht — und sie schimpft dich aus,
Dann schmeiß dich ins Bette und sag': »Verzeih',
Wär' ich zu Hause geblieben, wär's auch halb drei.«
Und kehr' ihr den Rücken und denk': »Nu schrei!
In fünfzig Jahren ist alles vorbei.«
Und stehst du hier oben als Humorist,
Obwohl du bei den Zeilen traurig bist,
Und du merkst, dein Vortrag gefällt nicht recht,
Und du selber findest die Verse schlecht,
Sing' immer weiter die Litanei:
In fünfzig Jahren ist alles vorbei.
Und fürchte dich nie, ist der Tod auch nah,
Je mehr du ihn fürcht'st, um so eh'r ist er da.
Vorm Tode sich fürchten, hat keinen Zweck,
Man erlebt ihn ja nicht, wenn er kommt, ist man weg.
Und schließlich kommen wir all an die Reih' —
Und in fünfzig Jahren ist alles vorbei
Drum: Hast du noch Wein, dann trink' ihn aus,
Und hast du ein Mädel, dann bring's nach Haus,
Und freu' dich hier unten beim Erdenlicht.
Wie's unten ist, weißt du — wie oben nicht.
Nur einmal blüht im Jahre der Mai,
Und in fünfzig Jahren ist alles vorbei —
Du Rindvieh, dann ist es vorbei!

So, lieber Jürgen. Das war's erst einmal. Geht das für Dich in die richtige Richtung? Soll ich noch weiter zu den Schlagwörtern an ausgedachten oder eigenen Geschichten arbeiten? Wenn ja, dann vielleicht weniger Ernst und mit mehr Humor? Oder ist der Mix aus Weinen und Lachen so gut? Dann würde ich so weiterschreiben. Freue mich über Deine Kritik und arbeite gleich an den anderen Punkten.

Liebe Grüße
Gaby

@ @ @

Hi Gaby,

habe mir eben nach meiner Rückkehr aus dem kalten Sachsen ins noch kältere Berlin zum ersten Mal Deinen Entsäuerungstee gemacht, schmeckt gut, und die ganze Küche duftet nach der Tüte, habe allerdings noch nicht abgenommen. Wann tritt die Wirkung ein? Du kannst mir gerne eine Liste mit basischen Lebensmitteln schicken, aber ich fürchte, das sind alles die Sachen, die ich nicht mag. Habe seit der Darmgeschichte übrigens immer noch einen Ekel vor gebratenem oder gekochtem Fisch, Sushi geht, Nordseekrabben auch, ulkig, nicht?

Habe in Leipzig am Bahnhof ein vielversprechendes Buch gekauft: James Nestor »Opium bringt Opi um«, 175 Ideen für einen Vollrausch ohne Drogen. Gleich in der Einleitung geht es los: Er findet im Haus seines verstorbenen Onkels handschriftliche Aufzeichnungen für eine Atemübung. Beine kreuzen, Rücken durchdrücken, zehn langsame, sehr tiefe Atemzüge, fünfzehn schnelle und wieder von vorn. Noch einmal. »Ich schloss die Augen. Mir war schwindlig, ich fühlte mich ein bisschen benommen, aber ich machte weiter. Kurz danach war mir, als hätte ich den Raum verlassen und sei anderswohin gegangen, an einen Ort mit anderen Farben, anderen Klängen, anderen Empfindungen.« Ich hab's noch nicht probiert, werde aber. Und nun ein schönes Restwochenende, bei Euch ist es ja auch sicher noch mal einen Tick schattiger, oder?

Hier kommt noch ein Mentaltrick (übrigens von Hugo Egon erzählt bekommen). Du schickst deine älteste Tochter aus dem Zimmer und sagst, Micha soll sich irgendetwas im Zimmer Sichtbares aussuchen und Dir nennen, eine Stehlampe z. B. Dann fragst Du ihn, die wie vielte Antwort Liliths die richtige sein soll. Zweite, dritte oder vierte? Dann holst Du sie rein. Wohlgemerkt, sie weiß nichts. Nehmen wir an, Micha hat gesagt, die vierte Antwort soll Ja lauten. Dann fragst Du: Ist es die Tür? Sie sagt Nein. Ist es der Kerzenleuchter? Nein. Ist es die Laptoptasche auf dem Tisch? Nein. Ist es die Stehlampe? Sie wird Ja sagen. Und wieso? Weil Ihr verabredet habt, dass das vorletzte Item, nach dem Du fragst, also das vor der richtigen Antwort, schwarz ist. In diesem Fall die Laptoptasche. Wenn Du also nach einem schwarzen Gegenstand fragst, weiß sie, dass sie bei der nächsten Frage Ja sagen kann. Davor macht man natürlich Brimborium, dass Micha sich ganz doll auf den Gegenstand konzentrieren soll, damit sie seine Gedanken scannen kann. Geil, was? Hast Du schon den Siebener-Haufen-Trick gemacht?

Liebe Grüße
Jürgen

@ @ @

Hallo Jürgen,

heute erinnerte ich mich an einen Mann, von dem mir mein Bruder einmal erzählt hatte. Sein Name ist Nick Vujicic, und er kam ohne Arme und Beine zur Welt. Dieser Mann ist einfach unglaublich. Er leitet Seminare, liebt das Leben, wie man es nur lieben kann, schwimmt, fährt Skateboard, macht Witze ... Also, ich kenne keinen positiveren Menschen auf dieser Welt. Es gibt einige Videos über ihn auf YouTube. Zwei davon kannst Du hier sehen:

http://www.youtube.com/watch?v=k89u1ATig6w&
feature=related

http://www.youtube.com/watch?v=78Rv0__WcvA

Dieser Mensch hat einen starken Glauben, der ihn so wunderbar sein lässt, wie er ist. Wenn ich ihn sehe, gibt mir das viel Kraft und das Gefühl, dass es doch gar nichts ist, was ich habe. Und da erinnere ich mich an eine Mail, die Du mir geschrieben hattest mit dem Phänomen, dass man immer glaubt, die anderen hat es noch viel schlimmer erwischt als einen selber. Dazu gab es übrigens eine Situation, die ich im Krankenhaus erlebt habe:

Nachts ging ich immer gern durch das komplette Krankenhaus spazieren. Ich liebte diese Ruhe, die weiten leeren Gänge, das abgedunkelte Licht, und ab und zu traf ich mal einen Arzt, eine Schwester oder auch einen Patienten, wie in dieser Nacht. Es war ein Mann, der mir mit seinem Rollstuhl entgegengefahren kam. Er trug eine Augenklappe, da ihm ein Auge fehlte, und ein Bein war bei ihm abgetrennt worden. An dem anderen Bein fehlte ihm ein Fuß, und der Stummel war verbunden. Er kam gerade vom Rauchen und hatte eine Zigarettenschachtel auf seinem Schoß liegen, und als wir uns grüßten, sprach er mich an, und wir kamen ins Gespräch. Er erzählte, dass er sechzig Jahre alt sei und an Diabetes leide. Daher mussten schon Gliedmaßen entfernt werden. Zuletzt sein zweiter Fuß. Er sagte sehr mutig: »Wenn ich Glück habe, habe ich noch drei oder vier Jahre zu leben.« Und ich dachte mir: »Mensch, den armen Mann hat es ja noch viel schlimmer erwischt als mich. Da kann ich aber glücklich und dankbar sein.« Doch dann fragte er mich, was ich hätte. Und als ich ihm erzählte, dass ich an Leukämie leide, sagte er: »Da habe ich ja noch mal Glück gehabt. Unheilbarer Krebs in so jungen Jahren. Das ist natürlich furchtbar. Nein, da hab ich noch Glück.«

Tja, dachte ich dann. Ich habe doch gar nicht erzählt, dass er unheilbar ist. Und ich habe doch gerade dasselbe gedacht. Aber so versucht wohl jeder, das Positive zu sehen.

Und da fällt mir noch eine Geschichte zum positiven Denken ein, die mir auch mein Bruder einmal erzählt hat. Wir kamen darauf, als wir darüber sprachen, dass Eltern nicht an allem schuld sind. Denn es kommt auch auf den Charakter eines Kindes an und wie es mit der jeweiligen Situation umgeht. So las ich einmal einen interessanten Artikel, in dem beschrieben stand, dass es immer mehrere Möglichkeiten gibt, wie Kinder mit Erlebnissen umgehen. Da gibt es zum Beispiel eine Mutter, die ihr Kind jeden Freitag zum Reitunterricht fährt, obwohl das keine Lust hat. Nun kann das Kind später es unmöglich finden, sauer auf seine blöde Mutter sein, die es ja dazu gezwungen hatte, den Mist mitzumachen, obwohl es nicht wollte, oder sich sagen, meine Mutter meinte es ja nur gut, wollte mein Bestes, und die Gute hat sich auch noch extra die Zeit genommen mit mir dorthin zu fahren, bei mir zu sein und Freizeit mit mir zu verbringen.

Ein anderes Beispiel ist, wenn Kinder das Gefühl haben, dass ihre Mutter ein Geschwisterteil bevorzugt oder mehr liebt. Da kann es auch entweder in eine Opferrolle gehen und sauer über diese Ungerechtigkeit sein, seine Mutter und die ganze Welt hassen oder aus dieser negativen Situation lernen und sich besonders für Gerechtigkeit und gegen Vernachlässigung von Kindern oder Angestellten einsetzen.

Doch nun komme ich endlich zu der Geschichte, die mir mein Bruder erzählt hat. Also, pass up, es geht um positives Denken:

Ein Vater hatte zwei Söhne. Davon dachte einer immer positiv und sah in allem nur das Gute und Schöne, und der andere war eher ein Miesepeter, der selten in einer

Situation etwas zum Freuen fand. Nun dachte sich der Vater bei dem Jungen, der immer alles nur positiv sah, den muss ich doch mal auf die Probe stellen, es kann doch nicht sein, dass er immer alles nur von der schönen Seite sieht. Und als Weihnachten sich näherte, sagte sich der Vater: »Das ist die Gelegenheit!« Und so gab er an Heiligabend zuerst seinem zweiten Sohn die Geschenke, der sich kaum freuen konnte. Er packte eine Playstation aus und sagte: »Und wo sind die Spiele? Wie soll ich denn ohne Spiele spielen?« Und dann kam der an die Reihe, der immer alles positiv sah. So, dachte sich der Vater, also jetzt bin ich ja mal gespannt. Denn darüber kann er sich einfach nicht freuen. Und so packte der Sohn sein Geschenk aus. Einen Karton mit: Pferdeäpfeln! Der Junge schaute verblüfft und schrie dann: »Hurra! Ich krieg ein Pferd!«

Ich schick Dir ganz liebe Grüße
Gaby

PS: Ich werde jetzt mal die Patientenfürsprecherin interviewen. Ich hatte mich nach dem Symposium noch zweimal mit ihr getroffen, um mich mit ihr für ein Spielzimmer/Familienzimmer einzusetzen. Wo Mütter, die sich längere Zeit im Krankenhaus befinden, mit ihren Kindern zum Spielen zurückziehen können. Sie ist sehr nett und erfahren und sagte, dass es immer besser ist, wenn Anregungen für Verbesserungen von Betroffenen selber kommen und nicht von ihr. Dann wird es ernster genommen. ☺

@ @ @

Hi Gaby,

bin wieder zurück und habe mir gerade die zwei Filme über Nick Vujicic angesehen. Toll! Einfach nur großartig und herzerwärmend. Der Junge hat so einen phantastischen Humor, wie ihn Leute mit Handicaps aber sehr oft zu entwickeln scheinen. Stevie Wonder sagte, als ich ihn in Köln bei einem Konzert sah: »Turn out the lights please!« Und dann ging das Licht aus, und er sagte: »Thank you.« Oder Wolfgang Sauer, einer der großen Jazz- und Schlagersänger der fünziger Jahre, der später auch als Moderator für den Deutschlandfunk arbeitete und einige Interviews mit mir gemacht hat. Er war auch blind und brachte dann Schoten wie: »Hast du gestern das Tina-Turner-Konzert gesehen?« Ich: »Ja.« Er: »Tolle Beine, gell?« Oder wir kamen an einem Büro vorbei, das gerade der Redakteur verließ, und der sagte, er hole sich einen Kaffee, wir sollten schon mal Platz nehmen. Und Wolfgang sagte: »Hängt hier ein Bild?« Ich sagte: »Ja.« Er: »Häng das mal schief, und sag mir genau, wo es ist.«

Der Redakteur kam wieder, setzte sich hinter seinen Schreibtisch, das Bild hing hinter ihm, und wir begannen, die Sendung zu besprechen. Irgendwann sagte Wolfgang: »Hör mal, häng das Bild hinter dir mal gerade, das macht mich ganz nervös!« Aber diese Geschichte, die Nick erzählt, wie er sich auf dem Autositz einmal um sich selbst dreht, toppt ja alles. Wenn man so einen Menschen sieht, bleibt einem jede Kritik am Glauben im Halse stecken, andererseits kann man es sich nicht aussuchen: Wenn der Glaube dir abhandenkommt, ist er weg. Manchmal bedauere ich es, weil ich schöne Erinnerungen an die Zeit habe, wo ich ein frommes Kind war, das Gefühl, wenn man aus dem Beichtstuhl kam, »So, jetzt noch fünf Vaterunser beten und die Sünden sind von der Festplatte gelöscht«, war schon toll. Aber irgendwann wurden die Zweifel an dem Denkkonstrukt zu stark, und jetzt muss es so gehen. Man kann durchaus leben mit der Denkmöglichkeit, dass unsere Existenz absurd und nach dem Tode auch beendet ist. Allerdings sollte man es sich und seinem Lieben in dieser begrenzten Zeit im irdischen Jammertal so nett wie möglich machen. So, über diesen tiefschürfenden Monolog habe ich Hunger bekommen, d.h., ich muss jetzt einkaufen gehen und dann kochen. Hatte ich schon erzählt, dass Dein Tee toll schmeckt? Das muss aber auch reichen, diese basische Ernährungsliste verstehe ich nicht, aber Fisch fällt ja im Moment eh flach, und es gibt viel Gemüse! Morgen geht es weiter!

Liebe Grüße
Jürgen

@ @ @

Hi Jürgen,

basisch ist jedes Gemüse und Obst, soweit ich es in Erinnerung habe.

Stark säurehaltig sind Kaffee, schwarzer Tee, Alkohol und Fleisch sowie Fisch. Also momentan ist es dann sogar gut, wenn Du keine Lust auf Seafood hast. Komischerweise hatte ich so etwas Ähnliches ein halbes Jahr vor meiner Erkrankung. Ich hatte Panik vor allem Chemischem. Ich bin sogar immer fünf Kilometer zu einer Tankstelle mit Tankservice gefahren, da ich Angst hatte, mit Diesel in Berührung zu kommen. Ich nahm aber auch alle Gerüche extrem wahr. Vielleicht bist Du ja durch Seafood krank geworden, und Dein Körper warnt dich jetzt davor.

Micha und die Kinder dachten damals, ich drehe jetzt total ab. Weil ich Angst vor Reinigungsmitteln usw. hatte. Aber wenn ich mir überlege, dass mein Blut bei der Einlieferung schon aus 80% Blasten bestand, da denke ich mir, wollte mein Körper mir wohl immer sagen: Vorsicht, hier stimmt was nicht. Pass auf, dass das Fass nicht zum Überlaufen kommt. Jetzt kann ich aber wieder Geschirrspültabs anfassen, tanken usw. Obwohl, beim Tanken habe ich immer noch ein bisschen Angst.

Aber wieso bin ich jetzt vom Thema abgekommen? ☺ Also, ich habe vor drei Jahren mal stolze 96 Kilo auf die Waage gebracht. Und als ich zum Arzt ging und sagte: »Ich fühl mich so schlecht!«, legte er mir ein PH–Indikatorstäbchen auf die Zunge und sagte: »Ha, da haben wir's. Sie sind total übersäuert!« Dann gab er mir das angehängte Blatt mit und erklärte mir, dass ich alles stark Säurehaltige meiden sollte sowie nur drei Mahlzeiten mit einem Säure-Basen-Anteil von 80:20 oder 70:30 zu mir nehmen sollte.

Hochgradig motiviert aß ich nach der Liste 100 % basisch und trank zwei Liter täglich von dem Entsäuerungstee und nahm innerhalb von zwei Wochen zehn Kilo ab. Doch als ich nach den vierzehn Tagen unterwegs war, wurde mir etwas schwindelig, und nach ein paar guten, stark säurehaltigen Chicken McNuggets ging es mir wieder gut. Da merkte ich, dass ich das jetzt mit der vorgeschlagenen Mischung von meinem Arzt durchziehen muss. Denn der Körper braucht ja beides.

Und dann bekam ich noch von meinem Bruder »Wurzelkraft« empfohlen. Wofür das noch mal genau da ist und wie es angewendet wird, kannst Du in der E-Mail unten lesen, die ich an Beate geschrieben hatte.

So, ich wünsch Dir viel Spass beim basischen Ernähren. Übrigens ist Dinkelbrot/-brötchen das einzige basische Getreideprodukt. Süßrahmbutter ist auch basisch. Ich aß/esse zum Frühstück z. B. gerne Dinkelbrötchen mit Süßrahmbutter und Bananenscheiben. Dinkelflocken sind auch basisch sowie unbehandelte Milch. Pommes nicht, auch wenn sie aus Kartoffeln bestehen, da sie zu stark erhitzt wurden.

Also, guten Start!

Liebe Grüße
Gaby

---Ursprüngliche Nachricht---
Von: Gaby Sonnenberg
An: Beate
Betreff: Liste Basen- und Säurewirkung von Lebensmitteln

Liebe Beate,

anbei die Basen-Säureliste. Ich hoffe, die Qualität ist in Ordnung, da ich hier keinen Scanner habe, habe ich sie an Michael gefaxt.

Alkohol ist leider unbasisch. Aber 20–30 % Säure ist ja okay am Tag. Zitrone ist komischerweise nicht sauer, also basisch. Wenn der Körper also nicht zu stark übersäuert ist und erst mal entsäuern muss, ist der Sommerdrink in Maßen sicherlich okay.

Noch ein Tipp: Man kann zur Neutralisierung, wenn man mal Kaffee oder Alkoholhaltiges wie Wein getrunken hat, »Wurzelkraft« von Jentschura zu sich nehmen. Wenn man weiß, man geht auf eine Party und trinkt mal mehr, sollte man schon vorher drei Teelöffel »Wurzelkraft« zu sich nehmen, und alles ist wohl in Ordnung. Hat man eine Tasse Kaffee getrunken, sollte man gleich danach einen Löffel »Wurzelkraft« nehmen.

Ich nehme momentan dreimal täglich zwei Teelöffel »Wurzelkraft«, da ich noch ziemlich sauer bin ☺ – und nachher reicht zur Unterstützung dreimal ein Teelöffel.

Die Haare werden dazu wieder voller, und man sieht auch noch besser aus. Einige können es allerdings nicht zu sich nehmen, weil es ein etwas grobkörniges, nicht gerade super schmeckendes Pulver ist, das man in den Mund nimmt, um es dann mit Wasser runterzuspülen.

Man kann mit dieser »Wurzelkraft« auch eine einwöchige Kraftkur machen. Eine Woche lang nur Gemüse und dreimal täglich zwei Teelöffel »Wurzelkraft«. Das entgiftet und lässt die Pfunde purzeln.

So, es gäb noch viel zu erzählen, aber will es ja nicht übertreiben ... ☺

Ganz liebe Grüße
Gaby

LISTE BASISCHE UND SAURE LEBENSMITTEL

Basische Lebensmittel

- Gemüsefrüchte (Tomate, Gurke, Kürbis usw.)
- Gemüsesuppen
- Sprossen
- Zwiebel
- Knoblauch
- Kartoffeln
- Milch
- Blattgemüse (auch Salate, Spinat)
- Wurzelgemüse (Karotten)
- Sojabohnen
- Obst
- Wildkräuter: Löwenzahn, Brennnessel u. a.
- Gewürzkräuter: Kresse, Petersilie, Schnittlauch, Majoran, Thymian, Rosmarin, Salbei, Oregano u. a.
- Eigelb
- Mineralwasser ohne Kohlensäure

Säurespendende Nahrungsmittel

- Fleisch (auch Brühe)
- Geflügel
- Wild
- Wurst
- Spargel

- Rosenkohl
- unreif geerntetes Obst
- Erdnüsse
- Essig
- Senf
- Fisch
- Käse
- Quark
- Ei (Eiweiß ist säureüberschüssig, Eigelb allein ist basisch)
- Hülsenfrüchte wie Bohnen, Erbsen, Linsen, Erdnüsse usw. (Ausnahme: Sojabohnen)
- stark kohlensäurehaltige Getränke
- Sekt
- verschiedene Industriegetränke
- Vollwertgetreide (am wenigsten Hafer, Dinkel, Hirse)

Säureerzeuger

- Weißmehlprodukte
- Teigwaren
- Nudeln
- Makkaroni
- Zwieback
- Kuchen
- Fabrikzucker
- Süßigkeiten
- Konfekt
- Schokolade
- Speiseeis
- geschälte und polierte Getreide
- polierter Reis
- weiße bis graue Brote
- gehärtete, raffinierte Fette und Öle
- gehärtete Margarinen
- Bohnenkaffee

- Limonadengetränke
- Alkohol

@ @ @

Hi Jürgen,

so, fange mal an, ausführlichere Feedbacks zu geben. Hier zu der Antwort, Nick der Mann ohne Arm und Beine. Das sind schöne Beispiele!!! Prima! Mich würden noch mehr Beispiele aus Deinem Berufsleben interessieren. Ich bewundere ja immer, wie ihr Promis mit Stresssituationen umgeht. Welche Gelassenheit ihr entwickelt habt, wie über euch geredet oder geschrieben wird oder wie ihr mit Lampenfieber und Leistungsdruck umgeht. Ihr wirkt einfach immer so cool und locker. Das ist sicherlich etwas, was dem Normalbürger wie mir sehr helfen würde, wenn Du da von Dir oder Kollegen aus dem Nähkästchen plaudern könntest. Ist das angeboren, oder welche Lebenseinstellung habt ihr euch angeeignet, oder habt ihr Seminare besucht?

Denn so eine Einstellung wie viele Prominente zu bekommen, würde erstens helfen, mit Ängsten besser umzugehen (und wenn es nur der Chefarztbesuch, Angst vor einem operativen Eingriff, Angst vor einem Rückfall, Angst vor den Mitpatienten im Zimmer, Schwiegermutterbesuch usw. ist), und zudem sollen 90% aller Krankheiten ja psychisch bedingt sein.

Hast Du Entspannungstechniken, bestimmte Rituale, stellst Du dir das Publikum nackt oder als Kohlköpfe vor? Ja, das wäre doch vielleicht auch ein Tipp, sich den operierenden Arzt als Kohlkopf vorzustellen, das nimmt bestimmt auch die Angst. Ich könnte dann noch was über Stresshormone und wie schädlich sie sind, schreiben. Also, es gibt natürlich gute und schlechte. Positiver und negativer Stress.

Ihr Stars habt doch auch meistens Tricks, wie man sich schnellstmöglich wieder auf die Beine bringt und fit für die Bühne macht, wenn einen ein Infekt erwischt hat. Auch sehr interessant! Ich hätte dazu auch ein paar Tipps auf Lager. Mal zu schreiben, dass Du zum Beispiel mit einer Grippe wie jetzt auftreten musstest und wie schlecht es Dir dabei ging, Du aber mit Deiner enormen Willenskraft und sicherlich auch einer großen Gewissenhaftigkeit es zu Ende gebracht hast. Ich hatte gleich großes Mitleid mit Dir, mit gleichzeitiger Bewunderung vermischt. Was muss eigentlich bei Dir passieren, dass Du einen Termin auch mal absagst oder Du sagst: »Tut mir leid, ich kann nicht mehr«?

Liebe Grüße
Gaby

@ @ @

Hi Gaby,

das sind interessante Fragen, nur weiß ich nicht, ob Kranke ohne diesen Dachschaden, den wir Unterhaltungskünstler alle haben, von uns etwas lernen können. Zunächst einmal: Unterhaltungsdienstleiter, egal, ob Schauspieler, Komiker, Musiker, sind Zirkuspferde und haben den Grundsatz einprogrammiert: The show must go on. Beim Zirkus ist es noch brutaler: Da gilt, wenn der Trapezartist sich zu Tode gestürzt hat (was das Publikum ja nicht erfährt), der Grundsatz: »Send in the clowns«, schick die Komiker rein, um die Leute abzulenken. Also da ist dann das Fernsehen nicht mehr ganz so brutal, wenn man an den Sendungsabbruch bei »Wetten dass« denkt. Grundsätzlich gilt aber für jeden Einzelnen: Du gehst auf die Bühne, solange Du noch einen Ton rauskriegst. Ich hatte in meinem Leben nur drei Situationen, wo ich nicht aufgetreten bin: Einmal hatte ich mir in der Nacht vor »Geld oder Liebe« mit einem hervorstehenden Plastikdorn einer Augentropfenampulle ins Auge gestochen. Der Arzt sagte: »Ich kann es bis zu einem gewissen Grad betäuben, aber Sie werden sehr starke Schmerzen kriegen, wenn Sie die Sendung machen.« Ich hätte sie gemacht, aber der Unterhaltungschef hat es dann verboten. Das zweite war eine Kehlkopfentzündung, die mich über Nacht anflog, nach einer Talkshow. Ich reiste am nächsten Tag nach Bochum, um im ausverkauften Theater aufzutreten. Morgens kam schon kein Ton mehr. Ich dachte, das gibt sich, habe mich in der Apotheke mit Lutschtabletten und Gurgelzeugs eingedeckt, es wurde aber überhaupt nicht besser. Wir sind dann in die Klinik gefahren und der HNO-Arzt stellte die Diagnose und sagte gleich: Mindestens drei Wochen Pause. Das bedeutete: Zwölf Auftritte mussten verschoben werden, was immer sehr problematisch und teuer ist. Ich fragte, ob er mich wenigstens für diesen Abend hinkriegen würde, er meinte, dass habe er bei einem Sängerkollegen schon mal geschafft, allerdings habe er am Morgen schon angefangen. Uns blieben zwei Stunden, mit Infusion, Inhalation und was weiß ich noch. Es hat nichts gebracht, ich konnte nur krächzen, es kam kein einziger Gesangston, ich habe dann dem Publikum immerhin noch selber sagen können, dass die Show leider verschoben werden muss. Und das dritte Mal war ganz skurril. Ich sollte Gast bei »Mann an Bord« sein, einer Kabarettsendung, die auf einem Schiff, das auf dem Rhein ankerte, stattfand. Man hatte mir mehrfach versichert, dass man nichts vom Wasser merken würde. Ich bin nämlich extrem seekrank, das dauert keine Minute, und mir wird schlecht. Dummerweise führte der Rhein Hochwasser, das Schiff hatte den Liegeplatz wechseln müssen und es schwankte erheblich. Da musste ich mich dann auch leider entschuldigen, denn Comedy und Brechreiz sind keine gute Mischung. Ansonsten: Egal, welche Wehwehchen, verrenkter Rücken, verstauchter Fuß, Wasser im Knie, eingerissener Meniskus, Grippe, Fieber, das merkt man alles nicht durch das Adrenalin, das von dem Moment an fließt, wo man vor das Publikum tritt. Und den Effekt kann man nun leider allein im Krankenbett nicht simulieren. Ich habe allerdings noch einen anderen Reflex: Ich versuche, im Krankenhaus oder beim Arzt immer jeden Scherz zu machen, der sich anbietet. Man könnte auch sagen: Ich nehme jede verfügbare Person als Publikum her. Mir hilft es gegen das Unwohlsein, und das Personal freut sich auch, denn ein komischer Patient ist immer eine Entlastung gegenüber den schwierigen, die sich in ihrem Leid suhlen. Und da gibt es kleine Spielchen, die man machen kann, wie den Dreimünztrick, auf den ich gestern zufällig wieder stieß. Du legst drei Münzen auf den Tisch nimmst die drei einzeln mit der Rechten auf und zählst: eins, zwei, drei, legst sie einzeln wieder auf den Tisch und zählst: vier, fünf, sechs. Jetzt nimmst Du zwei wieder auf und zählst laut: sieben, acht. Und die beiden legst Du einzeln wieder auf den Tisch, wobei Du zählst: neun, zehn. Dann nimmst Du die drei Münzen sofort auf, gibst sie Deinem Opfer in die Hand und sagst: »Mach das mal nach!« In den meisten Fällen wird er oder sie nun aus der Hand zu zählen beginnen, und dann klappt es natürlich nicht. Eigentlich ist das ein Kneipenspiel und ich hatte schon was getrunken, als ich es gelernt habe, deshalb habe ich recht lange gebraucht, bis ich das Prinzip endlich kapiert hatte.

Einen Cocktail in den Rücken gespritzt oder wie jetzt letztens bei der Kreislaufgeschichte eine Infusion, wie sie Spitzensportler kriegen, nimmt man natürlich auch dankend an. Die Infusion war allerdings wohl für einen Sechstagerennfahrer gedacht, denn ich konnte zwei Nächte danach nicht schlafen. So und nun mache ich erst mal Sport!

Liebe Grüße
Jürgen

@ @ @

Guten Morgen Jürgen,

ich bin gerade dabei, ein Interview mit der Patientenfürsprecherin Susanne Hillmann zu organisieren. Meine Frage wäre, ob ich vielleicht auch Prof. Halle zum Thema »Sport und Krebs« interviewen soll? Er hat diese Initiative ins Leben gerufen und stellt sie in Symposien Teilnehmern aus ganz Europa vor. Es geht dabei um gezielte Prävention und bessere Verträglichkeit während einer Chemobehandlung.

Und wie wäre es, mit Prof. M. über neue Heilformen von Krebs zu sprechen. Ich sprach einmal mit ihm über die neue Möglichkeit, die ich in einer amerikanischen Reportage gesehen hatte, in den Körper eine Chimäre zu geben, dies ist eine veränderte Zelle, die mit anderen Zellen gekreuzt wird und die Fähigkeit besitzt, Krebszellen zu erkennen, an diese anzudocken und sie »aufzufressen«. Zwei Personen in den USA wurden so von einer chronischen lymphatischen Leukämie geheilt. Er war bei diesem Thema ganz in seinem Element und erzählte, dass sie auch solche Versuche im Klinikum durchführen. Allerdings noch nicht an Menschen. In den USA wurde es auch nur bisher an den zwei Menschen getestet, da sie ansonsten gestorben wären.

Liebe Grüße
Gaby

@ @ @

Hi Jürgen,

weitere mögliche Interviews könnte man auch mit einem Psychologen führen, der speziell für Trauerarbeit und/oder Psychoonkologie ausgebildet ist, sowie mit einer Krankenschwester, die die Sterbebegleitung ausführen muss. Ich hatte mich mal mit einer Schwester darüber unterhalten, wie die Sterbebegleitung abläuft. Sie erzählte mir, dass bei ihnen ein Sterbelicht, eine Lampe ins Zimmer gestellt wird, wenn man weiß, dass der Patient nicht mehr zu retten ist. Auf diese kann er dann beruhigend blicken und hat ein angenehmeres Licht im Zimmer. Die Nahrung wird eingestellt, und er bekommt nur noch Morphium. Die Angehörigen können Tag und Nacht bei ihm sein. Es gibt Patienten, die können erst loslassen, wenn die Angehörigen gegangen sind. Andere erst, wenn ihre Lieben bei ihnen sind.

Oft ist es ein Problem, dass die Angehörigen sie nicht gehen lassen wollen und sie bitten zu kämpfen und sie nicht zu verlassen. Dadurch verlängert sich der Sterbeprozess nur unnötig. Wenn derjenige gegangen ist, öffnet die Schwester das Zimmer, damit die Seele den Raum verlassen kann. Daraufhin bekam sie allerdings ein Schreiben von der Klinikleitung, dass sie so einen »esoterischen Scheiß« zu unterlassen hat. Es würde nur unnötig Kälte in den Raum kommen.

Nachdem wir das Gespräch geführt hatten, kam sie am nächsten Tag und meinte, dass sie immer alle Gespräche, die sie mit den Patienten geführt hat, aufschreiben muss und sie somit auch kurz aufgeschrieben hat, dass wir über Sterbebegleitung gesprochen haben. Sie sagte, dass es das erste Mal war, dass sie mit einem Patienten so ein Gespräch geführt hat. Auf jeden Fall hat sie dafür Ärger bekommen. Die Leitung teilte ihr mit, dass man doch mit einem Patienten nicht über so ein Thema sprechen dürfte, da es mir Angst machen würde. Das habe ich nicht verstanden. Mich hatte das sehr interessiert und beruhigt.

Micha schickte mir gerade den beigefügten Artikel, wo die fünf größten Bedauerungen von Sterbenden ausgesprochen wurden. Siehe E-Mail unten.

Ich sitze gerade wieder an der Buchhaltung und bin so müde. Deswegen hat mir Micha auch den Artikel geschickt, denn eine Bedauerung ist auch: Ich wünschte, ich hätte in meinem Leben nicht so hart gearbeitet. ☺

Liebe Grüße und lieben Dank für alles
Gaby

@ @ @

Hallo Gaby,

Jetzt werde ich mich mal von hinten nach vorn arbeiten, also mit der letzten Mail beginnen. Ich habe die Bedauerungen (schönes Wort) aus der Mail von Micha mal runtergeladen und werde sie jetzt mal kommentieren.

Also,

> 1. Ich wünschte, ich hätte den Mut gehabt, mein Leben so zu leben, wie es mir entspricht, und nicht so, wie es andere von mir erwarten.

Die Vorstellung ist schrecklich, mit diesem Gedanken zu gehen, denn damit erklärt man sein Leben für wertlos. Also ein Arzt, der nur Arzt geworden ist, weil Vater und Opa das schon waren, und er selbst wäre viel lieber Tänzer geworden oder Möbeltischler. Wobei ich denke, viele Leute haben gar keine klaren Vorstellungen, wie sie ihr Leben gestalten sollen, woher auch? Was weiß man schon vom Leben, wenn man aus der Schule kommt? Mein Vater wollte Konditor werden, er war das jüngste von acht Kindern, also wurde schon mal nicht erwartet, dass er den elterlichen Bauernhof übernimmt, aber Geld für die Berufskleidung für die Lehre war auch nicht da, also hat er sich als Vertreter durchgeschlagen und wurde irgendwann mal Barmixer. Da war er auch sehr gut, hat Preise gewonnen und wohl auch mit den Stripteasetänzerinnen und Bardamen ein gutes Verhältnis gehabt, sage ich mal vorsichtig, nur war irgendwann die Leber hinüber, und dann hat er die letzten fünfzehn Jahre ohne einen Tropfen Alkohol absolviert, und das war wohl die Hölle: Das dumme Gesabbel der immer betrunkener werdenden Gäste. Also wollte er unbedingt verhindern, dass ich in einem Nachtberuf lande. Deswegen durfte ich nicht Geige lernen, sondern nur Blockflöte. Gott sei Dank hat das schon mal nicht geklappt. Also in die Gefahr komme ich wohl nicht, mit diesen Worten abzutreten. Witzige Vorstellung: Der Papst sagt so was auf dem Sterbebett.

> 2. Ich wünschte, ich hätte nicht so hart gearbeitet.

Werde ich auch nicht sagen, im Moment wünsche ich mir nur mehr Zeit, um etwas mehr von dem zu schaffen, was ich vorhabe.

> 3. Ich wünschte, ich hätte den Mut gehabt, meine Gefühle auszudrücken.

Da gibt es eigentlich nur zwei Szenarien: Das eine ist: Man möchte ein Mädchen, das man nett findet, ansprechen, traut sich aber nicht. Also trinkt man Alkohol. Jetzt traut man sich. Kann aber nicht mehr sprechen. O. k.: Das ist ein Gag aus meinem Programm, enthält aber viel Wahrheit. Ich bin eigentlich sehr schüchtern und habe mich oft nicht getraut, ein Mädchen anzugraben, das ich toll fand. Angst vor Zurückweisung ist eine schlimme Sache bei Menschen wie mir, die ein übersteigertes Harmoniebedürfnis haben. Aber als es darauf ankam, hat es ja funktioniert, also kann ich mich nicht beklagen. Die zweite Möglichkeit: Man lebt in einer unglücklichen Beziehung und traut sich nicht, sie zu beenden, und dann zieht man es durch bis zum letzten Stündlein. Das ist natürlich für den Partner dann auch hart. Da kann man dem Partner nur wünschen, er kommt bei der Analyse des letzten Satzes des Scheidenden dann nicht zu demselben Schluss wie ich.

4. Ich wünschte, ich hätte den Kontakt zu meinen Freunden gehalten.

Das ist merkwürdig. Jeder macht im Laufe seines Lebens die Erfahrung, dass die Gefühle für Freunde sich verändern, stärker werden, dann, wenn aus einem Mitarbeiter im Laufe der Zeit ein Freund wird, dessen Gesellschaft man nicht mehr missen möchte, oder schwächer, weil man in grundsätzlichen Fragen unterschiedlicher Meinung ist oder durch eine ungute Erfahrung die Lust an der Beziehung verliert, das Gefühl hat, ausgenutzt zu werden, oder Ähnliches. Und dann gibt es Menschen, die man einfach mag, die man nicht oft sieht, aber wenn, geht die Sonne auf, man freut sich, fühlt sich einfach nur wohl während der gemeinsamen Zeit und freut sich auf das nächste Mal. Und bei jedem Wiedersehen ist es, als wäre keine Zeit dazwischen vergangen, der erste Satz könnte im Grund lauten: »… was wollte ich sagen?« Man hat sich drei Monate nicht gesehen, ist gerade in der Stadt, da ruft der Freund an und sagt: »Bei uns gibt's heut Ente, kommst du?« Und man schmeißt alle Pläne um. So ein Freund ist mir vor einem Jahr gestorben. Aber so eine Beziehung kann eigentlich nicht abreißen, deswegen habe ich keine Angst vor diesem Satz.

5. Ich wünschte, ich hätte mich selbst glücklicher sein lassen.

Da muss man natürlich den Glücksbegriff klären. Das deutsche Wort »Glück« muss für eine ganze Menge Bedeutungen herhalten, einmal das Glück im Sinne von »Schwein haben«, also den Lottogewinn oder ein Studienplatz, Job, Wohnung, so was halt, dann dieses schwer zu beschreibende Wohlgefühl, das einen manchmal anspringt, ohne dass man weiß, warum. Du sitzt da, liest ein Buch, von dem Du hoffst, es möge nicht enden, hörst dazu eine Musik, die genau passt, vielleicht rundet ein schönes Glas Wein die Sache noch ab, und dann spürst Du dieses Wohlgefühl, das Herz kriegt quasi Gänsehaut. So was spürt man auch, wenn man eine Arbeit zu einem glückhaften

Ende gebracht hat, nach der Liebe, wenn man toll gekocht hat und nach dem Sport. Letzteres ist eigentlich die einzige Möglichkeit, dieses Gefühl ohne fremde Hilfe, wann immer man will, zu erzeugen. Dazu gehört natürlich auch eine positive Grundstimmung. Man sollte versuchen, ein »Das Glas ist halb voll, wie schön«-Typ zu sein und den »Das Glas ist halb leer, Scheiße«-Typ in sich zu killen. Die dritte Bedeutung von Glück ist die Bezeichnung von Lebensumständen, die nach objektiven Kriterien angenehm sind, also keine finanziellen Sorgen, Gesundheit, eine schöne Partnerschaft, aber man weiß natürlich, dass Menschen, die in diesen »glückhaften« Umständen leben, nicht öfter von der Herzgänsehaut überrascht werden als solche, die in richtig schlimmen Verhältnissen leben. Denn der Mensch hat die Fähigkeit, sich auch unter sehr widrigen Umständen kleine Glücksinseln zu schaffen. Man lese dazu »Ein Tag im Leben des Iwan Denissowitsch« von Solschenizyn. Gut, wenn man depressiv wird, ist das natürlich Pech, aber dann muss man sich keine Vorwürfe machen.

Jetzt würde ich aber doch gerne mit einem Scherz schließen, muss nämlich jetzt dringend anfangen, mein Programm wieder zu lernen, Dienstag geht die vierwöchige Konzertreihe in Berlin los, dann muss ich noch ein bisschen fit in Sachen Karl May werden, bin zu diesem Thema ins »Nachtstudio« im ZDF eingeladen, und Eckart von Hirschhausen will mit mir einen Witzabend für ein Hörbuch machen, wie er es mit Karasek gemacht hat, sehr schön übrigens!

Also: Groucho Marx auf die Frage, was er, wenn er sein Leben noch mal leben könnte, anders machen würde: »Mehr Stellungen ausprobieren!«

Morgen geht's weiter.

Liebe Grüße
Jürgen

@ @ @

Hallo Jürgen!

Bennet hat von Freitag auf Samstag seinen Geburtstag nachgefeiert mit Übernachtungsgästen, Kart fahren, Burger und den Muppet-Film, und ich war danach einfach platt und lag einfach heute im Bett und habe mal nichts getan.

Jetzt fahr ich mit Julia ins Krankenhaus, die ist die Treppe runtergefallen und hat sich den Fuß verknackst. Und da habe ich eine schöne Lektüre, nämlich Deine Mail zu lesen, während ich warte. Am Mittwoch interviewe ich die Patientenfürsprecherin. Freu mich schon drauf. So, jetzt kommt Julia aus dem Röntgenraum.

Happy Grüße
Gaby

@ @ @

Hi Gaby,

Alle Deine Interviewideen sind prima, mach das unbedingt, und die Art, wie Du eigene Erlebnisse darstellst, wird immer besser. Die Story mit der Krankenschwester, die das Fenster aufmacht, um die Seele freizulassen. Dazu kann man stehen, wie man will, aber der Brief der Krankenhausleitung bringt natürlich eine ganz andere Fallhöhe in die Sache. Ich glaube, das treffendste Wort für Deinen Stil, so wie er sich jetzt entwickelt, ist »lakonisch«, etwas, was ich immer schon mit am meisten an Autoren geschätzt habe. So, und nun zu den Tröstungen. Zu Hoffnung hatte ich kurz was gesagt, kommen wir zum Glauben. Da habe ich alter Komiker doch heute zufällig die richtige Geschichte gefunden!

> Ein Geistlicher bekommt den Auftrag, eine Mission in Afrika zu übernehmen, mitten im Urwald, umgeben von den grässlichsten Gefahren, Giftschlangen, Vogelspinnen, fleischfres-

senden Pflanzen, Raubtieren, und er geht in seine Kirche und betet und sagt: »Herr, muss das wirklich sein?« Und Gott sagt: »Es wird schlimm werden, aber wenn du mir wirklich vertraust, kann dir nichts geschehen!« Der Missionar fügt sich drein und packt seine Sachen. Flugzeug nach Mombasa, weiter mit dem Bus, das letzte Stück zu Fuß durch den Busch, er kommt an einen Fluss, eine Hängebrücke führt darüber, sie ist alt, morsch, er wagt es, ist fast am anderen Ufer, da reißt die Brücke, der Missionar kann sich gerade eben noch mit den Fingernägeln in einen Felsvorsprung krallen, unter ihm versammeln sich schon mal vier Meter lange Alligatoren. Da landet ein Wasserflugzeug auf dem Fluss, der Pilot ruft: »Lassen Sie sich fallen, ich werfe eine Leine und ziehe Sie an Bord!« Der Geistliche ruft zurück: »Sehr freundlich, lassen Sie nur, ich vertraue auf Gott, mir kann nichts passieren.«
Zwei Stunden später, die Finger sind fast gefühllos, die Anzahl der Alligatoren hat sich verdoppelt, kommt ein Schnellboot. Der Kapitän ruft: »Lassen Sie sich fallen, wir werfen Ihnen einen Rettungsring zu und halten die Biester mit unseren Gewehren fern!« »Danke, lieb gemeint, aber ich bin in Gottes Hand, mir kann nichts passieren.« Das Boot fährt weg. Drei Stunden später, das Wasser ist grün vor Krokodilen, der Geistliche auch, vor Angst und Erschöpfung, ein Helikopter schwebt heran: »Wir lassen ein Seil mit einer Schlaufe runter, treten Sie rein, halten Sie sich fest, wir fliegen Sie in Sicherheit.« Der Geistliche ruft mit schwacher Stimme: »Verpiss dich, mir kann nichts passieren, ich vertraue auf Gott.« Zehn Minuten später verlassen ihn die Kräfte, er stürzt in den Fluss, die Krokodile verzehren ihn binnen Sekunden. Er kommt in den Himmel, trifft Gott und beginnt zu schimpfen: »Du hattest doch gesagt: Vertrau auf mich, und nichts wird passieren! Was ist schiefgelaufen?«
Und Gott antwortet: »Mein Sohn, sieh es von meiner Warte: Ich schicke dir ein Wasserflugzeug, ein Boot, einen Hubschrauber, was soll ich noch machen?«

Noch einen?

> Ein Mann hat jede Woche sechs Richtige im Lotto. Ein Freund fragt: »Wie machst du das?« »Ich gehe in die Kirche und tippe die Nummer der Lieder, die gesungen werden, das ist alles.« Nächste Woche hat unser Freund wieder sechs Richtige, der andere nichts. »Hey, ich habe genau das gemacht, was du gesagt hast, was soll die Scheiße?« »In welcher Kirche warst du?« »St.Georg.« »Ja dann, du musst in die Marienkirche gehen, St. Georg ist für Fußballtoto!«

Liebe Grüße
Jürgen

@ @ @

Hi Gaby,

diese Stelle aus Deiner Mail von vor ein paar Tagen lässt mich einfach nicht los:

> Nachts ging ich immer gern durch das komplette Krankenhaus spazieren. Ich liebte diese Ruhe, die weiten leere Gänge, das abgedunkelte Licht, und ab und zu traf ich mal einen Arzt, eine Schwester oder auch einen Patienten, wie in dieser Nacht. Es war ein Mann, der mir mit seinem Rollstuhl entgegengefahren kam. Er trug eine Augenklappe, da ihm ein Auge fehlte, und ein Bein war bei ihm abgetrennt worden. An dem anderen Bein fehlte ihm ein Fuß, und der Stummel war verbunden. Er kam gerade vom Rauchen und hatte eine Zigarettenschachtel auf seinem Schoß liegen, und als wir uns grüßten, sprach er mich an und wir kamen ins Gespräch. Er erzählte, dass er sechzig Jahre alt sei und an Diabetes leidet. Daher mussten schon Gliedmaßen entfernt werden. Zuletzt sein zweiter Fuß. Er sagte sehr mutig: »Wenn ich Glück habe, habe ich noch drei oder vier Jahre zu leben.« Und ich

dachte mir: »Mensch, den armen Mann hat es ja noch viel schlimmer erwischt als mich. Da kann ich aber glücklich und dankbar sein.« Doch dann fragte er mich, was ich hätte. Und als ich ihm erzählte, dass ich an Leukämie leide, sagte er: »Da habe ich ja noch mal Glück gehabt. Unheilbarer Krebs in so jungen Jahren. Das ist natürlich furchtbar. Nein, da hab ich noch Glück.«
Tja, dachte ich dann. Ich habe doch gar nicht erzählt, dass er unheilbar ist. Und ich habe doch gerade dasselbe gedacht. Aber so versucht wohl jeder das Positive zu sehen. ☺

Offenbar stimmt ja dieses Wort, ich weiß nicht, von wem es ist, aber es lautet sinngemäß: Zwei Dinge stimmen einen fröhlich: eigenes Glück und das Unglück anderer. Und damit sind wir bei der Schadenfreude. Jeder kennt sie, jeder empfindet sie sehr stark, freut sich dran, solange er nicht der Betroffene ist, ist aber auch jederzeit bereit, sie für moralisch verwerflich zu erklären. Dabei haben wir eigentlich keinen Einfluss auf diese Empfindung, ebenso wenig wie auf eine Erektion. Nach diesem Prinzip funktionieren nicht umsonst jede Menge Fernsehsendungen, Werbespots, Filme. Wie mein Idol Ulrich Roski schon sang: »Komisch ist es doch, wenn jemand auf die Schnauze fällt.«

Oder wie Preston Sturges sagt, der berühmte Regisseur:

> 1. Ein hübsches Mädchen ist besser als ein hässliches. 2. Ein Bein ist besser als ein Arm. 3. Ein Schlafzimmer ist besser als ein Wohnzimmer. 4. Eine Ankunft ist besser als eine Abfahrt. 5. Eine Geburt ist besser als ein Tod. 6. Eine Verfolgungsjagd ist besser als eine Plauderei. 7. Ein Hund ist besser als eine Landschaft. 8. Ein Kätzchen ist besser als ein Hund. 9. Ein Baby ist besser als ein Kätzchen. 10. Und besser als alles andere ist, wenn jemand auf den Arsch fällt.

Und schließlich Groucho Marx:

> Der Amateur meint, es ist lustig, einem Mann Frauenkleider anzuziehen, Brille und Perücke aufzusetzen, auf alt zu schminken, in einen Rollstuhl zu setzen und einen Abhang runterzuschubsen. Der Profi nimmt eine richtige alte Dame.

Ich kam noch mal auf das Thema, als ich heute Morgen eine wunderbare Geschichte von Harald Martenstein las, unserem besten Kolumnisten, von dem ich Dir alles empfehlen kann, was er herausgebracht hat. In seinem letzten Sammelband »Ansichten eines Hausschweins« erzählt er, wie sie mal einen Bewerber für die Stelle eines Auszubildenden beim »Tagesspiegel« abgelehnt haben, der in Oxford und Harvard studiert hatte, zweifach promoviert war, Praktika bei der »New York Times« und bei »Le Monde« absolviert hatte, fünf Sprachen sprach und erst 27 war. Zitat: »Bei der Lektüre der Bewerbung bin ich mir durchschnittlich, faul, überbezahlt, dumpf und ehrgeizlos vorgekommen. Ich sagte: Falls wir ihn einstellen, wird er in spätestens zehn Jahren Chefredakteur sein. Dumme, dumpfe Leute wie uns wird er dann zweifellos entlassen.« Und den haben sie dann auch nicht mal zu einem Gespräch eingeladen, mit dem Argument, der käme sowieso überall unter. Ein Jahr später hat er sich noch mal beworben.

Keiner kann sich beim Lesen dieser Stelle einer klammheimlichen Freude enthalten. So, wie man sich in der Schule freute, wenn der Klassenstreber verhauen wurde. Und jetzt noch mal zu Deinem letzten Satz: »Und ich hab doch gerade dasselbe gedacht«. Beide habt ihr in dem Moment Kraft oder zumindest Wohlbefinden aus der Vorstellung bezogen, besser dran zu sein als das Gegenüber. Vielleicht fallen Dir da noch mehr Beispiele aus dem Krankenhausalltag ein, ich finde das schon faszinierend.

Ab heute gibt es zu jeder Mail einen Witz aus dem ersten Buch, das ich 1984 herausgebracht habe, den Du bitte auf einer Skala von 1 bis 10 bewertest. Ich würde gerne wissen, welche Jokes nach fast dreißig Jahren noch funktionieren.

Ein Vopo fragt in Ostberlin einen Kirchgänger: »Geben Sie zu, dass Sie gerade in der Kirche waren?« »Ja.« »Haben Sie die Füße von Jesus am Kreuz geküsst?« »Ja.« Würden Sie auch die Füße des Genossen Honecker küssen?« »Klar, wenn er da hängen würde.«

Liebe Grüße
Jürgen

@ @ @

Lieber Jürgen,

ja, wie gern verbessert man seine eigene Situation, indem man das Leid anderer mit einer zugegebenen Freude betrachtet. Ich würde sagen, es ist eine Mischung aus blankem Entsetzen, echtem Mitgefühl und einer Portion Schadenfreude, wie Du schriebst. Nach dem Motto: »O Gott wenn ich mir vorstelle, ich hätte das. Furchtbar!« Aber dem gleichzeitigen Gedanken: »Aber ich hab's ja nicht. Freu!«

Und da erinnere ich mich noch an zwei Situationen. Die erste war, wie ich mit einer Russin, die an Hautkrebs erkrankt war und nicht ein Wort Deutsch sprach, auf dem Zimmer lag. Eine Hälfte ihres Gesichtes war komplett mit einem riesigen Leberfleck bedeckt, der in ihr Auge und sogar in ihren Mund wuchs und blutete. Ständig schaute sie sich in einem kleinen Handspiegel an, tupfte die blutenden Stellen ab und weinte. Die Ärzte sagten, dass sie noch den Befund des Hals-Nasen-Ohren-Arztes abwarten müssten, wie viel sie von dem Tumor entfernen können, und würden dann operieren. Aussicht auf Heilung bestand nicht. Und da lag ich nun neben ihr. Wir sprachen kein Wort miteinander, und ich hörte sie Tag und Nacht schluchzen. Sie tat mir unendlich leid, aber gleichzeitig merkte ich auch, dass es meine Situation verharmloste.

Ich sagte mir, es ist doch viel angenehmer, an Leukämie zu sterben, als an Hautkrebs, und wenn ich hier wieder raus bin, werde ich mich und meine Kinder immer sehr, sehr gut eincremen bevor wir in die Sonne gehen. Und ich fühlte mich plötzlich sogar irgendwie gesund gegen sie und beschloss, sie aufzumuntern. Doch was konnte ich tun?

Sie beachtete mich ja kein bisschen, selbst als ich neu aufs Zimmer gekommen war und sie gegrüßt hatte, hatte sie mich nicht einmal angeblickt, und so ließ ich sie in Ruhe. Doch als ich einmal der hilflosen Schwester, die ihr vergeblich versuchte etwas mitzuteilen, anbot, ich könnte mit meinem Laptop auf Google Translate von Deutsch ins Russische übersetzen und das auch wunderbar geklappt hatte, kam ich auf die Idee, mal ein paar nette Sachen mit dem Computer auf Russisch zu ihr zu sagen, und so gab ich: Gute Besserung! Alles Gute! Schönen guten Morgen! oder Guten Appetit! ein und ließ es den Computer laut auf Russisch sagen. Und da drehte sie sich ganz leicht zu mir, lächelte und sagte: »Danke!«

Und dann bin einmal nach einer Chemopause, die ich zu Hause verbringen durfte, von einem Taxifahrer wieder ins Krankenhaus gebracht worden. Wir kamen nett ins Gespräch, und er fragte mich über unsere Jobs, Autos, Haus und auf welche Schule die Kinder gehen, aus. Doch am Ende der Fahrt fragte er mich, warum ich denn ins Krankenhaus müsste, und ich erzählte ihm von meiner Krankheit und dass mein Knochenmark wieder gen null gefahren werden muss. Da sagte er zu mir, als ich ausstieg: »Danke, dass Sie mir das erzählt haben! Das tut gut, auch mal so etwas zu hören. Sonst denkt man immer, die anderen haben es alle so gut, und man hat es selber zu nichts gebracht. Doch da wird man wieder ganz bescheiden und dankbar. Das tut wirklich gut!«

Tja, und ich verstehe ihn. Es ist zwar gleichsam schrecklich, Menschen mit Luftröhrenschnitt oder bewegungsunfähig auf einem Bett liegen zu sehen. Aber es bringt einem dem Sinn des Lebens wieder näher. Den des Überlebens. Ich bin nun so dankbar für jeden Tag, den ich hier mit meiner Familie noch auf dieser wunderschönen Welt verbringen darf. Dankbar für mein Leben und alles, was ich hier noch erleben darf. Ich mag meinen Körper, in dem ich noch wohnen darf, das Wasser, das ich fühlen, und die Sonnenstrahlen, die ich noch spüren kann. Nun gut, ab jetzt mit Sonnencreme. ☺ Aber es ist einfach schön.

Da für die meisten Menschen das Überleben eine Selbstverständlichkeit geworden ist, müssen sie sich über unnütze Sachen ärgern wie das Auto des Nachbarn, das Wetter, die Kleidung anderer, das schlechte Fernsehprogramm, dass andere mehr Geld haben usw.

Und für diese Erkenntnis, die ich gewonnen habe, bin ich sehr dankbar. Denn wie lächerlich empfand ich auf einmal so viele gern diskutierte »Probleme«. Selbst erschaffene Probleme, die nichts liefern als negative dumme Gedanken und einen davon abhalten, das kostbare Leben in Freude und Ehren zu leben und zu genießen.

Alles Liebe
Gaby

PS: Den Witz fand ich gut. Kriegt fünf von zehn Punkten. Denn ich weiß nicht, was ein Vodo ist. Bin ich jetzt blöd? ☺

@ @ @

Moin Gaby,

nur ganz kurz, weil heute meine Gastspielreihe in Berlin anfängt und ich gleich schon in die Halle muss: Du bist natürlich nicht blöd, nur diese kleine Leseschwäche – es heißt Vopo, nicht Vodo! Und dann diese kleine Lücke im historischen Gedächtnis: Der Vopo war der Volkspolizist, so hieß halt die Polizei in der DDR. So, jetzt will ich aber mindestens sieben Punkte! Morgen dann mehr.

Liebe Grüße
Jürgen

@ @ @

Hallo Gaby,

nu aber, wie der Berliner sagt. Hatte gestern Premiere und da ist vorher immer eine Menge los. Lief alles wunderbar, vorher richtig toll indisch essen, in einem Lokal, wo die einzelnen Gerichte wirklich völlig unterschiedlich schmecken, das ist selten.

Im Moment wühle ich mich in das Thema Karl May rein, aber jetzt habe ich in aller Ruhe Deine Mail gelesen und darf Dir sagen, dass Du mittlerweile wirklich ganz toll schreibst. Diese beiden Geschichten berühren ganz tief. Vielleicht noch ein schönes vorläufiges Schlusswort zu dem Thema von Aldous Huxley, der gegen Ende seines Lebens sinngemäß sagte, da habe er sich nun sein ganzes Leben mit den letzten Dingen beschäftigt und könne zu guter Letzt doch nichts anderes raten als: »Versucht ein wenig netter zueinander zu sein.« Ich hänge noch ein Foto von mir dran, auf dem ich sichtlich leide, aber wetten, dass Du lachen musst? Und damit haben wir auch schon ein neues Thema: Ein zuverlässiger Quell für Wohlbefinden sind Erinnerungen, von denen Jean Paul sagt, sie sind »das einzige Paradies, aus dem wir nicht vertrieben werden können«. Ich habe schon in jungen Jahren oft mit diesem blöden Grinsen, das ein zuverlässiger Indikator dafür ist, dass gerade eine Extraportion Glückshormone ausgeschüttet werden, vor meinem Schuhkarton mit Erinnerungsfotos gesessen.

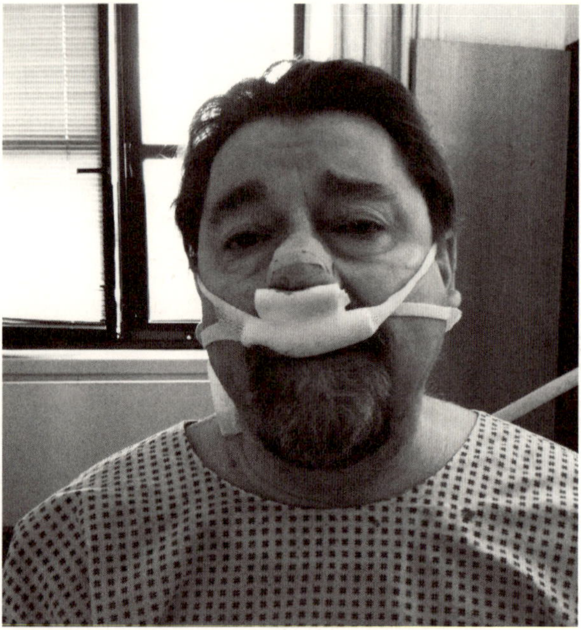

Schnell noch der heutige Witz aus meinem ersten Witzbuch:

> Der Arzt ermahnt die Ehefrau des Patienten:« »Was Ihrem Gatten fehlt, ist Ruhe, nichts als Ruhe!« »Sehen Sie, Herr Doktor, genau das sage ich ihm 1000mal am Tag!«

Und nun, wie sage ich immer: Morgen mehr!

Liebe Grüße
Jürgen

@ @ @

Hi Jürgen,

das Foto! (hab gerade einen Lachkrampf) Ist göttlich! Ich gehe mal davon aus, dass es gestellt ist. Sonst würde ich natürlich nicht so lachen. Herrlich!

Danke für das Kompliment, dass ich nun besser schreibe. Ich hatte mich vorher schwergetan, schlimme, traurige Sachen zu schreiben. Da ich mich nicht in die Opfer-, Selbstmitleidrolle schreiben wollte. Doch dadurch fehlte wahrscheinlich eine wichtige Zutat. Jetzt versuche ich es einfach ohne Beschönigung oder Verharmlosung zu schreiben. Und im Geiste bin ich tatsächlich eine Lakonierin. ☺

Heute habe ich ein Interview mit der Patientenfürsprecherin geführt. Sehr schöne Sachen dabei. Schreib es gleich mal nieder.

Ein Zitat schon mal von ihr, als Vorgeschmack: »Wer gläubig ist, stirbt nicht unbedingt leichter. Das ist keine Garantie. Sondern der, der einen großen Teil seines Lebens so leben konnte, wie er es sich gewünscht hat. Je größer der Mangel, desto schwerer ist es, zu gehen.«

Also, dann leg ich mal los und gebe Dir neun von zehn Punkten für den Witz. Für das Foto würde ich zehn geben. ☺

Ganz liebe Grüße
Gaby

@ @ @

Moin Gaby,

na sag mal, gestellt? Dieses Foto mit so viel abgrundtiefem Leid, entstanden kurz nach dem Wachwerden im Zimmer, nachdem die Ärzte sich vier Stunden um meinen Kreislauf bemüht hatten, der verrückt spielte, nachdem der Narkosearzt mir gesagt hatte, ich soll morgens vor der OP meine Tablette gegen Bluthochdruck nicht nehmen, was wohl ein Fehler war, wie meine Hausärztin mir erklärt hat. Aber was soll man von Ärzten schon erwarten, sind halt nur ehemalige Medizinstudenten. Aber für unser Buch haben wir nun wieder eine Erkenntnis gewonnen: Zeige dem zu Erheiternden ein Foto von dir selbst, auf dem es dir wirklich nicht gut geht, und er lacht sich tot. Und das schlechte Gewissen beruhigt er dann mit der (natürlich vorgetäuschten) Vermutung, es sei gestellt.

Auf das Interview mit der Patientenfürsprecherin freue ich mich! Der kleine Vorgeschmack ist schon mal sehr vielversprechend.

Heute bin ich den ganzen Tag verplant, deshalb jetzt nur noch der heutige Witz:

> Maria und Josef stehen in Bethlehem vor einer Herberge und bitten um Nachtquartier. Wirt: »Seht ihr das Schild nicht? Kein Zimmer frei?« Josef: »Aber meine Frau ist schwanger und kann jeden Moment niederkommen!«
> Wirt: »Was kann ich dafür?« Josef brüllt: »Ja ich vielleicht, oder was?«

Liebe Grüße
Jürgen

@ @ @

Hi Jürgen,

oh, jetzt habe ich aber ein schlechtes Gewissen. Jetzt muss ich natürlich fast weinen, wenn ich das Bild sehe. Mein Mann sagte gleich: »Och, der Arme!« Und ich lachte und sagte: »Das ist nicht echt. Super, gell?« Ich dachte, es wäre für eine Fernsehserie oder so was gestellt gewesen. Vor allem, weil Du so gut darauf aussahst. Die Haare gut gestylt. Und jetzt fühle ich mich natürlich mies. Wenn das echt war. Dann, oje, oje, Du armer, armer Mann! Ich hatte sogar noch die Arbeit der Maskenbildner bewundert, die Blutspritzer auf den Kittel gemalt haben. Aber dann waren die ja auch echt. Also, ein dickes OOOOHHHHHHHHHHH, der arme Jürgen! Mit einem sehr traurigen, mitleidigen Gesicht meinerseits. Und echtem Mitgefühl.

ES GIBT HEUTE ZEHN VON WUNDERBAREN ZEHN PUNKTEN. DANKE FÜR DEN HERRLICHEN WITZ!

So, ich habe das Interview gekürzt und verschönert und hoffe, dass es Dir gefällt. Ich fand das sehr, sehr lieb von Dir, dass Du mir das Interview abnehmen wolltest, damit es mich nicht zu sehr belastet. Da war ich sehr gerührt! Bei mir hat beim Bearbeiten nur das Thema Sterben ein mulmiges Gefühl ausgelöst, sowie z. B. das Beschreiben einer Palliativstation. Micha fand das Thema aber gerade interessant und meinte, dass es schade wäre, wenn ich es rausnehme.

DIE PATIENTENFÜRSPRECHERIN

Eine Patientenfürsprecherin ist dafür da, den Patienten durch die oft komplizierte Welt der Medizin zu führen und während des Klinikaufenthaltes bei Fragen und Problemen für den Patienten und dessen Angehörige da zu sein. Zudem wirkt sie vermittelnd bei Streitigkeiten. Sie ist Ansprechpartnerin für Kritik, Wünsche und Fragen. Dabei ist sie zu absoluter Verschwiegenheit verpflichtet. Auftretende Probleme versucht sie in Zusammenarbeit mit der Verwaltung, den zuständigen Ärzten oder dem Pflegepersonal zu lösen.
Susanne Hillmann ist Patientenfürsprecherin des Klinikums rechts der Isar. Vorher war sie dort 25 Jahre lang evangelische Krankenhausseelsorgerin. Im Buchhandel erschien ihr Buch »Diagnose: Unheilbar: Mit der Wahrheit leben« von Schweda/Hillmann.

Wie kann man jemanden aufbauen oder trösten, der gerade die Nachricht erhalten hat, dass er schwer erkrankt ist?

Ich glaube, da durchlebt der Patient verschiedene Stadien. So eine Diagnose ist ein traumatisches Erlebnis, und das schränkt die Wahrnehmung des Patienten sehr ein. Er kann nicht alles auf einmal verstehen, sondern nur stufenweise. Am Anfang ist es wichtig, dass man da ist und zuhört und den Schmerz anerkennt. Und später, wenn die Behandlung schon angelaufen ist, kann man versuchen, mit demjenigen schon wieder Pläne zu machen. Was geht trotz allem? Das Leben ist ja nicht vorbei! Ja, zusammen mit demjenigen zu überlegen, was geht im Leben trotzdem noch. Das ist eine Form von Trost.

Wie kann man einem ganz Mutlosen Kraft geben?

Indem man die Situation beschreibt und die Situation ernst nimmt. Wenn ich zum Beispiel einen ganz Mutlosen vor mir habe, sage ich dem Gegenüber erst einmal, dass es eine ganz schwere Zeit ist. Und dass man manchmal im Leben in einen Zustand kommt, wo es einfach schwer ist, wieder Mut zu fassen. Dann beschreibe ich den Zustand der Schwermut, der noch keine Depression ist, und betone dabei, dass dieser Zustand völlig normal ist. Ja, es ist normal! Sie haben es doch auch erlebt, oder?

Ja, die ersten zwei Wochen vor allem.

Ja, das zerrt! Was soll man denn da sagen? Das wird schon wieder! Glauben Sie an was? Es ist nicht so schlimm. Nein.

Erinnerung

Dabei erinnerte ich mich an folgende Situation im Krankenhaus, als die Krankenschwester zum ersten Mal meinen Halskatheter säuberte und einen neuen Verband anlegte und ich plötzlich wieder weinen musste. Nicht, weil es so wehtat, sondern weil mir die Situation so fremd war. Und die Schwester ruhig mir über die Wange streichelnd sagte: »O ja. Ist schon gut. Weinen Sie ruhig. Es ist einfach furchtbar! Es ist eine ganz schwere Krankheit, die Sie da haben, und dann noch Ihre drei Kinder und Ihren Mann, bei denen Sie nicht sein können. Ja, es ist alles ganz schlimm!« Und das beruhigte mich. Es war in der Tat der erste Schritt gefolgt. Die Anerkennung meiner fatalen Situation, in der ich mich befand. Jedes Schönreden oder vielleicht sogar eine Bemerkung, dass ich mich nicht so anstellen sollte, wäre jetzt falsch gewesen. Und ich spürte die Professionalität der Schwester und die psychologische Schulung, die dahintersteckte. Dies gab mir ein Gefühl von Sicherheit.

Wie kann man jemanden die Angst vor dem Sterben nehmen?

Es ist meistens so, dass man sehr viel Angst hat. Ich denke aber, wovor der Mensch sich am meisten fürchtet, ist nicht der Tod, den er nicht begreift, sondern der ganze Sterbeprozess und seine Abhängigkeit, die dazugehört. Aber je schwächer die Kräfte werden, desto mehr willigt der Mensch ein. Die Angehörigen nicht. Für sie ist es oft ein großes Problem, loszulassen. Ich habe auch während meiner Arbeit als Krankenhausseelsorgerin nie von Sterbebegleitung geredet, sondern von Lebensbegleitung, da der Mensch bis zum letzten Augenblick lebt und unsere Kreativität und Phantasie bis dahin gefordert sind.

Wie können Sie da die Angehörigen unterstützen?

Indem man ihnen zum Beispiel vorschlägt, dass sie etwas von zu Hause mitbringen sollen, wie die Lieblingsmusik des Betroffenen oder so was. Man kann ihnen auch zeigen, wie man die Hand des Betroffenen hält. Man sollte sie auflegen, nicht festhalten, damit er sie bei

Bedarf wegziehen kann. Und den Angehörigen genauso ernst nehmen wie den Patienten, das ist ganz wichtig.

Was könnte man den Angehörigen mit auf dem Weg geben, dass ihnen das Loslassen leichter fällt?

Da kann man nichts mit auf den Weg geben. Das ist von der Situation abhängig, wie sie auch sonst miteinander gelebt haben. Je mehr Schuldgefühle da sind, desto schwerer ist es für den Angehörigen.

Vermitteln Sie auch an andere Institutionen?

Ich vermittle an den Sozialdienst, Selbsthilfegruppen wie die bayerische Krebsgesellschaft und den Palliativdienst.

Was ist eine Palliativstation?

Auf der Palliativstation geht es erst einmal um die Versorgung der Vitalfunktionen und eine gute Schmerzeinstellung. In der Regel kann man zwölf Tage dort bleiben und geht dann wieder nach Hause. Es ist ja noch kein Hospiz. Zu Hause kann man bei Bedarf von Hospizhelfern betreut werden.

Was war bisher Ihr traurigster Fall?

Das kommt immer darauf an, was für eine Bindung ich zu den Leuten habe. Für mich ist es immer sehr traurig und unverständlich, wenn ich erlebe, wie junge Menschen, die noch kleine Kinder haben und die Strecke ihres Lebens noch nicht gelebt haben, an einer lebensbedrohenden Krankheit erkranken. Obwohl ich gerade empfinde, dass diese Menschen die meiste Kraft haben. Denn je mehr Zukunft wir vor uns haben, desto mehr Kräfte haben wir.

Und Ihr schwerster Fall?

Das kann ich so nicht sagen. Das Letzte, was ich erlebt habe, war ein junger Patient, Jahrgang '78, der eine Tumorerkrankung hatte und eine Lebertransplantation bekam. Was sehr selten bei Tumorpatienten ist. Nach der Transplantation verbrachte er 21 Tage auf der Intensivstation. Nach zwei Monaten bekam er ein Rezidiv und ist verstorben. Er war geschieden und alleinerziehender Vater von zwei Kindern. Das hat uns schon alle sehr mitgenommen. Da ist es auch wichtig, dass wir alle zusammenarbeiten und man jemanden hat, mit dem man reden kann.

Wie schaffen Sie es, das Erlebte zu verarbeiten?

Ich weiß es nicht genau. Man kann halt sagen, dass ich wohl gelernt habe, dass es nicht mein Schicksal ist.

Wie können Sie den Schwestern und Ärzten helfen? Sind es Todesfälle, die Sie beschäftigen?

Es sind nicht nur Todesfälle. Es ist auch die Belastung durch die Institution. Das haben Sie doch auch auf Ihrer Station erlebt, wie schnell die Leute dort behandelt und wieder entlassen werden müssen. Das ist ein Riesending und macht sehr viel Arbeit. Wenn es ums Sterben geht, helfen wir uns gegenseitig. Ich habe zum Beispiel einen guten Blick dafür, wie weit jemand im Sterben liegt, und werde dann gerufen.
Wenn der Sterbende merkt, dass ihn die Kräfte verlassen und es nicht mehr geht, wird er ganz ruhig und willigt ein. Er will dann auch eigentlich gar nichts mehr. Mein Mann ist zu Hause verstorben, wie früher, er hat aufgehört zu essen und zu trinken und ist eingeschlafen.

Was hätten Sie noch für einen Tipp für Laien, wie sie mit einem schwerkranken Menschen umgehen sollten?

Ich habe da nur einen einzigen Tipp. Sie immer zu fragen, was sie brauchen. Denn das ist sehr schwierig herauszukriegen. Also, sag mir, was du brauchst! Denken Sie mal an Ihren Zustand damals, was haben Sie gebraucht? Um zwölf Uhr das und um drei Uhr etwas anderes. Also fragen Sie: »Du, ich weiß es nicht, sag's mir! Was brauchst du! Sag mir: Willst du angerufen werden oder nicht. Sag mir: Wollen wir reden, oder wollen wir schweigen. Sag mir: Wollen wir spazieren gehen, oder was wollen wir. Sag's mir!« Und ich sage noch oft dazu: »Sag's mir für die nächste Stunde, und dann frage ich wieder.«

Hat Ihrer Meinung nach die persönliche Einstellung eines Patienten Einfluss auf seinen Behandlungserfolg? Zum Beispiel wenn er besonders positiv denkt?

Da habe ich ganz unterschiedliche Erfahrungen gemacht. Weil ich finde, dass jeder auf seine Art ums Überleben kämpft. Bei Leuten, die zum Beispiel klagen, dass alles so schrecklich sei und doch alles keinen Sinn macht, denke ich oft, mein Gott, die leben ewig.
Man sollte sich nicht dem Druck aussetzen, immer positiv denken zu müssen. Die Sorge kommt zwischendurch immer mal wieder, so wie die Hoffnung.

Also, sollte man sich nicht für die Sorge schämen?

Ja, sich nicht für die Sorge schämen. Ich sage immer: Es geht hin und her. Und das ist normal. Man ist verzweifelt, hoffnungsvoll, oder manchmal packt einen der Schauder. Dann hat man wieder Mut. Und es ist wichtig, dass man sich für nichts davon schämt.

Denken Sie, dass Humor hilft?

Ganz wichtig! Lachen ist so wichtig. Ich sag's Ihnen. Es ist eine solche Befreiung, mal richtig zu lachen. Selbst wenn jemand, den man gut kennt, ein Rezidiv hat und dann sagt: »Also, wissens', diese verdammten Tumore, am besten, einer hält ihn fest und der andere verprügelt ihn!« Dass man einfach gemeinsam laut lacht. Ich finde, die Klinikclowns sollten nicht nur in den Kinderkliniken auftreten, sondern auch hier. Auch wenn man Fehler macht, sich an den Kopf zu fassen und zu sagen: »Das darf doch nicht wahr sein, ich glaube, du brauchst eine Nachschulung.« Ja, das gemeinsame Lachen mit anderen halte ich für ganz wichtig.

Auch schwarzen Humor?

Ja, schwarzen Humor auch. Ich weiß, dass viele nicht gerne zu den Psychoonkologen gehen, weil sie die Vorstellung haben es wird nur ganz ernst über die Vergangenheit gesprochen. Doch es ist wichtig, sich mit dem Leben im Hier und Heute zu beschäftigen. Was macht das Leben mit uns? Was hält es für uns bereit? Was probieren wir mal aus? Einfach so. Mir hat der Humor immer geholfen. Selbst bei Sterbeprozessen, was haben wir da teilweise gelacht. Und die Menschen, die wissen, dass sie sterben müssen, haben so gerne jemanden, mit dem sie lachen können.

Und zum Abschluss sagte sie mir noch den für mich einleuchtenden Satz:

Wer gläubig ist, stirbt nicht unbedingt leichter. Das ist keine Garantie. Sondern der, der zu einem großen Teil das Leben gelebt hat, das er sich gewünscht hat. Je größer der Mangel, desto schwerer ist es. Und ich sage Ihnen noch eins: Die immer so gesund gelebt haben, immer nur Körner und so etwas gegessen, die werden auch sehr schwer damit fertig.

So, lieber Jürgen, nun wünsch ich Dir eine ruhige Nacht ohne Aufputschinfusionen und schreibe morgen fleißig weiter.

Liebe Grüße
Gaby

@ @ @

Guten Morgen Jürgen,

als ich heute aufwachte, mir meinen Kaffee machte und halb verschlafen in den Schnee schaute, dachte ich daran, was ich Dir noch vor dem Einschlafen geschrieben hatte. An die Mitleid-Schadenfreude-Geschichte. Und bemerkte, dass es da noch eine andere Form gibt, mit seiner Krankheit umzugehen, nämlich die »Ich bin im Mittelpunkt des Leidens und alle anderen hat es natürlich nicht so schlimm erwischt wie mich«-Form. Nennen wir es vielleicht die komplette Unfähigkeit, sich in das andere Gegenüber hineinzuversetzen, und das große Bedürfnis, sich in den Mittelpunkt zu stellen. Das gibt es auch.

Und dazu hätte ich zum Beispiel folgende Geschichte, die ich erlebt habe.

Nun denkt man als Privatpatient mit Einzelzimmer im Vertrag stehend man würde auch ein solches bekommen, wenn man mal ins Krankenhaus müsste. Nein, Pustekuchen. Die meisten Krankenhäuser haben gar nicht die Raummöglichkeiten, dem nachzukommen. Mein Bruder, der Vermögensberater ist, sagt, dass die meisten seiner Kunden keinen Vertrag mehr mit einem Einzelzimmerzuschlag abschließen, da sie oft gehört haben, dass dieser gar nicht erfüllt werden kann. Nun, so auch nicht auf meiner Station. Da gab es nur zwei Einzelzimmer und zwei Zweibettzimmer, der Rest waren Dreibettzimmer. Und so war ich schon glücklich, als ich nach ein paar Tagen zumindest in ein Zweibettzimmer durfte. Doch die Freude hielt nicht lange an. Ich lag mit einer wohl schon fast neunzigjährigen Frau zusammen, die wirklich nett war. Keine Frage. Aber ein Problem hatte sie, sie konnte nicht aufhören zu reden, und keiner war natürlich so krank wie sie.

Man muss sich das so vorstellen: Die Ärzte hatten mir noch eine Woche vorher erklärt, dass sie die Therapie bei mir mit einer sehr starken, siebentägigen Nonstop-

Hochdosischemo durchführen würden. Also, sieben Tage, 24 Stunden lang sind fiese Flüssigkeiten in mich hineinlaufen. Ihrer Meinung nach war ich in einem gesundheitlich guten Zustand, jung und ohne Vorerkrankungen und würde es überstehen. Der Erfolg später sprach auch dafür, und ich bin ihnen für diesen damaligen Hammerschlag, bei dem es mir natürlich sehr schlecht ging, dankbar. Ich glaube nicht, dass wir es sonst geschafft hätten, nach nur einem Chemozyklus die Blasten von 80 % auf 0,0 % zu kriegen. Und hätten sie es nicht geschafft, wäre nur eine Blaste übrig geblieben, na ja, weißt Du ja schon, hätte ich einer Transplantation bedurft. Nun gut, ich beschreibe das nur, damit man vielleicht verstehen kann, wie schlecht es mir ging. Ich konnte keine Nahrung mehr in mir behalten, hatte Sturzblutungen, eine Darmperforation, bei der E-coli ins Blut gelangt waren und es denen dort gut gefiel, da es dort keine Konkurrenten gibt, und eine angehende Lungenentzündung usw. Also eine schlimme Zeit während und nach der Chemo, und während man so mit seinem Leben kämpft und die schlimmste Zeit seines Lebens durchmacht, liegt nun jemand neben einem, der darüber happy ist, seit Jahren wieder sozialen Kontakt zu haben und seine Lebensgeschichte zu erzählen. Und das in hundertfachen Ausführungen und Wiederholungen, denn wir lagen ja fünf Wochen zusammen.

Jetzt wirke ich bestimmt sehr hart und selbst egoistisch. Sicherlich war ich das auch. Aber ich wollte gerne nur Ruhe, und es war einfach so anstrengend, die ganze Zeit zuzuhören. Es war einfach zu viel.

Dabei störte es sie offensichtlich auch nicht, ob ich einen Schüttelfrostanfall bekam oder sie neben mir auf ihrem Toilettenstuhl saß, der zwischen unseren zwei Betten auf Kopfhöhe stand. Lilith hatte mir selbst gemachte Seife geschenkt, die ich dann immer aus meinem Nachttisch holte und daran roch.

Oft lag ich da und schlief bei ihren Geschichten ein. Entschuldigend sagte ich: »Es tut mir leid, wenn ich mal wegnicke. Ich bin so müde.« »Ja, das macht doch nichts!« Und es ging weiter. Ich habe mir dann vorgestellt, dass meine Oma mir eine Gute-Nacht-Geschichte erzählt oder ein Hörspiel an ist. So konnte ich es nervlich besser verkraften. Aber ich hatte Angst, nachts auf die Toilette zu gehen, denn sobald ich das Licht anmachte und zur Toilette ging, ging es weiter. Ich hätte weinen können, wenn ich es nicht auch irgendwie total komisch gefunden hätte. Ich kam mir vor wie in einer Comedy-Serie.

Und am erstauntesten muss ich einmal geguckt haben, als sie mir erklärte, dass ich jetzt hohes Fieber bekommen hätte, da Besuch für mich da war und das Zuhören mich zu sehr angestrengt habe. Vor allem bat sie mich, dass die Kinder, Freunde oder mein Mann nicht mehr kommen sollten, da sie uns anstecken könnten.

Das mit dem Besuch ist tatsächlich ein großes Problem auf einer Krebsstation. Da es viele immunschwache, neutropene Menschen dort gibt. An jeder Zimmertür steht geschrieben, dass man sich vor Eintritt die Hände desinfizieren muss, nichts im Zimmer sowie den Patienten nicht berühren darf. Das war für meine Kinder und mich besonders schlimm. Ich hatte nicht einmal die Möglichkeit seit der Diagnose, sie in den Arm zu nehmen, ihre Hand mal zu halten oder über den Kopf zu streicheln. Ich wurde ja überraschend ins Krankenhaus gerufen, als die Kinder in der Schule und die Kleinste im Kindergarten war.

Nun, nach der ersten harten, sechswöchigen Chemophase durfte ich für ein paar Tage nach Hause. Die Kinder hatten Sommerferien, und mein Mann konnte sie in einem Feriencamp in Tel Aviv unterbringen. Und da kam ihm die Idee, als er sie wieder abholen wollte, dass ich doch einfach mitfliegen sollte. In fünf Tagen müsse ich doch wieder im Krankenhaus sein, und da täte mir ein bisschen Sonne und so doch sicherlich gut, und wir könnten die Kinder überraschen. So fragten wir bei den Ärzten nach, ob der Flug dahin in Ordnung sei, und ich war sicher, dass sie Nein sagen würden. Aber als sie sich kurz besprachen und meinten: »Sie sind ja gerade nicht in der Chemophase. Blutwerte okay. Also, guten Flug!«, flogen wir also ins sonnige Tel Aviv. Micha hatte einen Medical Service am Flughafen bestellt, weil ich noch schwach war, und ich wurde schön durch den Frankfurter Flughafen geschoben. Und dann sagte mir mein Mann noch: Ich habe ein First Class Upgrade bekommen, das bekommst du.

Und es war so schön. Das kann man sich nicht vorstellen. Vor Kurzem dachte ich noch, mein Leben sei vorbei, und es war alles so schrecklich, und jetzt saß ich da mit leckerem Essen und wurde verwöhnt. Wahnsinn! Und als der Steward mich fragte, wer ich denn sei – hier sollte doch eigentlich Michael Schmidt sitzen –, erzählte ich ihm, dass mein Mann mir den Sitzplatz mit den Worten überlassen hatte: »Lass dich mal richtig verwöhnen.« Und da sagte er: »Das habe ich noch nie erlebt, dass ein Mann seiner Frau sein First Class Ticket gibt und sich das entgehen lässt.« Ja, da war ich glücklich. Ich lebte, hatte einen lieben Mann und war unterwegs zu meinen Kindern. Und dann sah ich das Meer, oh, wie hatte ich das vermisst. Eigentlich, dachte ich da, müsste jeder Leukämiepatient von der Lufthansa mal so einen First-Class-Flug spendiert bekommen, das werde ich versuchen für die anderen, die es auch erwischt hat, hinzubekommen, wenn ich wieder gesund bin, und ich schaute in die Wolken.

Im Hotel angekommen, legte ich mich erst mal schlafen, und mein Mann holte die Kinder ab. Als sie wiederkamen, versteckte ich mich im Badezimmer und setzte mich auf die Toilette, und da ging auf einmal die Tür auf, weil Bennet auf Toilette musste. Er schaute seine Mutter, die wie ein Honigkuchenpferd grinsend dasaß, an, als ob er gerade einen Geist sehen würde, und sagte: »Mama!« Da kamen die anderen beiden angerannt, blickten mich an und rannten in meine Arme. Sie streichelten alle begeistert über meine Glatze, und Bennet sagte: »Ich hab doch gesagt: ›Wie Lord Voldemort!‹ Und ich kitzelte ihn. Es war alles vergessen, wie er am Bett geweint hat, als er gehört hatte, dass ich ein halbes Jahr fort bleiben muss, und die Angst, die Mutter zu verlieren. Denn wenn wir alle etwas gelernt haben, ist es, dass es einem zwar während einer Chemophase richtig schlecht ergehen kann, aber dann auch alles wieder gut wird. Wir schwammen im Pool, und ich hatte einen Wahnsinnsappetit und aß und aß. Und das Lustige war, dass alle mit meinem Kopftuch dachten, dass ich orthodoxe Jüdin sei, und mich verwundert anblickten, wenn ich Schweinefleisch bestellte. Da lachten wir dann immer zusammen. Ach, wie war es schön. Mit unseren Freunden am Meer zu sitzen, gut zu essen und zu lachen. Doch es waren leider nur drei Tage, und dann flogen wir wieder nach Hause, und ich fuhr direkt ins Krankenhaus.

Im Arztbericht stand, dass ich in einem hervorragenden Allgemeinzustand war, als ich wieder ins Krankenhaus zurückgekommen war, und so fühlte ich mich auch. Hervorragend! Doch die größte Angst war für mich nicht, dass es mir wieder so schlecht gehen würde, sondern dass ich wieder keinerlei Privatsphäre hätte und wieder Ekel sowie auch Scham empfinden würde, wenn andere sehen, wie schlecht es mir geht. Da kam gerade die Krankenhauspsychologin den Flur entlang, während ich auf mein Zimmer wartete, und wir gingen zusammen einen Kaffee trinken. Und da konnte ich ihr zum ersten Mal erzählen, wie belastend für mich die letzten sechs Wochen im Krankenhaus waren. Denn vorher lag ja immer die Frau neben mir, wenn sie mich besuchte, und da kann man ja nicht als höflicher Mensch sagen: »Die Frau neben mir redet ununterbrochen!«

»Passen Sie auf«, sagte sie. »Ich bekomme jetzt einen Redeschwall und Sie müssen mich stoppen.« Und dann fing sie an zu erzählen, und egal, was ich sagte, sie redete weiter. Man muss es sich so vorstellen:

Ich: »Äh, Entschuldigung, ich muss jetzt mal meinen Mann anrufen, er hat mir gerade eine wichtige E-Mail geschickt.«

Sie: »Ach, was arbeitet denn Ihr Mann? Wohnt der auch in München ... Mein Mann kommt aus Stuttgart ...«

Ich: »Es tut mir leid, ich bin etwas müde. Ich muss mal die Augen zumachen.«

Sie: »Ja, bei dem Wetter kann man auch nur müde sein. Ich konnte heute Nacht auch ganz schlecht schlafen. Die Schwester wollte mir ja eine Schlaftablette geben ...«

Also, ich hatte es nicht geschafft. So erklärte sie mir, dass man höflich, aber ganz bestimmt das Gespräch beenden muss und nicht mehr auf das Nachfolgende eingehen darf. Und, sagte sie grinsend, was eigentlich immer hilft: »Fangen Sie an, von sich zu erzählen. Das langweilt solche Leute nämlich ziemlich schnell, und sie beenden das Gespräch.«

Zudem gab sie mir den Tipp, dass man einen Paravent zwischen die Betten stellen kann und sich Toilettenauflagen aus Papier besorgen könnte. Und die allerschönste Überraschung für mich war, dass sie mit der Oberärztin redete und für mich organisierte, dass ich die nächsten Wochen in ein Einzelzimmer gehen durfte. Und da lag ich. Schaute Fernsehen, wann ich wollte, telefonierte, wann ich wollte. Sang unter der Dusche und führte Selbstgespräche. Herrlich! Und da war es auch nicht so schlimm, dass sich multiple Thrombosen gebildet hatten und meine beiden Arme bandagiert werden mussten oder ich wieder Fieberschübe bekam. Denn irgendwie war ich mir sicher, dass ich das überstehen würde. Aber die Geschichte geht natürlich weiter. Doch für heute reicht es erst mal.

Liebe Grüße
Gaby

@ @ @

Hallo Gaby,

am meisten hat mich beeindruckt, wie Du diese haarsträubenden Geschichten, die man seinem ärgsten Feind nicht wünscht, furztrocken erzählst, man noch lachen muss über die wirklich komischen Bilder wie das mit der kackenden Nervensäge neben Deinem Bett, und Du riechst nur vornehm an der mitgebrachten Seife Deiner Tochter, anstatt ihr die Bettpfanne über die Rübe zu hauen. Du bist echt toll, ohne jedes Selbstmitleid und immer ein Auge auf die Komik einer Situation. Und dass der Steward erzählt, er habe noch nie erlebt, dass ein Mann seiner Frau die erste Klasse abtritt, ist auch ein Hammer, mag aber damit zu tun haben, dass die meisten Paare doch zusammen fliegen, oder ist es doch so, dass Firmen nur dem Mann Business oder First bezahlen und er seine Olle, weil sie unbedingt mitwill, in der Holzklasse transportiert? Die Unterbrechungsschule der netten Krankenhauspsychologin ist natürlich auch gut und hat natürlich jede Menge Unhöflichkeitsgags in meinem Schädel freigesetzt.

Wie hält man sich auf Partys lästige Talker vom Leib? »Ich heiße Müller, und Sie?« »Ich nicht.«

Zwei Freundinnen telefonieren. »Ich hatte einen Unfall, schlimm, mein Gesicht war völlig zerschnitten.« »Entsetzlich.« »Aber der Chirurg war wunderbar. Hat tolle Arbeit geleistet.« »Wie schön.« »Ich sehe genauso aus wie vorher.« »Entsetzlich!«

»Haben Sie Ihr ganzes Leben in Berlin verbracht?«
»Noch nicht.«

Eine Giraffe redet auf einen Hasen ein. »Du kannst dir nicht vorstellen, wie schön so ein langer Hals ist, jedes leckere Blatt schmeckt man minutenlang, oder im Sommer, wenn es heiß ist und wenn dann das kalte Wasser den ganzen Weg von oben bis in den Magen läuft, das ist so toll.« Hase: »Aha. Schon mal gekotzt?«

Einer guckt einem Angler zu und sagt nach einer Zeit: »Es gibt nix Blöderes als angeln.« »Doch. Dabei zugucken.«

Und dann hatte ich in einem früheren Programm einen Text, der im Grunde nur aus solchen Gags bestand, der passt hier gut rein:

TV WOHIN

Das Fernsehen wird wirklich immer brutaler. Gut, Dschungelcamp, Maden, Spinnen, Känguruhoden, da denkt man, o. k., RTL, kennt man ja, immer lustig, immer druff, es gibt ja auch immer mehr Beleidigungsklagen, aber jetzt fängt die ARD auch schon an. »Winterfest der Volksmusik« mit unserem Liebling Florian Silbereisen letztes Jahr, Deutschlands jüngstem Greis. Gegen den wirkt doch Karl Moik wie ein Hells Angel. Aber gut. Da durften die Künstler nur mitmachen, wenn sie mit Schlittschuhen aufs Eis gingen. Auch die, die's nicht konnten. Die Hoffnung war natürlich, dass ein paar auf den Arsch fallen, und genauso kam es auch, Ireen Sheer hat sich flach gelegt und den Arm gebrochen, Gnadenschuss, äh … Schadensersatzanspruch. Oder »Teufels Küche« bei RTL, haben Sie das gesehen? Mein Gott hat dieser Koch die Promis langgemacht, eine so gefestigte Charakterschauspielerin wie Anouschka Renzi – Nervenzusammenbruch noch unter der Dunstabzugshaube, hat sich sechsmal übergeben, ehe endlich der Rettungswagen kam, vielleicht hat sie auch nur von ihrer eigenen Pampe gekostet. Oder die »Burg« bei

Pro Sieben mit dem Prinzen von Anhalt, auf den ist ja immer Verlass, hat Kader Loth ins Badewasser gepinkelt. Supi, aber warum der Umweg?
Ich sage Ihnen jetzt mal, wo das endet, habe aus Jux ein Konzept entwickelt, und ich bin ganz sicher, dass wir das in naher Zukunft sehen werden. Arbeitstitel: PöbelTV. Ganz einfaches Prinzip, Sie kriegen eine unsichtbare Knopflochkamera und versuchen, einen Tag lang so viele Leute wie möglich zu beleidigen.
Könnte so aussehen, Sie gehen morgens in eine Bäckerei, die Bäckereifachverkäuferin strahlt Sie an und sagt: »Ist das nicht ein schöner Tag?« »Ja, draußen vielleicht, aber ich stehe hier drin und werde zugetextet, geben Sie mir drei Brötchen, sobald Ihr Mitteilungsdrang gestillt ist.« Dann wackeln Sie raus mit ihrer Tüte und sehen eine Politesse, wie sie gerade ein Knöllchen schreibt. Sie halten ihr die Tüte hin und sagen: »Ich habe nur eben Brötchen geholt.« Sie schreibt weiter. So, jetzt geht's los: »Würde mir ganz schön stinken, als Frau mein Geld auf der Straße verdienen zu müssen.« Das kennt die schon, schreibt die weiter. »Diese Uniform steht Ihnen überhaupt nicht, sind Sie gar nicht der Typ für. Sie könnte ich mir gut in etwas Langem, Fließenden vorstellen, Alster, Rhein, Donau …« Sie schreibt noch, hat aber schon einen leichten Tremor … »Jetzt mal ernsthaft, Sie kommen mir irgendwie bekannt vor, haben Sie mal in einem Tierporno mitgemacht?« Sie läuft schluchzend weg, Sie gehen auch weiter, ist ja nicht Ihr Auto, und betreten einen großen Supermarkt, gleich durch zur Gammelfleischtheke, schnappen sich so einen abgepackten und neu datierten Brocken und brüllen: »Kann man die Maden mitessen?« Nachdem Sie vom Werksschutz sanft hinausgeleitet worden sind, suchen Sie sich eine schöne Telefonzelle, und da pinkeln Sie dran, irgendjemand wird sagen: »Das ist doch kein Pissoir.« Und Sie: »Ich weiß, da gehört aber eins hin!« Dann gehen Sie in eine sehr teure Geschenkboutique, einfach warten, irgendwann kommt einer angerauscht und fragt: »Kann ich was für Sie tun?«

»Ja, zeigen Sie mir doch mal etwas, das mir gefällt.« »Woher soll ich denn wissen, was Ihnen gefällt?« »Ja, wer hat denn mit der Scheiße angefangen?« Mittlerweile ist Mittag, und Sie kehren in einer normalen Gaststätte ein und begrüßen jeden Gast individuell: »Na, noch mal schön spachteln, bevor es in den Knast geht?« Wenn Sie einen finden, der richtig dick ist, Kaliber Calli, können Sie sagen:« Heute lernen wir einen neuen Satz: Ich bin satt.« Vielleicht hat der Mann ja auch eine dicke Frau dabei mit stattlicher Oberweite, dann können Sie sagen: »Uiuiuiui, wir haben als Kind aber viel Brusttee getrunken, oder? Sie haben doch bestimmt ganz kleine Füße?« »Wieso das denn?« »Na, im Schatten wächst doch alles schlechter!« Gut sind auch kahlköpfige Mitbürger. Da kann man Folgendes machen: »Test, test, one, two.« Wenn Sie alle durch haben, wieder raus in die Fußgängerzone, und da ist es dann toll, wenn Sie zwei Glatzen sehen, die zusammenstehen, denen rufen Sie aus sicherer Entfernung, von der anderen Straßenseite aus zu: »Hey Jungs, nicht die Köpfe zusammenstecken, sieht aus wie ein Arsch.«
Dann springen Sie rasch in ein Taxi und fahren zu diesem vornehmen Restaurant, wo Sie einen Tisch bestellt haben, weil es immer voll ist, und das ist auch gut so, denn so können viele hören, wenn Sie beim Reinkommen sagen: »Wen muss ich vögeln, um ein Bier zu kriegen?« Das ist aus einem Film mit Jerry Lewis, King of comedy, und in dem Film kommt dann ein siebzigjähriger Butler und sagt: »Mich, Sir.« Und Jerry: »Dann bringen Sie mir eine Cola.«
Kommentieren Sie nunmehr lautstark die gereichten Speisen. Bei Fisch ist der alte Klassiker immer wieder gut: »Vom Geruch her würde man meinen, er ist größer.« Das kann man auch bei anderen Gelegenheiten brauchen. Dann, so auf Höhe des Desserts, stehen Sie auf, können auch mit dem Messer ans Glas klopfen und rufen: »So, liebe Freunde der Tanzmusik und des Breitensports, jetzt geht der Onkel erst mal schön kacken.«
Ich sage Ihnen, da geht aber ein Ruck durch den Fresstempel,

da wird man noch minutenlang von Ihnen schwärmen. Wenn Sie zurückkommen, nehmen Sie den Faden wieder auf! Sagen Sie: »Booooh, ich habe ja schon viel erlebt, aber da hat's selbst mir die Netzhaut weggebrannt. Meine Fresse, der Donnerbalken ist aber noch auf Jahre verstrahlt, aber keine Sorge, Jungs, ich war auf Damen!«

So, das reicht, glaube ich!

Liebe Grüße
Jürgen

@ @ @

Moin Jürgen,

vielen Dank, ich habe richtig doll gelacht! Leider fallen einem solche Sachen natürlich nicht ein, wenn man sie braucht. Ich hoffe, Du fühlst dich stark genug für Teil zwei der Einzelzimmerstory. Here we go:

Leider musste ich auch lernen: Einzelzimmer bedeutet Krieg auf der Station. Ich hatte natürlich schon manche herbe Diskussion zwischen Patienten und Ärzten um das Einzelzimmer mitbekommen, und ich wusste, dass bald eine Freundin, die ich im Krankenhaus kennengelernt hatte, wieder ins Krankenhaus kommen würde, die immer im Einzelzimmer gelegen hatte und das auch immer sehr genossen hatte. Doch nun war es durch mich besetzt. Sie stand kurz vor einer Transplantation, und ich bot den Ärzten, die zur Visite hereinkamen an, dass sie in das Einzelzimmer gehen kann. »Ich ziehe gerne für sie aus, da sie doch vor einer Transplantation steht«, sagte ich. Da meinte die Stationsärztin, dass sie das an meiner Stelle nicht tun würde, da ich neutropen bin und sie nicht. Sie ist in einem sehr guten Gesundheitszustand. Da blieb ich also mit einem schlechten Gewissen im Einzelzimmer und ahnte, dass meine Freundin sauer auf mich sein würde. Und so kam es. Sie kam, und als ich sie freudig auf dem Krankenhausflur begrüßen und ihr alles erklären wollte, drehte sie sich weg und sagte: »Lass mal, mir ist nicht nach reden.« Und ging.

Einen Tag später ging ich mit ihr in ein Zweibettzimmer. Denn nachdem die Ärzte gemerkt hatten, dass ich auch willig war, mein Einzelzimmer zu verlassen, wurde ich gefragt, ob ich es für einen anderen neutropenen Patienten, der auch Hochdosischemo erhält, frei machen würde. Und dann war es das auch erst mal mit einem Einzelzimmer. Leider!

Aber jetzt noch mal zu dem Typ Mensch Egoist.

Wenn man krank wird, wird man feststellen, was für egomane Menschen es gibt. So wundert man sich, wenn man mit 39 Grad Fieber und Schüttelfrost ans Telefon geht und solche Typen Menschen zwar kurz fragen, wie es einem geht und auch kurz betonen, wie sehr es ihnen leidtut, dann aber gleich eine Stunde lang von ihren Problemen und ihren Krankheiten erzählen und sogar dabei weinen. Nicht über mich. Nein. Früher sah ich das nicht als egoistisch an. Sondern sah es als menschlich an, sie zu trösten und sie aufzubauen. Doch in einem Zustand, wo es einem richtig mies geht, da dachte ich, müsste das jetzt nicht mal umgekehrt sein? Ich spürte, welche Menschen einen wirklich lieben und welche einen nur benutzen oder wem man einfach nur gleichgültig ist. Und das schmerzt ein bisschen. Aber es hilft auch, seine wahren Freunde zu finden und schätzen zu lernen.

Und da erklärte mir die Psychoonkologin Frau Kiefer: Es gibt egomane Menschen mit einer Persönlichkeitsstörung, die selbst wenn jemand in seinem Erbrochenen auf dem Boden liegt, nur sich sehen. Und dann sagte sie lächelnd: »Und nun haben Sie auch noch die Frechheit, mit Ihrer schweren Erkrankung im Mittelpunkt zu stehen. Schämen Sie sich!«

Ich mochte sie sehr, sie gab mir viele nützliche Tipps und erklärte mir viele psychologische Abläufe und Denkweisen, die einem wirklich das Leben erleichtern.

Ein Satz war für mich sehr wichtig, den ich immer wieder versuche, mir ins Gedächtnis zu rufen: Ihre Kinder und Ihr Mann sind Ihre Pflichtebene. Alles andere ist Luxus, welchen ich mir so einteilen soll, wie ich Lust und Zeit habe. »Sie haben nur eine Aufgabe hier, gesund zu werden und für Ihren Mann und die Kinder da zu sein, die Sie brauchen. Alles andere ist unwichtig.«

Und als sie sich leider im September verabschiedete, da sie im Krankenhaus nicht weiterbeschäftigt wurde, gab sie mir noch mit auf den Weg: »Ich wünsche Ihnen, dass Sie sich nicht immer so viel Gedanken um die anderen machen, sondern sich selbst in den Mittelpunkt Ihres Betrachtens stellen. Das wünsche ich Ihnen sehr.«

Und da sagte ich: »Na ja, es ist auch immer eine ganz gute Möglichkeit, seinem eigenen Leid auszuweichen, wenn man das der anderen mehr sieht.«

Frau Kiefer: »Ja, diese Art von Verdrängung üben auch Ärzte zu gern aus.«

Bei dieser letzten Geschichte weiß ich auch nicht, ob ich zu lang und detailliert meine »Leiden« geschildert habe. Es soll ja ein aufmunterndes und aufheiterndes Buch werden. Aber natürlich habe ich auch viele traurige, nicht schöne Sachen erlebt, und wenn man die ganz weglässt, bekommt der Leser vielleicht den Eindruck, Leukämie ist nicht so schlimm. Bin hin- und hergerissen. Was meinst Du?

Habe noch einen Witz von Lilith auf meinem iPhone gefunden, denn sie hatte vergessen, sich auszuloggen ☺, und der gefiel mir richtig gut. Ist natürlich ein Männerwitz, aber es schadet ja nichts, wenn meine Tochter rechtzeitig lernt, wie ihr tickt!

> »Mich fragte Gott, ob ich ein gutes Gedächtnis oder einen großen Penis haben will.« »Und was hast du geantwortet!?« »Hab ich vergessen.«

Ich wünsch Dir eine gute Nacht
Gaby

@ @ @

Hi Gaby,

mach Dir mal keinen Kopp, ich finde sachliche Informationen über die vielen verschiedenen Probleme, die man als Patient hat, genauso wichtig und hilfreich wie die Entertainment-Beiträge, denn es zeigt ja dem Leser: Die Frau kennt das alles, die weiß, wovon sie schreibt! Und dann noch einen Glückwunsch an Deine Tochter: Den Witz kannte ich noch nicht. Und mir einen neuen Gag erzählt zu haben, können nicht viele Menschen auf der Welt von sich behaupten!

Ein weiterer Lieblingsspruch für mich aus Deiner Sammlung ist übrigens: Wenn dir das Leben eine Zitrone gibt, mach Limonade daraus! Großartig. Mir fiel sofort die Anfangsszene aus »Tom Sawyer« ein. Die Tante hat ihn verdonnert, ihren Zaun zu streichen, und Tom verkauft seinen Freunden, die sich erst lustig machen, das als Traumjob, lässt sie malen und kassiert noch Kohle dafür. Die Ethik lassen wir jetzt mal beiseite, man kann nicht alles haben.

Liebe Grüße
Jürgen

@ @ @

Hallo Jürgen,

Hatte die letzten Tage einen seelischen Durchhänger, vor allem nach dem Gespräch mit der Patientenfürsprecherin. Schwarze Gedanken kamen auf. Aber wenn ich diese alten Mails und Witze durchstöbere, erhellt sich mein Gemüt wieder. Habe auch in unserem Trösterbuch gelesen und siehe da: Das baut echt auf. Funktioniert!

Und jetzt suche ich mal alles zusammen, was mir in der Anfangszeit besonders viel Kraft und Mut gegeben hat, zum Beispiel die Mail unten von Micha. Hier ist schon mal eine ganz wichtige Sache: zu wissen, dass man in guten Händen ist. Zudem hat es mich sehr gerührt, wie Micha auf der ganzen Welt nach der besten Behandlungsmethode gesucht hat und sogar einen Kredit aufgenommen hätte, um mich in New York behandeln zu lassen. Wenn es dort bessere Behandlungschancen gegeben hätte. Aber Gott sei Dank leben wir in einem Land mit einer Krankenversicherung und sehr guten Ärzten. Man weiß das oft gar nicht genug zu schätzen.

> Tag 7
>
> Der zweite Beutel Blutshampoo. Ich bin so stolz auf Dich. Mein tapferes Mädchen.
>
> Selbst wenn es Dir morgen nicht so gut gehen sollte, das ist vollkommen o.k. Du kämpfst einen brutalen Krieg und holst nun zum nuklearen Angriff aus gegen das NPM1-Gen. Kill 'em all. Wir müssen die Zellen vernichten!!!
>
> WIR MÜSSEN DIE ZELLEN VERNICHTEN.
>
> Und wenn es Dir dabei übel wird, dann ist das so. Das heißt nicht, dass Du ein schlechter Patient bist, das heißt nur, dass das Zeug wirkt.

> Wenn Du mich brauchst, ruf mich an. Ich komme. Egal wann.
>
> Ich bin wie E.T. Ein viel zu großes Herz, zu großer Bauch, ein komischer Finger.
>
> O.k., mein Finger leuchtet nicht orange, hat auch keine Heilkräfte, aber dafür sage ich Dir nicht »Ich bin immer bei dir« und fliege dann in einem Raumschiff weg ... Denn ich werde wirklich immer bei Dir sein.
>
> Du bist mein ein und alles.
>
> So, und jetzt weiterkämpfen! Micha

Witz von Omris Vater

> Zwei Männer sitzen in einer Bar in New York, trinken und unterhalten sich. »Sie sind doch Ire, oder? Ich höre das am Akzent!« »Stimmt«, sagt der andere. »Barkeeper, noch zwei Bier bitte!« »Wo in Irland stammen Sie her?« »Dublin.« »Gibt's doch nicht, meine Familie auch, darauf müssen wir trinken, zwei Bier bitte.« »Und wo in Dublin?« »Killarney Street in der Weststadt.« »Das ist ja wirklich ein Ding, wir auch.« »Wie hieß denn Ihre Großmutter?« »Mary.« »Jetzt brat mir einer einen Storch, soviel Zufälle gibt's doch nicht, zwei Bier und zwei Whiskey bitte ...« In dem Moment kommt ein weiterer Gast rein und begrüßt den Barkeeper. »Na Joe, wie geht's?« »Wie immer, das Auto macht's nicht mehr lange, meine Frau ist immer noch sauer, und die Murphy-Zwillinge sind wieder hacke dicht.«

Liebe Grüße
Gaby

@ @ @

Hi Gaby,

wow, das ist wirklich sehr berührend. Wenn man so einen Partner hat, kann eigentlich nichts mehr passieren. Das birgt natürlich auch die Gefahr, dass die Patienten, die unser Buch lesen, sagen: »Ja, so einen Mann hätte ich auch gerne, der solche Worte findet!« Denen muss man vielleicht tröstend sagen, dass nicht jede einen wortgewaltigen Medienmann an der Seite haben kann, aber wenn der Partner Sachbearbeiter auf dem Einwohnermeldeamt ist und vielleicht ein bisschen maulfaul und nur herausbringt: »Kopf hoch Schatz, sag, wenn du was brauchst, ich schicke dann Mutter vorbei«, ist das immer noch besser als alleinerziehend und krank. Der Witz ist ein Klassiker, den werd ich dann mal übersetzen. Da bin ich aber froh, dass Du sagst, dass Dir das Bisherige schon aus dem kleinen Loch geholfen hat, dann greife ich mal den Gedanken von den Erinnerungen auf, die bei mir immer ein Wohlgefühl erzeugen, vor allem, wenn's in die Kindheit zurückgeht. Diesen Artikel habe ich für den »Merian« geschrieben, und schon das Verfassen hat sehr viel Spaß gemacht. Bin mal gespannt, wie er auf Dich wirkt.

Mein Aachen, oder: Henger Herrjotts Fott

Vor Kurzem saß ich auf Einladung der »Öcher Penn«, des ältesten Aachener Karnevalvereins, in der Weinstube des fast 800 Jahre alten Marschiertors, die Teil der äußeren Stadtmauer Aachens ist, und ließ mich vom Odem der Geschichte umwehen. Die Weinstube, erfuhr ich, war früher das Verlies für bessergestellte Gefangene, die sich Hoffnung auf Haftentlassung machen konnten. Es gibt dort auch ein Verlies für einfache Gefangene, das aber keine Treppe hat, nur ein Loch in der Decke, durch das der Unglückswurm gestoßen wurde, um seine »Einweg«-Haft anzutreten. Aachen ist Geschichte zum Anfassen, ein Ort der historischen Superlative.

Nicht nur, dass die westlichste deutsche Stadt vermutlich als einzige über ein eigenes Erkennungszeichen verfügt, mit dem sich Aachener überall auf der Welt grüßen, den »Klenkes«, den aufgereckten kleinen Finger der rechten Hand, mit dem in der Blütezeit der Aachener Nadelindustrie die unbrauchbaren Nadeln aussortiert wurden. In Aachen sprudeln auch die heißesten Quellen Europas. Wahrscheinlich verehrten schon die Kelten in der Nähe des Büchels ein Heiligtum ihres Quellengottes Grannus, bevor die Römer ein großes Militärbad für diejenigen Legionäre errichteten, die »Rücken« hatten. Kaiser Karl machte Aachen zu seiner Residenz, der Aachener Dom wurde als erstes deutsches Bauwerk in die Welterbeliste der Unesco aufgenommen. Hier standen am 7. September 1804 Napoleon und seine Gattin Joséphine, die des Öfteren in Aachen kurte, vor dem Domschatz, der dank der Hilfe des Franzosenkaisers gerade aus Paderborn zurückgeholt worden war. Der Aachener Bischof Berdolet begleitete das hohe Paar, und Napoleon sagte: »So, Fine, jetzt such' dir mal 'ne Kleinigkeit aus aus dem janzen Krempel, dat wird ja wohl drin sein für meine Bemühungen!« Der Bischof überreichte Joséphine dann eilends einen als »Talisman Karls des Großen« bezeichneten Reliquienanhänger, der heute in Reims aufbewahrt wird.

Machen wir einen Sprung ins Jahr 1951 sowie in die Normannenstraße, ganz dicht am alten Aachener Tivoli. Immer wenn an Heimspieltagen aufbrandender Jubel von einem Tor der Aachener Alemannen, oder »Kartoffelkäfer«, wie man die Schwarz-Gelben nannte, kündete, rief ein dreijähriges Kind, das erst vor Kurzem mit seinen Eltern von Bad Salzuflen in die Kaiserstadt gezogen war: »Jetzt haben die Alemannen wieder ein Tor geschissen!« Man könnte trefflich darüber streiten, ob diese sprachliche Fehlleistung dem kindlichen Sprachplanungsapparat geschuldet ist, der das Partizip vom Wortstamm »schieß« ableitete, oder ob es sich um einen klassischen Freud'schen Versprecher handelt, weil das Kind eine bevorstehende Entleerung spürte. Zumindest ist diese meine frühe Äußerung historisch verbürgt und zwar durch meine Mutter, die, wie alle Mütter, später nur wenige

Gelegenheiten ausließ, diese und andere Anekdoten unters Volk zu bringen. Den Satz Napoleons hingegen habe ich erfunden, er könnte aber so oder ähnlich gefallen sein. Beide Begebenheiten fanden in Aachen statt, weitere Gemeinsamkeiten zwischen dem Korsen und mir wird man vergeblich suchen.

In der Normannenstraße wohnten wir zur Untermiete bei der Familie Schmitz, die zwei Kinder hatte. Der Junge, Karl Heinz, besaß mehrere kleine Spielzeugautos, die mein Interesse weckten. Allerdings faszinierten mich weniger ihre Fahreigenschaften als die Frage, wie schnell man sie kaputt kriegte. Das hat meinen Vater manche Mark gekostet, die er gar nicht weit von unserem ersten Aachener Domizil schwer verdienen musste: als Barkeeper in der Cortis-Bar, Aachens bestem Stripteaseladen, etwas außerhalb des Stadtkerns in der Krefelder Straße. Dort gaben sich weltliche und geistliche Würdenträger Aachens die Klinke in die Hand, ebenso die Schmugglerszene des Dreiländerecks und die internationale Reiterelite, wenn einmal im Jahr in der Soers das CHIO stattfand. Es zahlte längst nicht jeder Gast immer seine Rechnung, er ließ anschreiben, und mein Vater behielt ein Pfand ein, auf dem er dann nach Ablauf eines Jahres häufig sitzen blieb. Uhren, Silberbesteck, ich glaube, die Kuchengabeln, die ich noch heute nie benutze, stammen aus dieser Zeit.

Aus dem möblierten Zimmer in der Normannenstraße zogen wir in die Theaterstraße, nahezu in die Stadtmitte, erster Stock, zwei Zimmer, Küche, Toilette. Das waren die guten alten Zeiten des Sukzessivbadetags, erst Papa, dann Mama und in der lauwarmen Restlauge, die mit einem Flötenkessel voll kochenden Wassers aufgepimpt wurde, ich. Die ersten vier Schuljahre absolvierte ich in der Volksschule Beeckstraße. Schon zuvor, mit vier Jahren, hatte ich als Diphteriepatient im Luisenhospital den anderen Kindern aus einem Märchenbuch vorgelesen. Dass da ein Bluff vorlag, merkten die nur daran, dass ich das Buch verkehrt herum hielt. In der zweiten Klasse begann ich, Märchen zu schreiben. Sie sind leider verschol-

len, festigten aber in meinem Lehrer die Überzeugung, dass er einen kommenden Dichterfürsten unter seinen Fittichen hatte, weswegen er später bei meinen Eltern durchsetzte, dass ich auf das traditionsreiche, humanistische Kaiser-Karls-Gymnasium ging.
Meinen Lehrer vergötterte ich. Ich wollte Förster werden, und er nahm mich winters mit zur Rehfütterung. Er machte mich auch durch seinen leidenschaftlichen Religionsunterricht zu einem tiefgläubigen Kind. Dann übernahm der Probst von St. Adalbert und spätere Weihbischof Buchkremer das Fach, das später auf dem Gymnasium »Rillefix« hieß. Joseph Ludwig Buchkremer, Sohn des Dombaumeisters Joseph Buchkremer, war 1923 Priester geworden, übernahm die Pfarre St. Adalbert, war später Stadtjugendseelsorger. Als engagierter Regimegegner wurde er 1935 von den Nazis mit einem Unterrichtsverbot belegt. Wegen seiner unbeirrten Aktivitäten verbrachte er die Jahre 1942–45 im Konzentrationslager Dachau. Das alles habe ich viel später erfahren, denn die Aufarbeitung der jüngsten Vergangenheit war zu meiner Schulzeit noch nicht unbedingt angesagt und wurde am Kaiser-Karls-Gymnasium mehr oder weniger exklusiv betrieben von Studienrat Emonds, Deutsch und Geschichte, der uns auch z. B. auf Vertriebenentreffen mitschleppte und den Redner des Abends dann engagiert zur Brust nahm. Leider haben wir das damals nicht zu würdigen gewusst.
Religiosität im Rheinland, und speziell in Aachen, ist etwas Besonderes. Mein Vater zählte etliche Geistliche zu seinen Stammgästen, der hochbetagte Pastor meiner späteren Pfarre soll laut Aussage meiner Mutter in der Antoniusstraße, oder »Antüen«, wie der Öcher seine Puffstraße zärtlich nennt, häufiger ein und aus gegangen sein, sicherlich um anderen hochbetagten Gästen die Sterbesakramente zu spenden, wenn der Kreislauf zusammenbrach. In diesem Zusammenhang muss ich auf die Heiligtumsfahrt zu sprechen kommen, die ursprünglich auf Karl den Großen zurückgeht, seit 1349 alle sieben Jahre stattfindet und zu der 1937 trotz der Störver-

suche der Nazis fast eine Million Pilger kamen; auch auf diese »Wallfahrt des stummen Protests« kann Aachen stolz sein. Die nächste Heiligtumsfahrt wird 2014 stattfinden, rund 100 000 Menschen werden wieder in die Stadt strömen, und die Antoniusstraße wird wieder Verstärkung aus Köln, Düsseldorf und Mönchengladbach anfordern. Woher ich das weiß? In der Quinta, der zweiten Klasse des Gymnasiums, wurden wir zu einer Verkehrszählung abkommandiert, d. h., wir standen an der Krefelder Straße und machten Striche, wenn ein Auto vorbeikam. Und das Erste, was die Aufsicht führenden Polizeibeamten uns zehn- und elfjährigen Dötzchen erzählten, war diese interessante Geschichte, die ich ja auch bis heute behalten habe. Sinnenfreude und rheinische Frömmigkeit sind in Aachen immer eine glückhafte Verbindung eingegangen. Am Rosenmontag zieht ein mehrere Kilometer langer Zug mit über hundert Festwagen und Fußgruppen durch die Innenstadt, u. a. durch die Theaterstraße, wo wir ja im ersten Stock wohnten, unsere Fenster also Logenplätze waren. Die wollte sich auch der Chef meines Vaters nicht entgehen lassen. Da er aber im Krieg beide Beine verloren hatte, schleppte ihn mein Vater auf dem Rücken nach oben, was ihm einen Hexenschuss einbrachte, der sich immer mal wieder meldete. Für mich als Adoleszenten bedeutete Karneval die Möglichkeit, eine andere Identität anzunehmen, in meinem Falle die des schwarz gekleideten Revolverhelden Lash La Rue, auch Lassie La Rock genannt, einer der vielen Partner von Fuzzy St. Jones, im Grunde der ersten Western-Sitcom. Und dieser harte Bursche, der ich drei Tage lang war, konnte natürlich fremde Frauen knutschen. Es war Aachener Roulette, wenn man so will. Ein Rudel Kinder fand sich, bildete einen Kreis, zwei oder drei Pärchen tanzten im Kreis, untergehakt in der Gegenrichtung, und der Kreis sang ein längeres Lied auf Öcher Platt, das folgendermaßen kulminierte: »Des Nachts um elfe, bau ooch um zwölfe, da kommt der letzte rote Ommelebus. Dann kommt der Meister mit seinem Kleister und jibt der Juja einen Kuss auf die Nuss!« Bei »Kuss« küsste

man das fremde Mädchen, reihte sich wieder ein, wenn man zweimal dabei gewesen war, und wartete im Kreis darauf, wieder gewählt zu werden, oder man holte sich eine neue Partnerin in den Kreis und tanzte einem weiteren Kuss entgegen. Man kann mit Fug und Recht sagen, dass ich diesen drei tollen Tagen jeweils ein ganzes Jahr entgegenfieberte.
Aachen ist auch für seine Kirmes berühmt, den »Öcher Bend« auf dem Bendplatz in der Kühlwetterstraße. Es gibt ihn zweimal im Jahr, das Ereignis im Herbst ist das größere. In meiner zweiten Studentenbude, Adalbertsteinweg, Ecke Elsaßstraße, teilte ich das Außenklo mit Frau Vonderbank, alter Aachener Schaustelleradel. Die Kinder hatten alle große Fahrgeschäfte, die Mutter betrieb immer noch ein Kinderkarussell. Unser Deal: Sie putzte für mich Treppe und Klo, wenn meine Woche war, ich machte ihr die Steuer und erfuhr den neuesten Klatsch aus der Kirmesszene. Auf dem Bendplatz wurde auch einmal ein präparierter Wal gezeigt, eine Sensation, die uns einen unterrichtsfreien Vormittag bescherte.
Zurück zum Karneval. Da gab es auch eine kleine Kirmes in der Wirichsbongardstraße, wo heute ein Parkhaus steht. So klein sie war, eine Raupenbahn gab es, mit Verdeck, das Taschengeld reichte für viermal fahren, sprich viermal knutschen. Und man wusste: Am Aschermittwoch ist alles vorbei, denn eine Freundin gestatteten mir meine Eltern nicht, und für eine heimliche Beziehung fehlte mir die Nervenkraft. Der kleine Kirmesplatz lag auch auf meinem Schulweg und hieß seit 1792, wo dort ein Holzkreuz errichtet wurde, im Volksmund: »Henger Herrjotts Fott«, also »hinter dem Hintern des Herrn«. 1897 wurde es durch ein steinernes Kreuz ersetzt, das die Nationalsozialisten entfernen ließen, 1986 gründete sich die Bürgerinitiative Henger Herrjotts Fott e.V., brachte durch Spenden 80 000 DM zusammen, und 1987 stand an alter Stelle ein neues, von Bonifatius Stirnberg geschaffenes Bronzekreuz. Seitdem gibt es dort auch ein Straßenschild und jedes Jahr das gleichnamige Stadtfest.
Diesen wunderbar rauen, aber herzlichen sprachlichen

Umgang mit heiligen Dingen findet man möglicherweise nirgendwo sonst. So nennt der Aachener die Kirche St. Fronleichnam im Ostviertel »St. Makai«. »Makai« bedeutet »Quark«, möglicherweise hat die Quaderform der Kirche den unbekannten Namensgeber inspiriert. Damit sind wir beim Öcher Platt, der Aachener Mundart, spätestens seit Ulla Schmidt bundesweit ein Begriff. Die frühere Gesundheitsministerin jobbte als Studentin in der Barbarina, einer Nachtbar, die ihre Schwester führte (heute Club Voltaire). Mein Vater behauptete, sie aus dieser Zeit zu kennen. Öcher Platt gehört der ripuarischen Sprachgruppe an, und der Außenstehende empfindet diese Mundart gern als ungehobelt, gehört es doch zu ihren Eigenarten, das Gegenüber bei der Begrüßung mit einem mundartlichen Synonym fürs männliche Genital zu titulieren, häufig in Verbindung mit dem Adjektiv »au«, also »alt«. Das Öcher Platt wird in drei Theatergruppen und im »Öcher Schängche« gepflegt, neben dem Kölner Hänneschen-Theater die einzige große Stockpuppenbühne des Rheinlands.

Aachen, Stadt auch der kulinarischen Superlative: erste deutsche Stadt mit original belgischen Fritten, mit dem besten Sauerbraten der Welt, auch weil die Sauce mit Aachener Printen gebunden wird, einer weiteren Spezialität. Zu meiner Studienzeit verkaufte ein Händler aus Holland in einer Garage in Burtscheid asiatische Gewürze an die vielen indonesischen Studenten, von denen etliche bei mir Deutsch lernten im Institut »Deutsch für Ausländer«. Und die nahmen mich mit zum Einkaufen und dann auch zum Kochen, was meine bei Muttern genossene Kochgrundausbildung entscheidend bereicherte.

Je länger ich schreibe, desto mehr gerate ich ins Schwärmen. Ich wohne seit Langem nicht mehr in Aachen, aber bei jedem Besuch geht mir das Herz weiter auf. Und was den Fußball angeht: An einem Samstag lag die Alemannia in meinem Beisein schon 0:3 zurück, gegen Tennis Borussia Berlin, das Publikum, finster entschlossen, sich den Tag nicht versauen zu lassen, stand wie ein Mann hinter der Gastmannschaft und dann drehten die Aachener das Spiel um und siegten mit 5:4. Und alle Öcher Fans gingen mit dem schönen Gefühl nach Hause, nicht einen Moment an ihrer Mannschaft gezweifelt zu haben. Und das Gefühl kommt auch wieder. Ganz sicher.

Und jetzt noch der heutige Witz:

Zwei Männer kommen aus der Kneipe, hackedicht. Beide stellen fest, dass sie pinkeln müssen, und tun es. Sagt der eine: »Warum pinkele ich so laut und du so leise?« »Weil du an mein Auto pinkelst und ich an deinen Mantel!«

Liebe Grüße
Jürgen

@ @ @

Guten Morgen Jürgen,

das war aber schön, mit Dir zu quatschen. Hoffe, wir können das bald mal wieder machen. Wenn Du mal in München bist, bist Du herzlich bei uns zum Essen und Dixit spielen eingeladen.

Beim Durchstöbern meiner Mails fand ich die Zusammenfassung eines interessanten Artikels, den mir mein Bruder zu Beginn meiner Krankheit geschickt hatte.

> LEUKÄMIE IST KEIN TODESURTEIL MEHR
>
> Früher hatte man keine Überlebenschance, wenn die weißen Blutkörperchen sich gegen einen wenden. Heute sind die Prognosen weitaus besser: Neue Medikamente und Knochenmarkstransplantationen können helfen. Heute werden fast 80 % aller kindlichen Leukämien ge-

heilt, bei Erwachsenen ist es noch nicht so weit. Beim Blut- oder Knochenmarkkrebs überwuchern weiße Blutzellen Knochenmark und Blut. Unterschieden wird dabei zwischen eher schleichend verlaufenden, meist gut behandelbaren chronischen Leukämien und akuten Leukämien, die unbehandelt innerhalb von Wochen zum Tode führen.

Verursacht werden sämtliche Leukämien durch Veränderungen im Erbgut der Blutzellen. Die Blutkörperchen werden ständig erneuert, weiße Blutkörperchen erneuern sich innerhalb von acht Tagen, die roten Blutkörperchen alle drei Monate. Dabei passieren immer wieder Fehler, die normalerweise aber erkannt und aussortiert werden.
Noch immer ist nicht genau bekannt, wodurch diese Schäden entstehen bzw. was genau sie auslöst. Möglich sind Umwelteinflüsse, Chemikalien wie Benzol, radioaktive Strahlen, Viren, aber auch Vererbung. Außerdem gibt es zahllose Subtypen, die jeweils unterschiedlich behandelt werden müssen
Bei den meisten Leukämietypen arbeitet man mit Chemotherapie, gelegentlich auch zusammen mit Strahlen. Damit wird der Krebs allerdings nur eingedämmt – die Gefahr, dass er zurückkommt, bleibt hoch.
Heilen lässt sich Blutkrebs nur durch Transplantation von Knochenmarkstammzellen, entweder von geeigneten Familienangehörigen oder fremden Spendern. Vor der Übertragung muss das gesamte blutbildende System des Patienten durch eine Chemo- oder Strahlentherapie zunächst weitgehend zerstört werden.

Liebe Grüße und alles Gute für Deine Berlinauftritte
Gaby

@ @ @

Hi Gaby,

der Artikel ist auf jeden Fall sehr hilfreich, und da alles korrekt zitiert ist, gibt es, denke ich, auch kein Problem. Hier mal ein Langeweilekiller, den wir noch gar nicht hatten: Gedichte! Ich habe mal aus Spaß nach einem Gernhardt-Abend mit den alten Pardon-Recken und Willemsen eine Interpretationsparodie zu meinem Lieblings-Gernhardt-Gedicht geschrieben, ist auch in einem Uni-Sammelband veröffentlicht. Und daran anschließend die Frage: Magst Du Gedichte, wenn ja, welche, kannst Du welche auswendig, möchtest Du weitere Anregungen?

DAS GLEICHNIS

Wie wenn da einer, und er hielte
Ein frühgereiftes Kind, das schielte,
hoch in den Himmel und er bäte:
»Du hörst jetzt auf den Namen Käthe!« –
Wär dieser nicht dem Elch vergleichbar,
der tief im Sumpf und unerreichbar
nach Wurzeln, Halmen, Stauden sucht
und dabei stumm den Tag verflucht,
an dem er dieser Erde Licht …
Nein? Nicht vergleichbar? Na, dann nicht!

(Aus Besternte Ernte, 1976)

Das Gleichnis ist das erste Gedicht eines Bandes, dem der Dichter folgende vier Zeilen voranstellt: »Viel ist schon getan, mehr bleibt noch zu tun«, sprach der Wasserhahn zu dem Wasserhuhn.

Man könnte also von einer Phase sprechen, in der Tiere im geistigen Kosmos Gernhardts eine gewisse Rolle spielten, tatsächlich trifft das nur insoweit zu, als sie zur gezielten Irreführung dienen, denn das Wasserhuhn ist natürlich jedem geläufig als Bewohner des Tieflandes mit Kleingewässern, es wird auch Teichhuhn genannt, hat allerdings mit Hühnern nichts am Hut, es gehört zur Familie der Rallen und heißt eigentlich Teichralle, der Wasserhahn hingegen wird von vielen einzig mit einer Vorrichtung zum Öffnen und Schließen von Wasserleitungen assoziiert, tatsächlich ist aber auch er ein Vogel, hört auf den wissenschaftlichen Namen Gallicrex cinerea und findet sich von Indien bis Japan und in ganz Südostasien, auf den Malediven z.B. heißt er Kulhee Kukulhu.

Betrachten wir nun das Tier, in dem es im vorliegenden Gedicht geht, den Elch (Alces alces): Er kommt in Nordeuropa, Asien und Nordamerika vor, wo er seen- und sumpfreiche Habitate bevorzugt. In der Tat ernährt er sich vegetarisch, wie der Dichter richtig sagt. Aber wäre es nicht einen Gedanken wert gewesen, dass der Elch zu den Wiederkäuern (Ruminantia) gehört? Der Name kommt bekanntlich daher, dass diese Unterordnung der Paarhufer in der Lage ist, in Ruhephasen vorverdauten Nahrungsbrei hochzuwürgen und nochmals zu zerkauen. Der damit verbundene Angriff aufs Ozonloch war natürlich zur Entstehungszeit des Werkes kein Thema. Auch die entfernte Verwandtschaft zum Wal hätte interessant sein können, der sich vor ca. 50 Millionen Jahren, wie Sie wissen, zur Zeit des mittleren Eozäns aus Verwandten der Huftiere entwickelte, als sein nächster lebender Verwandter gilt das Flusspferd, ein Paarhufer, wie der Elch, also Tiere, die durch eine gerade Anzahl von Zehen (zwei oder vier) charakterisiert sind. Aber Gernhardt verzichtet auf dieses Füllhorn von Materialien, es geht ihm offensichtlich nicht um den Elch als solchen, er stellt vielmehr die Möglichkeit eines Vergleichs des Königs der Sumpfwälder mit einem Vater in den Raum, dessen frühreife Tochter an Strabismus leidet, einer fehlerhaften Koordination der Augen, sodass beim Blick in die Ferne die beiden Seeachsen nicht parallel stehen. Von diesem erblich bedingten Leiden sind etwa drei bis fünf Prozent der Bevölkerung betroffen. Dieses Mädchen, es mag zehn oder zwölf Jahre alt sein, ist offensichtlich ungetauft, wir befinden uns also, scheint's nicht in katholischen Hochburgen wie Bayern oder dem Rheinland, unstrittig aber in Deutschland, denn der Vater hebt, wie es heißt, sein Kind hoch in den Himmel und bittet: »Du hörst jetzt auf den Namen Käthe!« Ist das eine kühne und genialische Verkürzung, und die Bitte richtet sich an den Schöpfer, er möge doch in einer Art Lufttaufe, die so im christlichen Ritus nicht existiert, die Koseform von »Katharina« als Namen des Kindes akzeptieren? Oder richtet sich die Bitte an das Kind, das vielleicht nicht nur schielt, sondern auch schwerhörig ist und deshalb bislang nicht auf den Namen Käthe hörte? Wie auch immer: Wir konstatieren eine unerhörte Spannung zwischen dem Verbum »bitten« und dem darauffolgenden imperativischen »Du hörst jetzt ...« Es hätte auch heißen können: ... und er droht: »Du hörst jetzt auf den Namen Lot!« Mit Recht jedoch hat Robert Gernhardt sich für seine Formulierung entschieden. Nun ist der Name Käthe nur hier heimisch, im Gegensatz zum Elch, den wir, wie schon gesagt, in Nordeuropa, Asien und Nordamerika zu verorten haben. In Schweden heißt kein Mädchen Käthe. Annika ja, auch Cecilia, Siv, Ingegerd, Gunilla oder Inger, niemals aber Käthe. Und folgerichtig teilt uns die letzte Zeile des Gedichts lapidar mit, dass Elch und Vater nicht vergleichbar sind. Eine gewaltige gedankliche Kraftanstrengung implodiert am Ende, man muss unwillkürlich an den Sozialismus denken, der zur Entstehungszeit des Gedichts ja für sehr viele deutsche Intellektuelle ideologische Heimstatt war. Und so ist das gescheiterte Gleichnis am Ende womöglich ein Gleichnis für das Scheitern als solches, das ja als Damoklesschwert über unserem ganzen Leben hängt, das ja am Ende auch immer scheitert.

Liebe Grüße
Jürgen

@ @ @

Hallo Jürgen,

habe heute bis zwölf Uhr mittags geschlafen. Schande über mich. Bin ja auch spät ins Bett. Bei dem Gedicht »Das Gleichnis« fehlt mir der krankentröstende Aspekt. Es hat mich nicht berührt oder aufgebaut, und die Interpretation ist sehr lehrreich, aber zu schwere Kost.

Gedichte mit reinzunehmen, finde ich aber generell eine sehr gute Idee. Mein absolutes Lieblingsgedicht ist der »Erlkönig« von Goethe (hast Du dazu vielleicht eine Interpretation, das fände ich sehr interessant) und das von Wilhelm Busch, »Der humorvolle Vogel«. Das habe ich durch die Karasek/Hirschhausen-CD kennengelernt. Ich hänge mal beide an. Sowie zwei Links, einen zu einer Vertonung von Schubert. Und da erinnere ich mich an Claudia, die sich während ihrer Zeit im Krankenhaus immer gern Schubert-Lieder angehört hat. Ein Sänger hat einige zu ihrer Beerdigung gesungen. Das war sehr berührend. Und der andere Link zeigt Marco Rima, der eine Parodie auf den »Erlkönig« aufgeführt hat. Sehr lustig!

DER HUMORVOLLE VOGEL

Es sitzt ein Vogel auf dem Leim,
Er flattert sehr und kann nicht heim.
Ein schwarzer Kater schleicht herzu,
Die Krallen scharf, die Augen gluh.
Am Baum hinauf und immer höher
Kommt er dem armen Vogel näher.

Der Vogel denkt: Weil das so ist
Und weil mich doch der Kater frißt,
So will ich keine Zeit verlieren,
Will noch ein wenig quinquilieren
Und lustig pfeifen wie zuvor.
Der Vogel, scheint mir, hat Humor.

Hier die erwähnten Links zum »Erlkönig«:
http://www.youtube.com/watch?v=5XP5RP6OEJI&feature=share

und Marco Rimas »Erlkönig«:
http://www.youtube.com/watch?v=gXWHTYZL180

und hier mein Lieblingsgedicht im Original

DER ERLKÖNIG von Goethe

Wer reitet so spät durch Nacht und Wind?
Es ist der Vater mit seinem Kind;
Er hat den Knaben wohl in dem Arm,
Er faßt ihn sicher, er hält ihn warm.

Mein Sohn, was birgst du so bang dein Gesicht? –
Siehst, Vater, du den Erlkönig nicht?
Den Erlenkönig mit Kron und Schweif? –
Mein Sohn, es ist ein Nebelstreif.

»Du liebes Kind, komm, geh mit mir!
Gar schöne Spiele spiel' ich mit dir;
Manch' bunte Blumen sind an dem Strand,
Meine Mutter hat manch gülden Gewand.« –

Mein Vater, mein Vater, und hörest du nicht,
Was Erlenkönig mir leise verspricht? –
Sei ruhig, bleibe ruhig, mein Kind;
In dürren Blättern säuselt der Wind. –

»Willst, feiner Knabe, du mit mir gehn?
Meine Töchter sollen dich warten schön;
Meine Töchter führen den nächtlichen Reihn,
Und wiegen und tanzen und singen dich ein.« –

Mein Vater, mein Vater, und siehst du nicht dort
Erlkönigs Töchter am düstern Ort? –
»Mein Sohn, mein Sohn, ich seh' es genau:
Es scheinen die alten Weiden so grau. –

»Ich liebe dich, mich reizt deine schöne Gestalt;
Und bist du nicht willig, so brauch' ich Gewalt.« –
Mein Vater, mein Vater, jetzt faßt er mich an!
Erlkönig hat mir ein Leids getan! –

Dem Vater grauset's; er reitet geschwind,
Er hält in Armen das ächzende Kind,
Erreicht den Hof mit Mühe und Not;
In seinen Armen das Kind war tot.

Und jetzt schreibe ich weiter Feedbacks ...

Bis gleich
Gaby

@ @ @

Moin Gaby,

jetzt bin ich in einer Zwickmühle! Gedichte ja, aber beim »Gleichnis« fehlt Dir der Krankentrösteraspekt? O.k. Wo ist der bitte beim »humorvollen Vogel« von Busch? Der Vogel hat den sicheren Tod durch Gefressenwerden vor Augen und besinnt sich auf das, was er am besten kann: singen. Vielleicht ist das sogar der Grundgedanke der Oper, denn ich habe nie verstanden, warum die Leute, nachdem sie tödlich getroffen sind, noch eine halbe Stunde singen. Dann weiß ich's jetzt. Und beim »Erlkönig« erst: Die Pointe lautet: »In seinen Armen das Kind war tot.« Nein, im Ernst, der Krankentröster ist der Humor, im Falle Gernhardt der Nonsens, das Absurde. Der ist nicht jedermanns Sache, zugegeben, aber gib ihm eine Chance. Oft wird man nur auf dem falschen Fuß erwischt. Ich erzähle in fast jedem Interview, dass ich beim allerersten Hören der ersten Platte von Ulrich Roski, meinem Idol, überhaupt nichts damit anfangen konnte. Das war aber auch mittags in der Abhörkabine eines Hi-Fi-Ladens, allein, es war stickig, ein Kumpel hatte sich die Platte zum Geburtstag gewünscht. Abends auf der Fete legte er die

Scheibe auf, ich hatte schon ein paar Bierchen intus, alles hörte zu, und wer lacht am lautesten? Der Jürgen. Genauso ist es mir mit dem Film »Die Bluesbrothers« gegangen. Erst mochte ich ihn nicht, später habe ich ihn bestimmt fünfzehnmal gesehen. Gernhardt ist das Beste, was wir haben, oder hatten, wie man leider sagen muss. Er hat später seine Krankheit auch zum Thema seiner letzten Gedichtbände gemacht. Da findest Du alles drin, was Gedichte Dir geben können. Und meine Interpretation ist natürlich eine Interpretationsparodie. Ich hatte einfach Lust, das Genre so zu verscheißern, wie Gernhardt es im »Gleichnis« auch macht: Er verscheißert Gleichnisse. Also: dringender Rat: Hol Dir einen Band Gernhardt-Gedichte, es gibt einen ganz preiswerten bei Reclam zum Reinschnuppern. Und noch mal: Wenn man lachen kann, ist der Inhalt egal, das Tröstliche ist die Komik. Meine Inhalte haben selten etwas Tröstliches, ich arbeite meist politisch unkorrekt und entgegengesetzt zu dem, was man bei »Reader's Digest« findet. Aber es funktioniert. Und das sind immer die schönsten Momente, wenn jemand mir so was sagt wie der junge Mann gerade bei Facebook:

> Hallo Jürgen, ich wollte Dir mal kurz danken für Deine lustige Art und Deine unzähligen Comedy-Auftritte und Programme, die so auf CDs und DVDs auffindbar waren. Sie haben mir durch meine schwere Zeit im letzten Jahr sehr geholfen. Ich hatte Krebs und eine schwere Chemotherapie, und kurz darauf wurde ich auch noch am Herzen operiert und lag mehrere Wochen im Krankenhaus. In der Zeit hatte ich auch meinen dreißigsten Geburtstag und habe von meiner Schwester einen MP3-Player geschenkt bekommen, auf dem zwei verschiedene Sachen drauf waren. Zum Ersten ein paar Folgen »Die drei Fragezeichen«, weil ich die als Kind gehört habe, und zum Zweiten alles, was sie von Dir finden konnte, weil sie weiß, dass ich ein großer Fan bin von Dir … Deswegen ein ganz großes Danke für die Schmunzler und Lacher in meiner Zeit, in der ich echt nix zu lachen hatte. Danke schön! Dein Fan Stephan.

Also, Du versprichst mir, Gernhardt eine Chance zu geben, den »Erlkönig« mochte ich nie, ich habe andere Sachen von Goethe, die ich schöner finde, und mein allerliebstes Gedicht ist »Erinnerung an die Marie A.« von Brecht. Das hat er angeblich aus einem französischen Schlager der zwanziger Jahre geklaut. Aber das ist ein Gedicht, über dem man stundenlang meditieren kann, ohne ihm je auf den Grund zu kommen. Das habe ich auch auf meiner ersten CD mit klassischen Gedichten »Die andere Seite«, mit Musik von Mario Hené. Das Gedicht findest Du natürlich auch im Internet, sowie jede Menge Material zur Interpretation.

ERINNERUNG AN DIE MARIE A.

An jenem Tag im blauen Mond September
Still unter einem jungen Pflaumenbaum
Da hielt ich sie, die stille bleiche Liebe
In meinem Arm wie einen holden Traum.
Und über uns im schönen Sommerhimmel
War eine Wolke, die ich lange sah
Sie war sehr weiß und ungeheuer oben
Und als ich aufsah, war sie nimmer da.

Seit jenem Tag sind viele, viele Monde
Geschwommen still hinunter und vorbei.
Die Pflaumenbäume sind wohl abgehauen
Und fragst du mich, was mit der Liebe sei?
So sag ich dir: Ich kann mich nicht erinnern
Und doch, gewiß, ich weiß schon, was du meinst.
Doch ihr Gesicht, das weiß ich wirklich nimmer
Ich weiß nur mehr: ich küßte es dereinst.

Und auch den Kuß, ich hätt ihn längst vergessen
Wenn nicht die Wolke dagewesen wär
Die weiß ich noch und werd ich immer wissen
Sie war sehr weiß und kam von oben her.
Die Pflaumenbäume blühn vielleicht noch immer

Und jene Frau hat jetzt vielleicht das siebte Kind
Doch jene Wolke blühte nur Minuten
Und als ich aufsah, schwand sie schon im Wind.

»Erlkönig«-Interpretationen gibt es auch jede Menge, hier zwei Links:

http://de.wikipedia.org/wiki/Erlk%C3%B6nig_(Ballade)#Interpretationen

http://www.literaturforum.de/forum/lieblingsverse-gedichte/3140-der-erlkoenig-eine-gewagte-interpretation.html

So, das ist ja doch wieder ganz schön lang geworden, morgen geht es dann weiter, habe ja noch jede Menge zum Aufarbeiten, Du kannst ruhig eine Pause machen und ein bisschen zaubern üben!

Aber einen Witz zum Punkten gibt es natürlich:

> In einem mächtigen Dom hatte eine Maus ihr Löchlein gegraben und wohnte darin mit ihren Jungen. Eines Tages fragte das pfiffigste Kind: »Wozu haben die Menschen diesen gewaltigen Dom gebaut?« »Damit es nicht in unser Löchlein regnet.«

Liebe Grüße
Jürgen

@ @ @

Hi Jürgen,

okay, okay, Du hast mich überzeugt. Ich gebe Gernhardt eine Chance und werde mich mehr mit dem Thema beschäftigen. Ich habe ja auch nicht so die Ahnung von Gedichten und gehe da sehr nach meinem Bauchgefühl. Wie Du es schon richtig erkannt hast. Bei dem »humorvollen

Vogel« von Busch gefiel mir, dass er, obwohl er wusste, dass er sterben muss, noch sein Leben genossen hast. Mit dem, was ihm am meisten Spaß macht, dem Singen. Diese positive Lebenseinstellung finde ich beispielhaft. Oder wie der Kölner sagt: Es kütt, wie es kütt. Mach dich nicht verrückt, kannst eh nichts dran ändern. Und beim »Erlkönig« mag ich die Dramatik. Aber es ist sicherlich auch nicht tröstend, da hast Du recht. Es hat nur mit dem Thema Abschied, Trauer, Kampf ums Überleben bei Krankheiten zu tun. Aber beide haben kein Happy End, das ist wohl wahr.

Den Brief, den Dir ein Fan auf Facebook geschrieben hat, finde ich sehr berührend. Und das »Gleichnis« würde mir bestimmt auch gefallen, wenn ich es von Dir vorgelesen bekommen würde, das ist dann eine ganz andere Sache.

Als ich meine alten E-Mails durchgeschaut habe, bin ich auf eine gestoßen, die mir Susanne geschickt hatte, die eine Hausarbeit über Wunder als Anhang enthielt. Die Hausarbeit war von einer Frau geschrieben wurden, die selbst zweimal an Krebs erkrankt war und geheilt wurde.

Ich finde es wichtig, an Wunder oder Träume zu glauben. Wie langweilig und hoffnungslos wäre das Leben ohne sie. Und wie oft erfüllen sich zumindest Träume, und das sind doch schon kleine Wunder.

Ist es nicht zum Beispiel ein Wunder, dass ich hier in Berchtesgaden sitze, auf den Watzmann, die Watzmannfrau und seine sieben Watzmannkinder schaue und ein Buch mit Jürgen von der Lippe schreibe?

Hätte ich als Kind zu meiner Familie gesagt, während wir »Donnerlippchen« geguckt haben: »Mit dem schreibe ich mal ein Buch!«, hätten mich doch alle ausgelacht. Gut, wenn ich ihnen dann noch erzählt hätte: »Und ich erkranke außerdem noch an akuter myeloischer Leukämie, an der nur 3000 Menschen im Jahr in Deutschland erkranken«, wären sie wohl dann spätestens mit mir zum Psychologen gegangen.

Aber so könnte ich noch viele Beispiele nennen, die uns zeigen, dass das Leben oft nicht so abläuft, wie es für uns der Normalität oder Realität entspricht. Also warum auch nicht an Wunder glauben?

Und nun komme ich zu Vorstellungen, die in einer schweren Zeit einem sehr hilfreich sein können. ☺

In der Universitätsklinik, in der ich war, befand sich eine Kirche. Die abends zwar vollkommen leer, aber dennoch immer schön beleuchtet war. Am Abend machte ich, meist meinen Infusionsständer hinter mir herziehend, einen Abstecher in diese Kapelle. Links brannten die Kerzen, die am Tag Angehörige mit Genesungswünschen für ihre Lieben angezündet hatten, und Richtung Altar lag ein Buch, in das sie ihre Gebete und Wünsche hineinschreiben konnten. Nachdem ich immer das Neueste, was hineingeschrieben worden war, gelesen hatte, und sah, dass ich mit meinen Sorgen nicht allein dastand, setzte ich mich in eine der Bankreihen und blickte auf ein Gemälde hinter dem Altar, das Jesus zeigte. Nicht den leidenden Jesus, sondern den fröhlichen, herzlichen, zuversichtlichen mit einem goldenen Heiligenschein. Als ich da saß und in sein beleuchtetes Gesicht schaute und die Stille um mich herum genoss – denn leere Kirchen finde ich immer viel schöner als volle –, redete ich in Gedanken mit ihm. Und ich stellte mir vor, was er antworten würde. Man kommt sich dabei zwar etwas verrückt vor, aber es hat mir geholfen.

Wenn ich mich zum Beispiel über Menschen furchtbar geärgert hatte und ihn fragte, was mir jetzt helfen würde, kam für mich die Antwort: Zeige ihnen das Licht. Und jetzt sollte man tatsächlich einmal probieren, sich die Person einmal, auf die man gerade stinkesauer ist, in einem gleißend hellen Licht vorzustellen. Ein helles warmes Licht, das in alle Richtungen strahlt und einem Sonne ins Herz bringt. Ich sage Dir, es funktioniert! Man wird diese Person zumindest für kurze Zeit in einem anderen Licht sehen. Ah, daher kommt wahrscheinlich das Sprichwort. ☺

Genauso sah ich einen geraden ruhigen Weg, der zu einer Tür führte und aus der heraus ein helles Licht strahlte, dort so sitzend und nichts Besseres zu tun, in meinen Gedanken vor mir. Ich spürte, wenn ich auf diesen geraden ruhigen Weg weitergehe und nicht vom Weg abkomme, werde ich zum Ziel gelangen.

Ich erzähle das, weil ich glaube, dass es immer hilfreich ist, wenn man in sich schweren Situationen jemanden oder etwas vorstellt. Einen, der einem zum Beispiel beschützt, leitet und beisteht. Bei meinem Sohn war es früher sein guter Freund Geisti, das freundliche Gespenst.

Ich hatte auch mal vor eineinhalb Jahren eine Gedankenreise mit meiner Hausärztin gemacht, bei der ein Engel einen in eine wunderbare Welt trägt. Für mich bestand die wunderbare Welt aus einem kleinen Wasserfall, einem Bach und einer grünen Wiese, auf der ein schöner Kirschbaum stand. Dann blätterte sie in ihrem Buch und teilte mir mit, dass die Kirsche für Heiterkeit und Frohsinn steht. Und seitdem stelle ich mir immer eine Kirsche vor, wenn ich auf fröhliche Gedanken kommen will. Eigentlich sollte mein nächstes Auto weiß mit roten Kirschen oder bunten Punkten und dem Schriftzug »Be happy« gestaltet sein, und dann würde ich immer mit guter Laune die Kinder überall herumkutschieren. Und selbst wenn ich gestresst vom Einkaufen, mit vier schweren Tüten bepackt und mit in mir immer mehr hochsteigender schlechter Laune durch den kalten Regen zum Auto marschiere und am besten noch mit einer knatschenden Julia an der Hand, da sie es als unfair empfindet, nicht gleich einen Monatsvorrat an Süßigkeiten zu kaufen, würde dann ein Lächeln auf mein Gesicht gezaubert werden, wenn ich mein kirschenbestücktes oder bunt punktiertes Auto sehe. Ja, so eins sollte ich mir vielleicht anschaffen.

Denn alles, was hilft, im Leben glücklicher zu werden, ist erlaubt, vor allem wenn es einem gerade mies geht. Und wenn man sich als kranker Mann eine hübsche lächelnde Blondine vorstellt, die neben einem am Bett steht und mit einem Lächeln sagt: »Du schaffst das, Süßer!«, dann ist das auch okay. Und vielleicht wird auch die mal Wirklichkeit.

Ganz liebe Grüße
Gaby

@ @ @

Hi,

und falls Du nicht weißt, was eine Lomi-Lomi-Massage ist. Hier ein Video zum Neidischmachen. Bei mir ging es allerdings sechzig Minuten und mit viel warmem Macademiaöl. Schwärm. ☺ Bin dabei weggenickt und durch mein Schnarchen wieder aufgewacht. Die Musik war übrigens dieselbe, die dabei abgespielt wurde.

http://www.youtube.com/watch?v=2tAXNrqBE0s

So, jetzt muss ich aber schlafen.

Liebe Grüße
Gaby

@ @ @

Hi Gaby,

Glückwunsch zu den zwei Kilo, die sind doch hochwillkommen, oder? Ich hingegen spüre das Ende nahen, mein Kreislauf spielt verrückt, hatte gestern während der zweiten Programmhälfte Schüttelfrost und nachts hohes Fieber. Habe mir gerade eine Infusion abgeholt, denn wir haben morgen und übermorgen Programmaufzeichnung für SAT.1. Melde mich, wenn ich den Stress von der Backe habe und das Ganze überleben sollte.

Liebe Grüße
Jürgen

@ @ @

Lieber Jürgen,

gute Besserung!!!! Ich hoffe, Dir geht es bald wieder besser. Im Spa erzählte mir eine Masseurin, dass es super hilft, wenn man drei Eiweiß schlägt und sich die über Nacht unter die Fußsohlen streicht. Dann einfach ein Tuch drum und dicke Socken. Schwedenbitter würde auch gegen alles helfen. Also, ich habe es noch nicht ausprobiert. Vielleicht magst Du. ☺ Das Eiweiß soll alle Giftstoffe aus dem Körper ziehen.

Ich habe bisher alles mit Wonne und großem Interesse von Dir gelesen. Gerade Aachen war sehr interessant und schön zu lesen.

Ich überlege gerade, wie die Teesorte heißt, die wie Cortison im Körper wirkt, und komme nicht drauf. Ein Gemisch aus – ah, jetzt habe ich es – Süßholzwurzel und Thymian ist sehr gut bei solchen Infekten. Mischen sie Dir in der Apotheke. Süßholzwurzel ist entzündungshemmend.

So, Julia steigt gerade ein.

Liebe Grüße und schlaf Dich gesund!
Gaby

@ @ @

Hi Jürgen,

hab dich gerade auf Comedy Olymp gesehen. Sehr lustig!

Du erzähltest doch von dem Zehn-Sekunden-Pups über mehrere Oktaven. Das schafft das Hippo, glaube ich, auch.

http://www.youtube.com/watch?feature=player_embedded&v=FlhuadpHcjk

Gute Nacht
Gaby

@ @ @

Lieber Jürgen,

was machst Du eigentlich für Sport? Ich habe mit dem Programm »Sport und Krebs« angefangen. Das bedeutet, nach eingehender Untersuchung strampele ich nun ein- oder mehrmals die Woche mit einem Pulsmesser auf einem Ergometer, hüpfe auf einem Trampolin (dies wirkt übrigens sehr gut gegen Lymphstauungen) oder bin an anderen Geräten, die ich recht langweilig finde. Das Trampolinspringen macht ja noch Spaß, da kommt das Kind in mir hervor. Aber stundenlang auf einer Stelle radeln und auf die Straße gucken. Öde! In L. A. gab es die Fitnessgeräte mit Fernseher. Da konnte ich schwitzen und dabei die Nachrichten oder Whoopi Goldberg sehen. Cool wäre es doch, mit einer Tüte Popcorn in der einen und einer Cola in der anderen Hand, Handtuch über der Schulter, den neuesten Kinofilm auf dem Laufband anzuschauen. Aber mal Spaß beiseite, ich muss mich immer ganz schön überwinden, Sport zu treiben oder mich gesund zu ernähren. Da muss ich noch an Motivationstricks basteln.

Wie Du das Krankenhaus bei Laune hältst und einen Kalauer nach dem anderen bringst, kann ich mir gut vorstellen. Ich bin ja leider nicht so die Witzereißerin, eher die amüsierte Beobachterin. Und jemand, der immer lächelt. Na ja, fast immer. So ein bisschen, als ob ich auf Drogen bin. ☺ Die Schwestern nannten mich immer ihren Sonnenschein. Mein Motto war auch dasselbe wie Deins, ihr Job ist schon stressig genug, da muss ich ihnen nicht noch das Leben schwerer machen, als es schon ist.

Einer meiner Lieblingssprüche ist: Der kürzeste Weg zwischen zwei Menschen ist ein Lächeln. Da muss ich übrigens an Tom Selleck denken. Denn im Krankenhaus habe ich mir fast alle »Magnum«-Folgen angesehen. Ah, die wären auch was für das Ergometer in den USA gewesen, na ja, aber dieses Lächeln von Tom Selleck ... Da müssen ja alle Sorgen verschwinden.

Und heute habe ich Dir ein paar Erinnerungen aus meinen Krankheitstagen aufgeschrieben. Here we go:

Ich erinnere mich noch, wie ich dem Arzt meine homöopathischen Tropfen gegen Blähungen anpries und betonte, dass sie aus rein pflanzlichen Zusätzen seien, und der Arzt dann sagte: »Wie die Chemo, die ist auch fast nur aus pflanzlichen Bestandteilen.« Ich dachte, er veräppelt mich. Aber ich habe es nachgelesen. Es stimmt.

Eine Frau, die neben mir lag und etwas durcheinander war, bekam von ihrem Mann die tröstenden Worte: »Ihr Frauen gehört ja auch in die Küche und nicht ins Krankenhaus.« Fand ich sehr lustig.

Genauso, wie der Pfleger einen Mann im Bett zum Röntgen fuhr und gut gelaunt ein kleines Rennen durch die Krankenhausflure veranstaltete und bei einer kleinen Abfahrt Probleme hatte zu bremsen und beinahe einen Unfall baute.

Der Patient Herr Wolf war auch immer ein ganz Lustiger. Einmal war er ganz in Weiß gekleidet, und ich sagte zu ihm: »Ah, arbeiten Sie jetzt hier?« »Ja, ich gebe heute den Professor und mache gleich Visite. Gleich komme ich zu Ihnen.«

Als ich Prof. Halle, mit dem ich mich während der Chemozeit für das Programm »Sport und Krebs« traf, erzählte, wie groß der Muskel- und Konditionsabbau sei, da man wochenlang, ja monatelang nur im Bett liegt und höchstens mal ein paar Schritte auf dem Krankenhausflur läuft. Und er danach Fitnessgeräte für unsere Station organisierte. Und ich mein eigenes Ergometer aufs Zimmer gestellt bekam. Das war eine Überraschung! Daraufhin machten die Schwestern immer Witze, dass sie hier noch zum Fitnessstudio werden.

Schöne Momente waren auch, wo Herr Wolf den Tannenbaum auf der Station schmücken durfte und seine Witzchen dabei machte, oder die Pflegerin kurz zu uns reinkam und ihr Herz ausschüttete: »Also, jetzt reicht's, wir sind hier doch nicht im Hotel!« Und sich über andere Patienten aufregte. Und ich muss sagen, zu Recht. Wenn bei dem Pensum, was die Schwestern, Pflegerinnen leisten müssen, sich Patienten Kaffee oder Tee ans Bett bringen lassen, und das nicht nur einmal. Obwohl sie fit genug zum Laufen in die Teeküche wären. Darf sie sich ruhig aufregen.

Wir haben aber auch viel gelacht. Auch oft bei den Arztvisiten, und da erinnere ich mich an die Situation, als ich relativ neu im Krankenhaus war und noch viel geweint habe. Als ich wieder einmal heulend wie ein Schlosshund im Bett saß und mein Mann neben mir mir gerade erklärte, dass auch er nicht zum Einschulungstreffen unserer Kleinen gehen könne, da er arbeiten muss. Und ich mir unsere Julia allein in der Schule stehend vorstellte, während die anderen ihre Mamas oder Papas bei sich haben, war ich einfach seelisch unten.

Doch da kamen die Ärzte zur Visite herein, mit Studenten manchmal an die zehn Mann. Es war mir so peinlich, dass ich nun dasaß, alle um mein Bett standen, mich anblickten und ich schluchzend erklärte: »Es tut mir leid, ich kann einfach nicht aufhören zu weinen.« Daraufhin sagte die Oberärztin tröstend: »Oh, das ist schon in Ordnung. Sie müssen das ganze Gewicht nicht alleine tragen.« Und da murmelte mein Mann, der einen Umfang wie Calmund hat: »Das muss ich ja normalerweise.« Und da brachen alle in lautes Gelächter aus, sogar ich.

Schön waren auch in so einer Situation nicht nur witzige Bemerkungen, sondern auch Berührungen. Es tat gut, wenn es mir körperlich und seelisch schlecht ging und der Arzt oder die Schwester mich am Arm streichelte oder lustig meinen großen Zeh hin- und herwackelte. Bei Fieberschüben mir liebevoll die Stirn abtupfte oder mal kurz über die Wange streichelte. Denn als Kranker fühlt man sich sehr hilflos und manchmal sogar abstoßend, und so ein Gefühl »Ich bin für dich da, mag dich und helfe dir« tut da sehr gut. Auch ein kurzes Drücken der Hand zum Beispiel. Zudem durften mich ja sowieso nur die Schwestern und Ärzte mit ihren desinfizierten Händen berühren.

Aber was habe ich denn noch für lustige Situationen im Krankenhaus erlebt? Mmh, mir fallen gerade nur traurige ein. Ich lag zum Beispiel eine Woche mit einer Frau mit einer Eiweißspeicherkrankheit auf dem Zimmer. Die jeden Tag zur Dialyse geschoben werden musste und einen sehr niedrigen Blutdruck hatte. Die Ärzte wollten probieren, mit einer Chemobehandlung die unheilbare Krankheit zu stoppen. Als sie einmal an meinem Bett vorbei mit ihrem Infusionsständer zur Toilette ging, fiel sie plötzlich in Ohnmacht. Knallte mit dem Kopf auf den Boden und riss dabei ihre Portnadel heraus. Ich klingelte, rief auf dem Flur um Hilfe und sah die Frau, die auf mich leblos wirkte, am Boden in ihrem Blut liegen.

Als die Schwestern hereinkamen und mich auf mein Bett verwiesen, da ich ja sowieso nicht helfen könnte, und ich zitternd zusah, wie sie ihr halfen, sagte Schwester R. später zu mir: »Endlich mal was los hier auf Station. Ich liebe Action.«

Diese Einstellung von Schwester R. war sehr lehrreich für mich. Sie war auch noch gelernte Rettungssanitäterin, vielleicht lernt man da, mit so etwas gut umzugehen. Seinen Job zu lieben, und wenn es gerade drüber und drunter geht und man richtig gefragt ist, aufzudrehen. So wird es auch vielen Ärzten gehen, und ich verglich die Reaktion meines Hausarztes, wenn ich mit der zigsten Erkältung im Jahr bei ihm antrabte und er mir schon immer etwas gelangweilt sagte: »Mehr Ruhe, inhalieren, welche Medikamente haben Sie noch zu Hause, und welche soll ich Ihnen aufschreiben?«, mit der, als er mein Blutbild sah, welches völlig durcheinander war. Leukozyten bei 50.000. Nun waren die Ärzte herausgefordert und damit voll in ihrem Element. Wenn es um Leben und Tod geht, blühen die erst richtig auf. Und das ist gut so. Wenn ein großes Problem, eine schwierige Aufgabe vor einem steht. Nicht aufgeben, sondern sich herausgefordert fühlen und mit aller Energie, Kraft, Intelligenz und Liebe das Problem versuchen zu lösen. Und wenn es nicht funktioniert, dann kann man wenigstens sagen, ich habe alles probiert, und man wird daraus gelernt und Stärke und Erfahrung gewonnen haben.

Und da erinnere ich mich zum Schluss an Frau Dr. Müller-Thomas, der ich für mein Leben dankte, als ich entlassen wurde und ihr erklärte, was für ein wundervoller und wichtiger Beruf der Arztberuf doch sei, Leben zu retten. Doch da meinte sie mit feuchten Augen: »Manchmal klappt es eben nicht, Frau Sonnenberg, wir schaffen das leider nicht immer. Und können auch nicht garantieren, dass Sie keinen Rückfall bekommen.«

»Und selbst wenn Sie mir nur zwei oder drei Jahre meines Lebens geschenkt haben, die ich noch mit meiner Familie verbringen darf. Ich bin Ihnen für jeden Tag unendlich dankbar.«

Gaby

@ @ @

Nachwort

Der Krankentröster entstand während der sechsmonatigen Behandlungsphase nach meiner ersten Leukämiediagnose. Nach einem Jahr, in dem ich mein Leben wieder neu organisierte und Jürgen und ich weiter am dem Buch arbeiteten, bekam ich einige Monate vor der geplanten Buchveröffentlichung einen Rückfall. Als ich wieder im Krankenhaus lag, schlug mir Jürgen vor, mich an einer Kurzgeschichte über die aufwendige und weltweite Suche nach einem auf mich passenden Knochenmark auszuprobieren. So dachte ich mir eine kleine fiktive Story aus, die in den Strawberry Fields, einer John Lennon und dem Frieden der Nationen gewidmeten romantischen Ecke im Central Park in New York spielte. Ich saß dort auf dem von Lennons Frau Yoko Ono gestalteten kreisrunden Mosaik aus schwarzen und weißen Steinchen und hielt ein Schild in den Händen, auf dem in geholpertem Englisch geschrieben stand:

> I have Leukemia and come from Germany. I'm looking for a donor for a bone marrow transplantation. I want to live for my three kids, for my husband. And for myself. So please help! Thanks, Gaby

Jürgens Begeisterung über die Geschichte, in der ich von Brad Pitt, Angelina Jolie und ihren 24 Kindern angesprochen und gerettet wurde, hielt sich leider deutlich in Grenzen und fairerweise muss ich auch sagen, dass meine Stimmung und mein Humor dann nach dem Rückfall und dem unsicheren Ausblick auf den Ausgang der lebensnotwendigen Spendersuche doch einen leichten Dämpfer erlitten haben.

Ich dachte mir dann selbst: Naja, ist ein bisschen albern. Brad Pitt, Angelina Jolie, Yoko Ono, John Lennon, Central Park, New York. Warum auch ausgerechnet New York?

Aber dann passierte etwas Unglaubliches. Einige Wochen später kam mein Arzt freudig in mein Krankenzimmer und verkündete, dass sie einen Spender gefunden hätten. Einen der zu 100 Prozent passen würde. Ein junger Mann aus New York!

Mit dem passenden Spender konnte nach ein paar Runden Chemotherapie die Stammzelltransplantation in Angriff genommen werden. Kurz vorher durfte ich das Krankenhaus noch einmal verlassen, um ein paar Tage mit der Familie zu verbringen und das Hörbuch für den Krankentröster einzusprechen. Damit ging für mich ein weiterer Traum in Erfüllung. Gefangen zwischen der Euphorie über die Arbeit mit einer Regisseurin im Tonstudio und der schlummernden Panik ob der sehr gefährlichen Prozedur der Transplantation, war es für mich am schwersten, die letzten Worten des Buches, gerichtet an meine behandelnde Ärztin, einzulesen: »Und selbst wenn Sie mir nur zwei oder drei Jahre meines Lebens geschenkt haben, die ich noch mit meiner Familie verbringen darf. Ich bin Ihnen für jeden Tag unendlich dankbar.«

Laut Verlag war ich deren erste Autorin, die bei Veröffentlichung eines Buches auf einer Intensivstation lag. Isoliert, ohne Immunsystem und von der Außenwelt abgeschnitten. Nicht, dass irgendwer da stolz drauf gewesen wäre, oder dass wir das irgendwo besonders betont hätten. Was auch gut war. Denn ich sollte diesen merkwürdigen Rekord kurz darauf toppen: Als ich die Transplantation hinter mich gebracht hatte, erwischte mich eine sehr seltene Nebenwirkung der Therapie, ein toxisches Lungenversagen mit einer Überlebenschance von ca. 3%. Von alldem habe ich nichts mitbekommen, denn um das überhaupt überstehen zu können, wurde ich an einem Muttertag für 14 Tage in ein künstliches Koma mit künstlicher Beatmung gelegt.

Und natürlich habe ich auch nicht mitbekommen, wie das Buch in der Bestsellerliste stieg. Ich habe das quasi verpennt.

Nachdem sich mein Zustand wieder stabilisierte und man mich aus dem langen Schlaf langsam herausholte, war ich nicht Herrin meines Körpers. Alle Glieder versagten, ich konnte mich nicht drehen, setzen, gleich gar nicht stehen. Ich konnte nicht mal mit den Händen den Rufknopf drücken. Vom langen Liegen waren meine Muskeln so degeneriert, ich war gelähmt. Das galt auch für meine Stimmbänder, für meine Zunge, die Beatmungsschläuche haben mich verstummen lassen. Ich bedeutete meinem Mann, er möge sich zu mir herunterbeugen. Ich musste ihm etwas sagen. Als sein Ohr kurz vor meinem Mund stoppte, röchelte ich mit kraftloser und unverständlicher Stimme: »Durst …« Er nickte. Dann: »Hunger.« Er tätschelte mir verständnisvoll den Kopf. Und dann: »Sag Jürgen, er soll zu Lanz gehen.« Kurze Pause, ein irritierter Blick. »Sag das bitte nochmal, Gaby, ich bin mir nicht sicher, ob ich dich richtig verstanden habe«. Also setzte ich noch einmal an: »Der Jürgen soll dem Lanz nicht absagen.« Mein Mann lachte so derartig laut, dass es mir in den Ohren schallte. »Eins muss man dir lassen, du hast deine Prioritäten. Schön, dass du wieder bei uns bist.«

Denn das hatte ich mir wohl gemerkt: Jürgens Auftritt bei Markus Lanz, der müsste doch bald sein, und ich hoffte, dass niemand es wagte, den wegen meines kleinen Missgeschicks auf der Intensivstation abzusagen.

Ich musste alles wieder lernen, stehen, gehen, greifen, richtig sprechen. Aber nach drei Monaten harten Trainings ging es aufwärts. Ich hielt dann noch sehr mitgenommen aussehend meine erste Lesung und fing kurz darauf eine Ausbildung zur Radiomoderatorin an, die schon vor der Transplantation geplant gewesen war und die ich nicht absagen wollte. Tief darauf vertrauend, dass meine Stimme wieder die alte werden würde. Und das ist sie inzwischen auch.

So moderiere ich jetzt bei einem Radiosender, schreibe an neuen Geschichten und freue mich des Lebens und daran, dass ich so einen tollen Freund wie Jürgen und so eine wunderbare Familie in meinem Leben haben darf, die mir ganz besonders in dieser schweren Zeit beigestanden haben.

Hiermit möchte ich noch einmal ganz besonders meinem Mann, meiner Familie, Jürgen, dem Verlag, Freunden, Schwestern, Ärzten, Physiotherapeuten, Logopäden, den Lesern, die uns übrigens immer über unsere Facebookseite »Der Krankentröster« erreichen können, und einfach allen, die es gut mit mir gemeint haben, von Herzen Danke! Danke! Danke! sagen.

Gaby

Quellenverzeichnis

Einige der in den Mails erwähnten Fotos und Links konnten aus rechtlichen Gründen nicht gezeigt werden. Der Verlag hat sich bemüht, die Rechteinhaber der abgedruckten Abbildungen und Texte ausfindig zu machen. Sollte dies nicht in allen Fällen gelungen sein, bitten wir die Rechteinhaber, sich mit dem Verlag in Verbindung zu setzen.

S. 65: Robert Griesbeck: Gesund kann ja jeder. München, 2009.

S. 126: Miriam Pielhau: Fremdkörper. München, 2011.

S. 146: Tim Mälzer: Born to Cook, München 2004.

S. 171: Dr. Frank Lawlis, Maggie Greenwood-Robinson: The Brain Power Cookbook. More Than 200 Recipes to Energize Your Thinking, Boost YourMood, and Sharpen Your Memory. New York, 2008.

S. 176: © Timm »Kong« Schneider.

S. 231: Otto Reutter: Habn Sie ne Ahnung von Berlin. Heitere Lieder und Couplets. Herausgegeben von Helga Bemmann. Berlin, 2002.

S. 290: Jürgen von der Lippe: Mein Aachen. In: Merian 5/2010. © Jahreszeitenverlag

S. 299: Robert Gernhardt: Besternte Ernte. Frankfurt am Main, 1976.

S. 306: Bertolt Brecht: Erinnerung an die Marie A. In: Bertolt Brecht: Gesammelte Werke, Bd. 8., S. 232. Frankfurt am Main, 1967 ff. © Suhrkamp

MIX
Papier aus verantwortungsvollen Quellen
FSC® C083411

Verlagsgruppe Random House FSC® N001967
Das für dieses Buch verwendete FSC®-zertifizierte
Papier Lux Cream liefert Stora Enso, Finnland.

1. Auflage
Genehmigte Taschenbuchausgabe Dezember 2014,
btb Verlag in der Verlagsgruppe Random House GmbH, München

Umschlaggestaltung: semper smile, München, nach einem
Umschlagentwurf von Oliver Schmitt
Layout und Satz: Oliver Schmitt
Druck und Einband: CPI – Clausen & Bosse, Leck
LW · Herstellung: sc
Printed in Germany
ISBN 978-3-442-74858-7

www.btb-verlag.de
www.facebook.com/btbverlag
Besuchen Sie auch unseren LiteraturBlog www.transatlantik.de

Maximilian Dorner

Mein Schutzengel ist ein Anfänger

Eine wahre Geschichte vom Trösten und Getröstetwerden

224 Seiten, Broschur, *btb* 74708

Max hat eine komplizierte Nervenkrankheit, und jeder fragt ihn: Wie geht's?
Antwortet er »gut«, glaubt ihm das keiner. Sagt er »schlecht«, muss er sich wieder stundenlang gut gemeinte Ratschläge anhören. Tu dies oder jenes, mach eine Diät, probier's mit der Bliss-Methode oder mit Reiki.
Eigentlich weiß Max selbst nicht, was ihn trösten oder ihm helfen könnte. Also hat er sich mit einer gehörigen Portion Humor, doch voller Hoffnung auf die Suche gemacht …

Trost ist es in jedem Fall, ein Buch wie dieses zu lesen.

»Unheimlich einfühlsam, mal rührend und mal witzig.«

Frankfurter Rundschau

Katinka Buddenkotte
Betreutes Trinken
Roman

384 Seiten, *btb* 74885

Auch wer zwischen allen Stühlen sitzt, kann noch vom Barhocker fallen.

Doris Kindermann, Anfang dreißig, arbeitet in einem Kölner Jugendzentrum. Da sowohl ihre Affären als auch ihr Kontostand im Minusbereich stagnieren, kann Doris im zwischenmenschlichen Bereich ihr Helfersyndrom voll ausleben: Immer öfter kehrt sie daher in ihre Stammkneipe »Dead Horst« ein, um sich dort den schwer erziehbaren Erwachsenen zu widmen. Als eines Nachts ihre Jugendliebe Gunnar auftaucht, beschließt Doris, ihr Leben komplett umzukrempeln – und verheddert sich gnadenlos.